DON DELILLO es autor de novelas, entre ellas *Underworld* y *White Noise*, relatos publicados en diferentes revistas y varias obras teatrales. Ha recibido numerosos galardones en Estados Unidos y en el extranjero, incluyendo el National Book Award, el PEN/Faulkner Award, el International Fiction Prize del *Irish Times*, el Premio Jerusalén a la totalidad de su obra literaria y la medalla Howells de la American Academy of Arts and Letters por su novela *Underworld*. Su obra, aclamada por público y crítica en todo el mundo, es un referente indispensable. Es, sin lugar a dudas, uno de los escritores norteamericanos más relevantes de la actualidad.

Don DeLillo
El hombre del salto

Traducción del inglés por
Ramón Buenaventura

Los libros de HarperCollins pueden ser adquiridos para uso educacional, comercial o promocional. Para recibir más información, diríjase a: Special Markets Department, HarperCollins Publishers, 10 East 53rd Street, New York, NY 10022.

Este libro fue publicado originalmente en inglés en el año 2007 por Scribner. La traducción al español fue originalmente publicada en España en el año 2007 por Editorial Seix Barral, S.A., una división de Grupo Planeta, S.A.

PRIMERA EDICIÓN RAYO, 2008

ISBN: 978-0-06-156555-7

08 09 10 11 12 ❖/RRD 10 9 8 7 6 5 4 3 2 1

PRIMERA PARTE

BILL LAWTON

1

Ya no era una calle sino un mundo, un tiempo y un espacio de ceniza cayendo y casi noche. Caminaba hacia el norte por los escombros y el barro y pasaban junto a él personas que corrían tapándose la cara con una toalla o cubriéndose la cabeza con la chaqueta. Iban con pañuelos apretados contra la boca. Llevaban los zapatos en la mano, una mujer con un zapato en cada mano pasó corriendo junto a él. Iban corriendo y se caían, algunos de ellos, confusos y desmañados, con los cascotes derrumbándoseles en torno, y había gente que buscaba cobijo debajo de los coches.

El estrépito permanecía en el aire, el fragor del derrumbe. Esto era el mundo ahora. El humo y la ceniza venían rodando por las calles, doblando las esquinas, arremolinándose en las esquinas, sísmicas oleadas de humo, con destellos de papel de oficina, folios normales con el borde cortante, pasando en vuelo rasante, revoloteando, cosas no de este mundo en el fúnebre cobertor de la mañana.

Llevaba traje y maletín. Tenía cristal en el pelo y en el rostro, cápsulas veteadas de sangre y luz. Dejó atrás un rótulo de Desayuno Especial y pasaron corriendo junto a él, policías de la ciudad y guardias de seguridad, con la mano apoyada en la culata de la pistola, para mantener estable el arma.

Las cosas de dentro estaban lejos y quietas, donde se suponía que él se encontraba. Sucedía por todas partes, en derredor suyo, un coche medio enterrado en escombros, con las ventanas reventadas y ruidos emergiendo, voces radiofónicas escarbando en las ruinas. Vio personas chorreando agua al correr, y cuerpos empapados por los sistemas de irrigación. Había zapatos descartados en la calle, bolsos y ordenadores portátiles, un hombre sentado en el bordillo tosiendo sangre. Vasos de papel llegaban en extraños rebotes.

El mundo era esto, también, figuras en las ventanas, en lo alto, a trescientos metros, cayendo al espacio libre, y la pestilencia del carburante en llamas, y el desgarrón sostenido de las sirenas en el aire. El ruido se hallaba por doquier corrían ellos, sonido estratificado que se les juntaba en torno, y él se adentraba en el ruido y se apartaba, al mismo tiempo.

Hubo otra cosa entonces, fuera de todo esto, no perteneciente a nada de esto, arriba. La vio bajar. Una camisa surgió del humo alto, una camisa que se levantaba y que flotaba a la deriva a la escasa luz y que luego volvía a caer, hacia el río.

Corrieron y a continuación se detuvieron, unos cuantos, quedaron ahí parados, balanceándose, tratando de respirar el aire ardiente, y los alaridos espasmódicos de incredulidad, las maldiciones y los gritos perdidos, y el papel amasado en el aire, contratos, currículos al vuelo, trozos intactos del mundo laboral, rápidos al viento.

Siguió caminando. Unos habían dejado de correr y permanecían quietos, otros tomaban por alguna bocacalle. Unos cuantos caminaban de espaldas, con la mirada puesta en el centro del suceso, en todas esas vidas que allí se retorcían, y las cosas seguían cayendo, objetos ardiendo, que dejaban estelas de fuego.

Vio dos mujeres llorando en su marcha atrás, mirándolo sin verlo, ambas en pantalón corto de deporte con el rostro desplomado.

Vio a unos cuantos del grupo de taichí del cercano parque, ahí de pie, con las manos extendidas más o menos a la altura del pecho, con los codos doblados, como si todo esto, incluidos ellos, pudiera ponerse en situación de expectativa.

Alguien salió de un restaurante y trató de entregarle una botella de agua. Era una mujer con máscara antipolvo y gorra de béisbol, que apartó la botella y desenroscó el tapón y luego volvió a ponerla a su alcance. Él dejó el maletín en el suelo para cogerla, sin apenas darse cuenta de que no utilizaba el brazo izquierdo, de que había tenido que dejar el maletín en el suelo para coger la botella. Llegaron tres coches de policía por una bocacalle, en dirección al Downtown, muy de prisa, con las sirenas puestas. Él cerró los ojos y bebió, sintiendo que el agua le recorría el cuerpo y arrastraba consigo el polvo y el hollín. La mujer lo miraba. Dijo algo que él no oyó. Le devolvió la botella y recogió el maletín. Había un regusto de sangre en aquel prolongado trago de agua.

Reanudó la marcha. Había un carro de supermercado en posición vertical y vacío. Detrás una mujer, frente a él, con cinta policial envolviéndole la cabeza y el rostro, la cinta de color amarillo que se utiliza para marcar los límites del escenario del crimen. Sus ojos eran finas arrugas blancas en una máscara brillante, y sujetaba el carro por la barra, mirando el humo.

Llegado el momento oyó el sonido de la segunda caída. Cruzó Canal Street y empezó a ver las cosas, por así decirlo, de otra manera. Las cosas no parecían cargadas del modo habitual, la calle empedrada, los edificios de hierro fundido. Había una ausencia fundamental en las cosas que lo rodeaban. Estaban sin terminar, sea ello lo que sea. Estaban sin ver, sea ello lo que sea, los escaparates, las plataformas de carga, las paredes rociadas de pintura. Quizá sea éste el aspecto que tienen las cosas cuando nadie las ve.

Oyó el sonido de la segunda caída, o lo percibió en el aire tembloroso, la torre norte cayendo, un blando espanto de voces en la distancia. Era él cayendo, la torre norte.

El cielo aquí estaba más claro, y él pudo respirar más fácilmente. Tenía otras personas detrás, miles, llenando la media distancia, una muchedumbre a punto de constituirse, gente saliendo del humo. Siguió su marcha hasta verse obligado a parar. Lo golpeó rápidamente la evidencia de que no podía ir más lejos.

Intentó decirse que estaba vivo pero la idea era demasiado abstrusa para asentarse en él. No había taxis y el tráfico era escaso y a continuación apareció un viejo camión de portes, Electrical Contractor, Long Island City, y aparcó en línea y el conductor se inclinó hacia la ventana del pasajero y se puso a examinar lo que veía, un hombre incrustado de ceniza, de materia pulverizada, y le preguntó dónde quería ir. Estaba ya dentro del camión y había cerrado la puerta cuando comprendió hacia dónde se había encaminado desde el principio.

2

No fueron sólo aquellas noches y aquellos días en la cama. El sexo estaba por todas partes, al principio, en palabras, frases, gestos a medias, la más elemental insinuación de espacio modificado. Dejaba ella un libro o una revista y una pequeña pausa se establecía en torno a ambos. Esto era sexo. Iban caminando juntos por una calle y se veían en un escaparate polvoriento. Un tramo de escaleras era sexo, el modo en que se acercaba ella a la pared con él detrás muy cerca, tocar o no tocar, rozar ligeramente o apretar con fuerza, sentir que la acuciaba desde abajo, desplazando la mano alrededor del muslo, haciéndola detenerse, el modo en que se abría camino hacia arriba y alrededor, el modo en que ella le aferraba la muñeca. La inclinación que daba a sus gafas de sol cuando se volvía y lo miraba o la película de la tele cuando la mujer entra en la habitación vacía y da lo mismo que coja el teléfono o se quite la falda con tal que esté sola y ellos estén mirando. La casa que alquilaron en la playa era sexo, entrar por la noche, tras largas horas de rígida conducción, sintiendo ella las articulaciones entumecidas, y oyendo el suave jadeo de las olas al otro lado de las dunas, el choque y el deslizamiento, y ésta era la línea de separación, el sonido de ahí afuera en la oscuridad marcándole a la sangre un ritmo terrenal.

Sentada, pensaba en esto. La cabeza le derivaba hacia esto o se alejaba hacia los primeros tiempos, ocho años atrás, de esa prórroga al cabo siniestra que llamaron matrimonio. Tenía en el regazo el correo del día. Había asuntos que atender y había sucesos que acumulaban los asuntos, pero ella miraba más allá de la lámpara, la pared, donde ambos parecían proyectarse, el hombre y la mujer, incompletos los cuerpos, pero reales y resplandecientes.

Fue la postal lo que la hizo regresar, la postal que remataba el montón de facturas y correo diverso. Miró por encima el mensaje garrapateado, la consabida salutación de una amiga que se encontraba en Roma, luego miró de nuevo el anverso de la tarjeta. Era la reproducción de la portada de un poema de Shelley en doce cantos, primera edición, titulado *Revolt of Islam*, la rebelión del islam. Incluso así, reducida a tamaño postal, resultaba evidente que la cubierta era de bella estampa, con una R grande, iluminada, abarcando florituras de seres vivos, una cabeza de carnero y algo parecido a un pez de fantasía con colmillo y trompa. *Revolt of Islam.* La tarjeta era de la casa de Keats y Shelley de la Piazza di Spagna, y ella se dio cuenta ya en los primeros y tensos segundos de que la habían echado al correo un par de semanas antes. Era cuestión de simple coincidencia, o no tan simple, que esa tarjeta llegase en este preciso momento, con el título de ese libro en concreto.

Eso fue todo, un momento perdido en el viernes de

aquella semana que duró una vida, tres días después de los aviones.

Le dijo a su madre:

—Parecía imposible, como regresado del otro mundo, ahí estaba, en la puerta. Qué suerte que Justin estuviera aquí contigo. Porque habría sido horrible para él ver a su padre así. Cubierto de hollín gris, de pies a cabeza, no sé, como de humo, ahí parado, con sangre en la cara y en la ropa.

—Hicimos un puzle, un puzle de animales, caballos en un campo.

El piso de su madre no quedaba lejos de la Quinta Avenida, con cuadros en las paredes, trabajosamente distribuidos en el espacio, y pequeñas piezas de bronce en los veladores y estanterías. Hoy, el salón se encontraba en situación de grato desorden. Los juguetes y los juegos de Justin estaban desperdigados por el suelo, echando a perder la calidad intemporal de la habitación, y ello resultaba agradable, pensó Lianne, porque, de otro modo, resultaba difícil no susurrar en un ambiente así.

—No sabía qué hacer. No funcionaba el teléfono. Acabamos yendo a pie al hospital. Pasito a pasito, como quien lleva a un niño pequeño.

—Pero, antes que nada, ¿por qué estaba en tu casa?

—No lo sé.

—¿Por qué no fue directamente a un hospital? Por ahí, a alguno del Downtown. ¿Por qué no fue a casa de alguien conocido?

Alguien conocido significaba una amiguita, una pulla inevitable, tenía que hacerlo, era más fuerte que ella.

—No lo sé.

—No lo habéis hablado. ¿Dónde está ahora?

—Está bien. Puede olvidarse de los médicos, por el momento.

—¿De qué habéis hablado?

—No tiene ningún problema de mayor consideración, no físico, al menos.

—¿De qué habéis hablado?

Su madre, Nina Bartos, había enseñado en universidades de California y Nueva York y llevaba dos años retirada, la Profesora Fulana de Tal de Esto y Aquello, como dijo Keith en una ocasión. Estaba pálida y flaca, su madre, en periodo de recuperación tras haber pasado por el quirófano para que le pusieran una rodilla nueva. Estaba por fin decididamente vieja. Era lo que quería, al parecer, estar vieja y cansada, aceptar la ancianidad, acatar la ancianidad, arroparse con ella. Los bastones, las medicinas, las cabezaditas de por la tarde, las dietas restringidas, las citas con los médicos.

—No tenemos nada de qué hablar, en este preciso momento. Él lo que tiene que hacer es mantenerse alejado de todo, incluidas las conversaciones.

—Reservado que es.

—Ya conoces a Keith.

—En eso siempre lo he admirado. Da la impresión de que hay en él algo más profundo que el senderismo, el esquí o la baraja. Pero ¿qué podrá ser?

—La escalada. No te olvides de la escalada.

—Y tú ibas con él. Se me había olvidado, en efecto.

Su madre se removió en el sillón, con los pies apoyados en el escabel a juego, a esas horas, aún en bata, muriéndose por un cigarrillo.

—Me gusta su reserva, o como quieras llamarla —dijo—. Pero ten cuidado.

—La reserva es contigo, o era, en las contadas ocasiones en que hubo comunicación de hecho.

—Ten cuidado. Ha corrido un grave riesgo, lo sé. Tenía amigos allí. También lo sé —dijo su madre—. Pero si dejas que la comprensión y la buena voluntad te afecten el juicio...

Estaban las conversaciones con amigos y antiguos colegas sobre la sustitución de rodilla, de cadera, sobre las atrocidades de la memoria a corto plazo y el seguro médico a largo plazo. Todo ello era tan ajeno a la noción que Lianne tenía de su madre, que lo atribuía a un elemento de representación teatral. Nina trataba de acomodarse a los verdaderos abusos de los años convirtiéndolos en una función teatral, otorgándose cierto grado de distancia irónica.

—Y Justin. De nuevo con un padre en casa.

—El chico está bien. ¿Quién sabe cómo es el chico? Está bien, ha vuelto al colegio —dijo—. Ya han abierto de nuevo.

—Pero tú estás preocupada. Lo sé. Te encanta alimentar tu miedo.

—¿Qué será lo próximo que pase? ¿No te haces esa pregunta? No sólo el mes que viene. En los años venideros.

—Nada es lo próximo. No hay próximo. Esto era lo próximo. Hace ocho años, pusieron una bomba en una de las torres. Nadie se preguntó qué sería lo próximo. Esto era lo próximo. Cuando hay que tener miedo es cuando no hay motivo para tenerlo. Demasiado tarde, ahora.

Lianne permanecía junto a la ventana.

—Pero cuando cayeron las torres.

—Me consta.

—Cuando ocurrió esto.

—Me consta.

—Creí que había muerto.

—Yo también —dijo Nina—. Tanta gente mirando.

—Pensando «está muerto, está muerto».

—Me consta.

—Viendo cómo se venían abajo esos edificios.

—Primero uno, luego el otro. Me consta —dijo su madre.

Tenía un surtido de bastones para elegir y a veces, en las horas desactivadas y los días lluviosos, subía la cuesta de su calle hasta el Museo Metropolitano y miraba cuadros. Miraba tres o cuatro cuadros en una hora y media. Miraba lo indefectible. Le gustaban las salas grandes, los viejos maestros, lo que de modo indefectible apresaba los ojos y la mente, la memoria y la identidad. Luego volvía a su casa a leer. Leía y se dormía.

—Ni que decir tiene que el niño es una bendición, pero, por lo demás, lo sabes mucho mejor que yo, casarte con ese hombre fue un tremendo error, y tú lo quisiste, andabas buscándotelo. Querías vivir de una manera determinada, pasase lo que pasase. Querías una cosa determinada y pensaste en Keith.

—¿Qué quería?

—Pensaste que Keith te llevaría a ella.

—¿Qué quería?

—Sentirte peligrosamente viva. Era una característica que tenías asociada con tu padre. Pero no era el caso. Tu padre, en el fondo, era un hombre cauteloso. Y tu hijo es un chico guapo y sensible —dijo—. Pero, por lo demás...

De veras que le gustaba este salón, a Lianne, cuando estaba arreglado al máximo, sin los juegos ni los juguetes por ahí tirados. Su madre sólo llevaba unos años viviendo en esta casa y Lianne tendía a verla con ojos de visitante, un espacio serenamente dueño de sí mismo, de manera que no importa si resulta un poco intimidatorio. Lo que más le gustaba eran las dos naturalezas muertas de la pared norte, obras de Giorgio Morandi, pintor que su madre había estudiado y sobre el que había escrito. Eran grupos de botellas, jarras, latas de galletas, nada más, pero había algo en las pinceladas que encerraba un misterio innombrable, para Lianne, o en los bordes irregulares de los floreros y jarrones, una especie de registro interno, humano y oscuro, alejado de la luz y el color de los cuadros. *Natura morta.* Era como si en italiano sonase con más fuerza de la necesaria, algo de mal agüero, incluso, pero de estas cosas nunca había hablado con su madre. Que los significados latentes se revuelvan y se retuerzan al viento, libres de toda observación autoritaria.

—De niña te encantaba preguntar. Siempre escarbando. Pero siempre eran las cosas equivocadas las que te despertaban la curiosidad.

—Eran cosas mías, no tuyas.

—Keith necesitaba una mujer que lamentase lo que hiciera con él. Es su estilo, conseguir que una mujer haga algo de lo que tenga que arrepentirse. Y lo que tú hiciste no fue cosa de una noche ni de un fin de semana. Él estaba hecho para los fines de semana. Lo que hiciste…

—No es el momento.

—Te casaste de veras con él.

—Y luego lo eché de mi lado. Tenía objeciones muy fuertes, que se habían ido creando con el tiempo. Lo que tú le objetas es muy distinto. No es ningún erudito, no es artista. No pinta, no escribe poesía. Si lo hiciera, le pasarías por alto todo lo demás. Sería un artista desaforado. Tendría derecho a comportarse inenarrablemente. Dime una cosa.

—Esta vez tienes más que perder. El respeto por ti misma. Piénsalo.

—Dime una cosa. ¿Qué pintores tienen derecho a comportarse de un modo más inenarrable, los figurativos o los abstractos?

Se oyó el zumbador y su madre se acercó al interfono a escuchar el aviso del portero. Lianne supo de antemano quién era. Subía Martin, el amante de su madre.

3

Firmó un documento, luego otro. Había personas en camillas y otras, pocas, en sillas de ruedas, y a él le costó trabajo escribir su propio nombre y más trabajo todavía anudarse a la espalda la bata del hospital. Lianne estaba allí para ayudarlo. Luego dejó de estar, y un enfermero lo sentó en una silla de ruedas y lo llevó pasillo abajo, para irlo introduciendo en una serie de salas de revisión, con casos urgentes pasando todo el tiempo sobre las camillas.

Médicos con camisola y pantalón de trabajo y mascarillas de papel le revisaron las vías respiratorias y le tomaron la tensión sanguínea. Buscaban reacciones potencialmente fatales a la herida, la hemorragia, la deshidratación. Se aseguraron de que no hubiera disminución del flujo sanguíneo en los tejidos. Estudiaron las contusiones de su cuerpo y le miraron los ojos y los oídos. Alguien le hizo un electrocardiograma. Por la puerta abierta vio perchas intravenosas pasar flotando. Le midieron la fuerza de agarre de la mano y le hicieron radiografías. Le dijeron cosas que no logró asimilar, algo sobre un ligamento o cartílago, rotura o esguince.

Alguien le quitó el cristal de la cara. El hombre se pasó el tiempo hablando, utilizando un instrumento que llamaba recogedor para extraer los pequeños fragmentos de cristal que no estuvieran muy incrustados. Dijo que los casos más graves se hallaban casi todos en hospitales del Downtown o en la sala de traumatología de uno de los muelles. Dijo que no aparecían tantos sobrevivientes como se había esperado. Lo impelían los acontecimientos y no paraba de hablar. Los médicos y voluntarios estaban ahí, mano sobre mano, dijo, porque los pacientes que tenían que haberles llegado estaban casi todos sepultados en las ruinas. Dijo que para los fragmentos más profundos tendría que utilizar unas pinzas.

—Donde hay atentados suicidas. Quizá prefiera usted que no le hable de esto.

—No lo sé.

—En los sitios en que esto ocurre, a los sobrevivientes, a las personas que están alrededor y resultan heridas, a veces, meses más tarde, les salen bultos, digamos, a falta de un término más adecuado; y resulta que estos bultos los producen pequeños fragmentos, verdaderamente diminutos, del cuerpo del suicida. El suicida explota en pedacitos, literalmente pedacitos, trocitos, y hay fragmentos de carne y de hueso que salen volando a tal velocidad y con tanta fuerza, que se quedan incrustados, anidados en el cuerpo de cualquiera que se halle dentro del radio de la explosión. ¿Puede usted creerlo? Una estudiante, sentada en la terraza de un café. Sobrevive al atentado. Luego, meses más tarde, le encuentran algo así como bolitas de carne, carne humana clavada en la piel. Lo llaman metralla orgánica.

Extrajo otra astilla de cristal del rostro de Keith.

—No creo que usted tenga ningún trocito de ésos —dijo.

Los mejores amigos de Justin eran dos hermanos, él y ella, que vivían a diez manzanas de allí en un edificio residencial. A Lianne, al principio, le costaba trabajo recordar sus nombres y los llamaba los Dos Hermanos y con ese apodo se quedaron en seguida. Justin dijo que, total, daba lo mismo, porque ése era su verdadero nombre, y ella pensó que hay que ver lo gracioso que es este chico cuando quiere.

Vio por la calle a Isabel, la madre de los Dos Hermanos, y se pararon en una esquina a charlar un rato.

—Son cosas de niños, sin duda, pero reconozco que estoy empezando a extrañarme.

—Están conspirando, o algo así.

—Sí, y hablan en una especie de lenguaje secreto y se pasan el rato en la ventana del cuarto de Katie, con la puerta cerrada.

—¿Cómo sabes que están en la ventana?

—Porque los oigo hablar cuando paso y localizo dónde están. Están en la ventana, hablando en esa especie de lenguaje secreto. Puede que Justin te haya contado algo.

—Me parece que no.

—Porque está empezando a resultar un poco extraño, francamente, en primer lugar, lo de que pasen tanto tiempo como haciendo piña, y luego que no paren un segundo de cuchichearse cosas en la jerigonza esa, que sí, que son cosas de niños, sin duda, pero así y todo.

Lianne no sabía muy bien de qué iba la cosa. Iba de

tres niños que se pasaban el rato juntos comportándose como niños.

—Justin está empezando a interesarse en la climatología. Creo que están estudiando las nubes en el colegio —dijo, no sin darse cuenta de lo vacío que sonaba.

—Los cuchicheos no son sobre las nubes.

—Vale.

—Tiene que ver con el hombre ese.

—¿Qué hombre?

—Ése. Ya sabes a quién me refiero.

—Ah, ése —dijo Lianne.

—¿No es ése el nombre que se dicen cuando cuchichean? Mis hijos se niegan por completo a hablar del asunto. Lo impone Katie. Básicamente, lo que hace es asustar a su hermano. Creí que a lo mejor tú sabrías algo.

—Me parece que no.

—¿O sea que Justin no cuenta nada de esto?

—No. ¿Qué hombre?

—¿Qué hombre? Ahí está la cosa —dijo Isabel.

Era alto, llevaba el pelo rapado, y a ella le pareció militar, de carrera, todavía en buena forma y con el aspecto ya de un hombre curtido, no en combate, sino en los pálidos rigores de esta vida, en la separación quizá, en vivir solo, en ser padre a distancia.

Ahora estaba en la cama y la miraba, a unos palmos de distancia, empezar a abrocharse la falda. Dormían en la misma cama porque ella no era capaz de decirle que utilizara el sofá y porque le gustaba tenerlo ahí, cerca. No parecía que durmiese. Permanecía tendido boca arriba y hablaba —escuchaba, sobre todo—, y estaba bien. No le hacía falta saber lo que pensaba un hombre en todos los casos, ya no, no tratándose de este hombre. Le gustaban los espacios que creaba. Le gustaba vestirse delante de él. Sabía que se acercaba el momento en que la empujaría contra la pared antes de que terminara de vestirse. Se levantaría de la cama y la miraría y ella dejaría de hacer lo que estuviera haciendo y quedaría a la espera de que él se acercase y la empujara contra la pared.

Estaba tendido en una mesa larga y estrecha dentro de la unidad cerrada. Tenía una almohada debajo de las rodillas y un riel de dos focos sobre la cabeza y trataba de escuchar la música. Dentro del potente ruido del escáner fijó su atención en los instrumentos, distinguiendo entre unos cuerpos y otros, cuerda, viento, metal. El ruido era un violento golpeteo en *staccato*, un clamor metálico que lo hacía sentirse en lo más profundo de una ciudad de ciencia ficción a punto de ser desmantelada.

Llevaba un dispositivo en la muñeca para generar una imagen detallada y la sensación de confinamiento y desamparo le hizo recordar algo que había dicho la radióloga, una rusa cuyo acento se le antojaba tranquilizador, porque es gente seria, que sopesa cada palabra, y quizá fuera ésa la razón de que optara por la música clásica cuando le dieron a elegir. Le llegó su voz ahora por los auriculares diciendo que la siguiente secuencia de ruido duraría tres minutos, y cuando se reanudó la música pensó en Nancy Dinnerstein, que llevaba una clínica de sueño en Boston. Los clientes le pagaban por hacerlos dormir. O en la otra Nancy, como se llamara, brevemente, entre actos sexuales incidentales, en Pórtland esta vez, Oregón, sin apellido. La ciudad sí tenía apellido; la mujer, no.

El ruido era insoportable, alternando entre un sonido de golpes aplastantes y una pulsación electrónica de tono variado. Se concentró en la música pensando en lo que le había dicho la radióloga, que cuando se acaba, con su acento ruso, se olvida uno instantáneamente de toda la experiencia, de modo que no puede ser tan mala, dijo, y él pensó que sonaba a descripción de la muerte. Pero ésa era otra cuestión, verdad, en otro tipo de ruido, y el hombre atrapado no sale de su tubo deslizándose. Escuchaba la música. Puso todo su empeño en oír las flautas y distinguirlas de los clarinetes, si clarinetes eran, pero no fue capaz y la única fuerza compensatoria era Nancy Dinnerstein borracha en Boston y ello le proporcionó una erección estólida y desamparada, recordándola en aquella habitación llena de corrientes de aire, con vistas al río, limitadas.

Oyó la voz de su auricular diciéndole que la próxima secuencia de ruido duraría siete minutos.

Lianne vio su rostro en los periódicos, el hombre del Vuelo 11. Sólo uno de los diecinueve parecía tener rostro en ese punto, mirándola desde la foto, tenso, con una expresión de dureza en los ojos que no parecía adecuada para un permiso de conducir.

La llamó Carol Shoup, editora ejecutiva de una importante editorial. Carol le daba trabajo de vez en cuando, porque Lianne se dedicaba a revisar libros trabajando por su cuenta, en casa o en la biblioteca.

Era Carol quien le había enviado la postal desde Roma, de la casa de Keats y Shelley, y era una de esas personas que a la vuelta, inevitablemente, llama y pregunta: «¿Recibiste mi postal?»

Siempre con una voz que vacilaba entre la inseguridad desesperada y el rencor incipiente.

Lo que preguntó, sin embargo, fue:

—¿Es mal momento?

En cuanto él entró por su puerta y los demás fueron enterándose, en los días siguientes, empezaron las llamadas con pregunta introductoria: «¿Es mal momento?»

Querían decir, por supuesto, estás ocupada, tienes que estar ocupada, tienen que estar pasando tantas cosas, te llamo en otro momento, hay algo que pueda hacer yo, cómo está, se va a quedar mucho tiempo y, finalmente, ¿por qué no cenamos los cuatro juntos en algún sitio tranquilo?

Era raro lo brusca que se volvía, y lacónica, llegando incluso a odiar la frase, marcada por su propio ADN, que la llevaba a replicarse, y a desconfiar de las voces, tan suavemente fúnebres.

—Porque si es mal momento —decía Carol—, podemos hablar cuando sea.

Se negaba a creer que estuviera siendo egoísta en su custodia del sobreviviente, decidida a ejercer sus derechos de exclusiva. Ahí es donde él quería estar, apartado de la marea de voces y rostros, por Dios y por la Patria, sentado solo en habitaciones quietas, rodeado por quienes le importaban.

—Por cierto —dijo Carol—, ¿recibiste la postal que te mandé?

Oyó música procedente de algún lugar del edificio, de un piso más bajo, y dio dos pasos hacia la puerta, apartándose el teléfono del oído, y luego abrió la puerta y allí se quedó, escuchando.

Ahora estaba al pie de la cama, mirándolo allí tendido, tarde, una noche, cuando ya había terminado de trabajar, y le preguntó por fin tranquilamente:

—¿Por qué has venido?

—Ésa es la cuestión, ¿verdad?

—Por Justin, ¿no?

Ésta era la respuesta que ella quería, la más lógica.

—Para que viese que estás vivo —dijo Lianne.

Pero esto era sólo la mitad de la respuesta y comprendió que necesitaba oír algo más, un motivo más amplio de su acción o su intuición o lo que quiera que fuese.

Él permaneció pensativo durante un largo rato.

—Es difícil reconstruirlo. No sé cómo funcionaba mi mente en aquel momento. Apareció un hombre con una furgoneta, un fontanero, me parece, y me trajo aquí. Le habían robado la radio y sabía por el ruido de las sirenas que algo estaba pasando, pero no sabía qué. En un momento determinado tuvo una buena visión del Downtown, pero sólo pudo ver una torre. Pensó que una torre le ocultaba la visión de la otra, o que era el humo. Vio aquel humo. Siguió una bocacalle en dirección este y volvió a mirar y sólo había una torre. Una torre no era lógico. Luego continuó hacia el Uptown, porque en esa dirección iba y al final me vio y me recogió. En aquel momento ya había desaparecido la segunda torre. Ocho radios en tres años, me dijo. Todas robadas. Electricista, creo. Tenía una botella de agua y estaba todo el rato poniéndomela delante de las narices.

—¿Y tu casa? No podías ir a tu casa, y lo sabías.

—Sabía que el edificio estaba demasiado cerca de las torres y quizá supiera que allí no podía ir, pero también es posible que nada de lo anterior me pasara por la cabeza. De todos modos, no es por eso por lo que vine. Era más que eso.

Se sintió mejor, ella, ahora.

—Quería llevarme al hospital, el de la furgoneta, pero yo le dije que me trajera aquí.

La miró.

—Le di esta dirección —repitió, para más énfasis, y ella se sintió mejor todavía.

Era cosa de nada, cirugía sin hospitalización, un ligamento o cartílago, con Lianne en la zona de recepción esperando para llevarlo de regreso al apartamento. Ya en la mesa del quirófano, pensó en su amigo Rumsey, brevemente, un momento antes o después de perder la sensibilidad. El doctor, el anestesista, le inyectó un sedante muy fuerte, o algún otro agente, una sustancia con supresor de memoria, o quizá fueran dos inyecciones, pero ahí estaba Rumsey, en su asiento junto a la ventana, lo cual quería decir que la memoria no había sido erradicada o que la sustancia aún no había hecho efecto, un sueño, una imagen de vigilia, lo que fuese, Rumsey envuelto en humo, las cosas cayendo.

Salió a la calle pensando cosas corrientes, la cena, la tintorería, el cajero automático, ya está, volver a casa.

Le quedaba mucho por hacer en el libro que estaba revisando, para una editorial universitaria, sobre los alfabetos antiguos, estaba echándose encima la fecha de entrega. Había, sin duda alguna, eso.

Se preguntó cómo reaccionaría el niño ante la salsa picante de mango que acababa de comprar, o quizá ya la hubiese probado antes, la hubiese comido y la hubiese odiado, en casa de los Dos Hermanos, porque Katie la había mencionado alguna vez, o alguien.

El autor era un búlgaro que escribía en inglés.

Y había esto, los taxis en anchas hileras, de tres o cuatro en fondo, acelerando en su dirección desde el semáforo de la bocacalle anterior de la avenida, cuando se detuvo en mitad del cruce a elaborar su destino.

En Santa Fe vio un cartel en un escaparate, de champú étnico. Viajaba por Nuevo México con un hombre con quien salía de vez en cuando durante la separación, un directivo de televisión, impecablemente leído, con los dientes blancos como la cal, por láser, un hombre a quien le encantaban su rostro alargado y su cuerpo perezoso y flexible, decía, incluidas sus nudosas extremidades, y de qué manera la observaba, recorriendo con los dedos los recodos y las arrugas, a los que ponía nombres de eras geológicas, haciéndola reír, intermitentemente, durante día y medio, o quizá sólo fuera la altura a que estaban jodiendo, en los cielos del alto desierto.

Corriendo ahora hacia la lejana acera, sintiéndose falda y blusa sin cuerpo dentro, qué placentero resultaba, esconderse detrás del brillante plástico de la larga funda de la tintorería, que llevaba por delante con los brazos extendidos, entre ella y los taxis, en defensa propia. Imaginó los ojos de los taxistas, intensos y rasgados, con la cabeza inclinada hacia el volante, y aún quedaba lo de su necesidad de estar a la altura de la situación, como había dicho Martin, el amante de su madre.

Había eso, y Keith en la ducha, esta mañana, de pie bajo el chorro, aterido, una figura borrosa metida en plexiglás, lejana.

Pero lo que la hizo pensar en esto, en el champú étnico, en mitad de la Tercera Avenida, era una pregunta que quizá careciera de respuesta en un libro sobre alfabetos antiguos, minuciosos desciframientos, inscripciones en terracota, cortezas de árbol, piedras, huesos, papiros. La broma, a su costa, era que la obra en cuestión venía escrita con una máquina manual, de las antiguas, con las correcciones textuales añadidas por el autor en una letra profundamente emotiva e ilegible.

El primer policía le dijo que acudiera al punto de control que había en la manzana siguiente en dirección este y él así lo hizo y había policía militar y soldados en vehículos de alta movilidad y un convoy de camiones de la basura y escobas mecánicas sanitarias desplazándose hacia el sur por entre las barreras de caballete. Mostró prueba de residencia con foto identificativa, y el segundo policía le dijo que acudiera al siguiente punto de control, dirección este, y él así lo hizo y vio una barrera de cadena tendida en mitad de Broadway bajo la vigilancia de soldados con máscaras antigás. Le dijo al policía del punto de control que tenía que darle de comer al gato y que si el animal se moría su hijo no lograría superar el trauma y el hombre se mostró comprensivo y le dijo que lo intentase en el punto de control siguiente. Había coches de bomberos y ambulancias, había coches patrulla, camiones remolcadores, vehículos con cofa portapersonas, todos ellos cruzando las barricadas y adentrándose en el sudario de tierra y ceniza.

Le mostró al policía siguiente su prueba de residencia con foto identificativa, y le dijo que tenía que darles de comer a los gatos, tres gatos, y que si los animales se morían sus hijos nunca lograrían superar el trauma y le enseñó el entablillado del brazo izquierdo. Tuvo que quitarse de en medio cuando una manada de enormes buldózeres y excavadoras empezó a entrar por las barricadas abiertas, haciendo un ruido de máquinas infernales interminablemente pasadas de vueltas. Volvió al principio, con el policía, y le enseñó el entablillado de la muñeca y le dijo que le bastaba con quince minutos en su casa para dar de comer a los gatos y que luego volvería al hotel del Uptown, donde no aceptaban animales, a tranquilizar a los niños. El policía dijo «vale, pero si lo paran a usted ahí abajo dígales que pasó por el punto de control de Broadway, no por éste».

Se fue abriendo camino por la zona paralizada, dirección sur y dirección oeste, pasando por puntos de control más pequeños y evitando otros. Había soldados de la Guardia en uniforme de combate y con armas blancas, y de vez en cuando veía una figura con máscara antipolvo, hombre o mujer, oscuros y furtivos, los únicos civiles, además de él. Las calles y los coches emergían de la ceniza y había bolsas de basura amontonadas en las aceras y contra las paredes de los edificios. Caminó despacio, atento a cualquier cosa que no pudiese identificar. Todo era gris, fláccido y derrumbado, las fachadas de las tiendas tras los cierres de acero corrugado, una ciudad en algún otro lugar, en permanente estado de sitio, y una pestilencia en el aire que se infiltraba en la piel.

Se detuvo ante la barrera de la National Rent-A-Fence y al mirar la neblina vio las hebras de filigrana torcida, lo último que seguía en pie, un vestigio esquelético de la torre donde había trabajado diez años. Había muertos por todas partes, en el aire, en los escombros, en los techos cercanos, en los vientos que llegaban del río. Estaban colocados en la ceniza y rociados en las ventanas de la calle entera, en su pelo y en su ropa.

Notó que alguien se situaba junto a él ante la valla, un hombre con máscara antipolvo cuyo silencio parecía calculado para ser roto.

—Mire eso —dijo, al fin—. Me digo que estoy aquí, pero es difícil creerlo, es difícil creer que está uno aquí, viéndolo.

La máscara amortiguaba sus palabras.

—Fui andando a Brooklyn cuando ocurrió —dijo—. No vivo aquí. Vivo en el lado oeste del Uptown, pero trabajo por aquí, y cuando sucedió todo el mundo echó a andar en dirección a Brooklyn, por el puente, y yo fui detrás. Crucé por el puente porque todo el mundo cruzó por el puente.

Sonaba como si tuviese un defecto en el habla, en palabras ahogadas y confusas. Sacó el móvil y marcó un número.

—Estoy aquí mismo —dijo, pero tuvo que repetirlo, porque la persona a quien hablaba no lo entendió—. Estoy aquí mismo.

Keith encaminó sus pasos hacia el edificio donde vivía. Vio a tres números del Departamento de Policía de Nueva York, con casco y chaquetón, con perros de rastreo en traílla corta. Se acercaron a él y uno de los números ladeó la cabeza, inquisitivamente. Keith le dijo adónde se dirigía, haciendo mención de los gatos y de los niños. El policía hizo una pausa para decirle que la torre uno de la Liberty Plaza, cincuenta y pico pisos, cerca del sitio a donde iba Keith, estaba a punto de venirse abajo, joder. Los otros dos policías esperaban impacientes y el primero le dijo que el edificio estaba moviéndose de un modo claro y mensurable. Keith asintió con la cabeza y esperó a que se marcharan y reanudó su camino en dirección sur, de nuevo, para luego torcer al oeste, por calles vacías en su mayor parte. Vio a dos judíos jasídicos delante de una tienda con el escaparate destrozado. Parecían tener mil años. Al acercarse a su edificio vio hombres con respiradores y trajes de protección corporal, restregando la acera con una enorme aspiradora.

Las puertas se habían caído, o las habían tirado. Pensó que no era obra de saqueadores. Pensó que la gente, a la desesperada, se había metido donde pudo, cuando las torres cayeron. El vestíbulo olía a la basura sin recoger que había en el sótano. Sabía que ya habían vuelto a conectar la energía eléctrica y que no había razón alguna para no utilizar el ascensor, pero subió a pie los nueve pisos, deteniéndose en el tercero y el séptimo, casi al final de los largos pasillos. Allí parado, quedó a la escucha. El edificio parecía vacío, daba la sensación de estar vacío, sonaba a vacío. Cuando entró en su casa permaneció un rato sin moverse, mirando en torno. En las ventanas había una costra de arena y ceniza y había trozos de papel y un folio entero atrapados en la mugre. Todo lo demás estaba tal como él lo había dejado cuando se fue a trabajar aquel martes por la mañana. Tampoco se habría dado cuenta, si algo hubiese cambiado. Llevaba un año y medio viviendo aquí, desde la separación, cerca de la oficina, centrando su vida, contentándose con la más estrecha de las perspectivas, la de no percibir.

Pero ahora miró. Algo de luz llegaba entre los churretes de las ventanas. Vio el sitio con otros ojos, ahora. Aquí estaba él, viéndose con claridad, con nada que le importase en esas dos habitaciones y media, oscuras y silenciosas, con un leve olor a casa no ocupada. Había la mesa de juego, eso era todo, con su tapete verde, de algodón raspado o fieltro, donde se jugaba la partida de póquer semanal. Uno de los jugadores dijo que era algodón raspado, fieltro de imitación, añadió, y Keith, más o menos, lo dio por bueno. Era, dentro de su semana, de su mes, un intervalo sin complicaciones, la partida de póquer: el único hecho previsible que no venía marcado por los rastros de sangre culpable de las relaciones cercenadas. Vas o no vas. Fieltro o algodón raspado.

Era la última vez que iba a estar aquí. No había gatos, sólo ropa. Metió unas cuantas cosas en una maleta, unas camisas y unos pantalones y sus botas de senderismo traídas de Suiza, y al carajo todo lo demás. Esto y aquello y las botas suizas porque las botas contaban y la mesa de juego también, pero no iba a necesitar la mesa, con dos de los jugadores muertos y otro gravemente herido. Una sola maleta y ya estaba, y el pasaporte, los talonarios, la partida de nacimiento y algún otro documento, los papeles estatales de identidad. Ahí quieto, de pie, percibió algo tan solitario que habría podido tocarlo con la mano. En la ventana, el aire hacía temblar el folio intacto, y Keith se acercó a ver si podía leerlo. Pero lo que hizo fue mirar la astilla visible de la Liberty Plaza Uno y ponerse a contar los pisos, para perder interés cuando iba por la mitad y pensar en otra cosa.

Miró en el frigorífico. Quizá estuviera pensando en el hombre que antes vivía aquí y comprobó las botellas y los envases a ver si encontraba alguna pista. El papel crujía en la ventana y él cogió la maleta y salió por la puerta, que dejó cerrada con llave. Anduvo unos quince pasos por el corredor, manteniéndose apartado del hueco de la escalera, y dijo algo en un tono de voz levemente por encima del susurro:

—Estoy aquí mismo —y luego, más alto—: Estoy aquí mismo.

En la versión cinematográfica habría alguien en el edificio, una mujer con graves lesiones emocionales, o un viejo sin techo, y habría diálogo y primeros planos.

La verdad era que no se fiaba del ascensor. No quería saberlo, pero lo supo, inevitablemente. Bajó andando hasta el vestíbulo, sintiendo la basura acercársele por peldaños. Los de la aspiradora ya no estaban. Oyó el zumbido y el chirriar de la maquinaria pesada en el lugar de los hechos, máquinas para retirar la tierra, excavadoras que machacaban el cemento hasta convertirlo en polvo, y luego una bocina que anunciaba peligro, el posible derrumbe de alguna estructura cercana. Esperó, todos quedaron a la espera, y luego empezó otra vez el ruido de las máquinas.

Fue a la sucursal de correo de la zona para recoger el correo que no le habían llevado a casa y luego caminó en dirección norte hacia las barricadas, pensando que iba a serle difícil encontrar un taxi ahora que todos los taxistas de Nueva York se llamaban Muhammad.

4

La separación vino caracterizada por una cierta simetría, el inalterable compromiso que adquirió cada uno de ellos con un grupo equivalente. Él tenía su partida de póquer, seis jugadores, en el Downtown, una noche a la semana. Ella tenía sus sesiones de expresión narrativa, en East Harlem, también semanales, por la tarde, una reunión de cinco o seis o siete hombres y mujeres en los primeros estadios de la enfermedad de Alzheimer.

Las partidas de cartas cesaron tras la caída de las torres, pero las sesiones ganaron en alguna medida intensidad. Los participantes tomaban asiento en sillas plegables en una habitación con puerta provisional, de chapa, en un centro comunitario de grandes dimensiones. Estampidos y golpes reverberaban permanentemente en las paredes del vestíbulo. Había niños correteando por ahí, adultos en cursos especiales. Había gente jugando al dominó y al tenis de mesa, voluntarios preparando entregas de comida para ancianos de la zona.

El grupo lo puso en marcha un psicólogo clínico que dejaba a Lianne encargarse sola de estas reuniones, cuyo objetivo no estribaba sino en levantar la moral de los asistentes. Hablaban un rato de lo que sucedía en el mundo y en sus vidas y luego cada cual recibía un cuaderno rayado y un bolígrafo de manos de Lianne, que también les sugería sobre qué tema escribir o les pedía que lo eligieran ellos. «Recuerdo a mi padre», cosas así, o «Lo que siempre quise hacer y nunca hice», o «¿Saben mis hijos quién soy?».

Se pasaban unos veinte minutos escribiendo y luego, uno por uno, iban leyendo lo que habían escrito. A veces los textos la asustaban, los primeros signos de titubeo, las pérdidas y los fallos, las macabras prefiguraciones, aquí y allí, de una mente que empezaba a apartarse de la fricción adhesiva que hace posible la individualidad. Se mostraban en el lenguaje, las letras invertidas, la última palabra al final de una frase trabajosa. Estaban en la caligrafía que podía trocarse en un reguero de pequeños rasgos. Pero había mil buenos momentos que los participantes experimentaban, cuando se les brindaba la oportunidad de localizar los entrecruzamientos de percepción y memoria que el acto de escribir hace posibles. Se reían a carcajadas, a menudo. Trabajaban su propio material, descubriendo relatos para desternillarse, y qué natural les parecía hacerlo, contar historias sobre ellos mismos.

Rosellen S. vio a su padre entrar por las puertas tras una desaparición de cuatro años. Ahora llevaba barba, y la cabeza afeitada, y le faltaba un brazo. Tenía ella diez años cuando esto ocurrió e hizo el relato del suceso con fluida concentración, con intimidad de neto detalle físico y como recordando un sueño, algo sin relaciones aparentes: programas de radio, primos llamados Luther, dos, y un vestido que su madre llevó a la boda de alguien; y la escucharon leer, casi en un susurro, *le falta-*

ba un brazo, y Benny, el que ocupaba el asiento contiguo, cerró los ojos y se pasó todo el tiempo que duró el relato balanceándose. Omar H. dijo que aquélla era su sala de rezos. Invocaban la fuerza de la autoridad final. Nadie sabía qué sabían, aquí, en el último minuto de claridad antes del cierre definitivo.

Firmaban sus redacciones con el nombre de pila y la inicial del apellido. Fue idea de Lianne, quizá un poco artificial, pensaba, como si fueran personajes de novelas europeas. Eran personajes y autores, al mismo tiempo, capacitados para decir lo que deseaban, cobijar lo demás en el silencio. Cuando leía sus trabajos, Carmen G. se complacía en adornarlos con frases en español, para mejor captar el intríngulis auditivo del incidente o la emoción. Benny T. odiaba escribir pero disfrutaba hablando. Traía a las reuniones unos pasteles como bolsas de gelatina, que nadie más tocaba. El ruido hallaba eco en el vestíbulo, unos chicos tocando el piano e instrumentos de percusión, otros con patines de ruedas, y las voces y acentos de los adultos, su inglés políglota flotando por el edificio.

Los participantes escribían sobre sus malos momentos, sus recuerdos felices, las hijas que se convertían en madres. Anna escribía sobre la revelación de la propia escritura, explicando que no se le había pasado por la cabeza que pudiera escribir diez palabras seguidas y mirad ahora de qué modo me salen. Era Anna C., una mujer del barrio, muy robusta. Casi todos eran del barrio: el más viejo, Curtis B., ochenta y un años, un hombre alto y taciturno, con antecedentes penales y con una voz, cuando leía, en la que se captaban ecos de la *Enciclopedia Británica,* recopilación que se había leído de cabo a rabo en la biblioteca de la cárcel.

Había un tema sobre el que los participantes deseaban escribir, y lo pedían con insistencia, todos menos Omar H. A Omar H. lo ponía nervioso, pero acabó aceptando. Deseaban escribir sobre los aviones.

Cuando volvió al Uptown el piso estaba vacío. Miró el correo. Un par de sobres venían con su nombre mal escrito, lo cual no era infrecuente, y echó mano de un bolígrafo que había en un cubilete, junto al teléfono, y corrigió los errores. No recordaba exactamente cuándo había empezado a hacerlo, ni sabía por qué lo hacía. No había razón alguna. Porque no era él, con el nombre mal escrito, ése era el motivo. Lo hizo una vez y luego siguió haciéndolo y quizá comprendiera, en algún nivel reptiliano de percepción, que tenía que seguir haciéndolo durante años y décadas. No se representaba su futuro en términos claros, pero estaba seguramente allí, zumbándole debajo del cráneo. Nunca corregía los errores en los envíos de segunda o tercera clase, material publicitario indiscriminado, para tirar. Estuvo a punto de hacerlo, la primera vez, pero no lo hizo. El correo basura fue creado precisamente con tal motivo, para clasificar de antemano todas las identidades del mundo en una sola, con el nombre mal escrito. En casi todos los demás casos sí que efectuaba la corrección, aplicable a la primera sílaba de su apellido, que era Neudecker; y luego abría el sobre. Nunca hacía la enmienda en presencia de nadie. Era un acto que ponía especial cuidado en ocultar.

Lianne cruzó el parque de Washington Square detrás de un estudiante que le decía *esperémoslo* a su teléfono móvil. Era un día luminoso, los ajedrecistas sentados a sus mesas, bajo el arco una sesión de fotos de moda. Decían *esperémoslo,* decían *ay, Dios mío,* con un pequeño y delicioso asombro. Vio a una joven leyendo en un banco, en la posición del loto. Lianne leía haiku en posición sedente, en el suelo, con las piernas cruzadas, en las semanas y meses posteriores a la muerte de su padre. Recordó un poema de Bashō, el primero y el tercer verso. No recordaba el segundo. *También en Kyoto... echo de menos Kyoto.* Le faltaba el segundo verso, pero no le pareció que fuera necesario.

Media hora después estaba en la Gran Estación Central esperando el tren de su madre. No había pasado por allí últimamente y no estaba habituada a la visión de la policía y los soldados en apretada formación, ni a los vigilantes con perros. Otros sitios, pensó, otros mundos, terminales polvorientas, cruces importantes, es lo de costumbre y siempre lo será. Eso último no fue una reflexión calculada sino más bien un aleteo, una corriente de aire que le bajaba de la memoria, ciudades que había visto, gentío y calor. Pero el orden normal también se percibía allí, turistas haciendo fotos, pequeños remolinos apresurados de viajeros diarios. Se dirigía al mostrador de información para comprobar la puerta de llegada cuando algo le llamó la atención cerca del acceso de la calle 42.

Había una aglomeración de gente junto a la entrada, a ambos lados, otros cruzaban las puertas, pero con la atención todavía ocupada en algo que ocurría fuera. Lianne salió a la muy concurrida acera. Iba intensificándose el tráfico, sonaban bocinas. Bordeó la fachada de una tienda y miró hacia la estructura verde de acero que pasa por encima de Pershing Square, la sección del ferrocarril elevado por la que discurre el tráfico a ambos lados de la terminal.

Había un hombre colgando por encima de la calle, cabeza abajo. Llevaba un traje de ejecutivo, tenía una rodilla levantada y los brazos pegados al cuerpo. Apenas se veía el arnés de seguridad, que le asomaba por la pernera recta del pantalón y estaba anclado al riel decorativo del viaducto.

Le habían hablado de él, un artista callejero al que llamaban el Hombre del Salto. Había hecho varias apariciones la semana pasada, sin previo aviso, en varias partes de la ciudad, colgado de una u otra estructura, siempre cabeza abajo, con traje, corbata y zapatos de vestir. Traía a la mente, por supuesto, aquellos siniestros instantes dentro de las torres en llamas, con la gente cayendo u obligada a saltar. Lo habían visto colgando de una galería en el patio de un hotel y había salido escoltado por la policía de una sala de conciertos y de dos o tres edificios de pisos con terrazas o tejados accesibles.

El tráfico apenas se movía, ahora. Había quienes le gritaban, ofendidos ante el espectáculo de la desesperación humana encarnada en una marioneta, el último suspiro de un cuerpo y lo que contenía. Contenía la mirada del mundo, pensó ella. Ahí estaba la espantosa claridad de todo ello, algo que no habíamos visto, la figura única que cae arrastrando el espanto colectivo, cuerpo que cae a estar entre nosotros. Y ahora, pensó, esta pequeña representación teatral, lo suficientemente perturbadora como para detener el tráfico y hacer que ella regresara a la terminal.

Su madre la esperaba en la puerta, en el nivel inferior, apoyada en su bastón.

Dijo:

—Tuve que marcharme.

—Creí que ibas a quedarte una semana más, por lo menos. Mejor aquí que allí.

—Quiero estar en mi casa.

—¿Y Martin?

—Martin sigue allí. Aún estamos discutiendo. Quiero sentarme en mi sillón a leer mis europeos.

Lianne se hizo cargo de la maleta y subieron por la escalera mecánica hasta el vestíbulo principal, impregnado de una luz polvorienta procedente de las altas ventanas de media luna. Una docena de personas se congregaban alrededor de un guía, junto a la escalera de la galería este, mirando el firmamento del techo, las constelaciones de pan de oro, con un vigilante y su perro al lado, y la madre de Lianne no pudo evitarse el comentario sobre el uniforme de aquel hombre, para qué podía servir aquel camuflaje de selva tropical en pleno Midtown de Manhattan.

—Todo el mundo se marcha, y tú vuelves.

—Nadie se marcha —dijo su madre—. Los que se marchan nunca han estado aquí.

—Tengo que reconocerlo, se me pasó por la cabeza. Coger al chico y largarme.

—No hagas que me ponga mala —dijo su madre.

También en Nueva York, pensó ella. Claro que estaba en un error en lo tocante al segundo verso del haiku. Le constaba. Fuese lo que fuese, tenía que ser fundamental en el poema. *También en Nueva York… echo de menos Nueva York.*

Guió a su madre por la planta y tomaron un pasadizo que las llevaría a tres manzanas al norte de la puerta principal. Allí se movería el tráfico y se podría coger un taxi y no habría rastro del hombre cabeza abajo, en caída estacionaria, diez días después de los aviones.

Qué interesante, ¿verdad? Dormir con tu marido, una mujer de treinta y ocho años y un hombre de treinta y nueve, y nunca un suspiro de sexo. Es tu ex marido, que técnicamente nunca fue ex, el desconocido con quien te casaste en una vida anterior. Se vestía y se desnudaba, él miraba y no. Era extraño, pero interesante. No se acumulaba la tensión. Era extremadamente extraño. Lo quería aquí, cerca, pero no percibía el menor atisbo de contradicción ni de sacrificio abnegado. Esperar, eso era todo, una ancha pausa en reconocimiento a los mil días amargos, con sus noches, no tan fáciles de dejar de lado. El asunto requería tiempo. No podía ocurrir como las cosas ocurren en la vida ordinaria. Y qué interesante, ¿verdad?, el modo en que te mueves por el dormitorio, medio desnuda por seguir la costumbre, y el respeto que le muestras al pasado, lo deferente que eres con sus fervores del género falso, sus pasiones que tan pronto nacen como se queman.

Quería contacto, y él también.

El maletín era más pequeño de lo normal y marrón rojizo, con herrajes de latón, y estaba en el suelo del armario. Lo había visto antes, pero hasta ahora no había comprendido que no era suyo. Ni suyo, ni de su mujer. Lo había visto, lo tenía medio localizado en alguna lejanía perdida, en su mano, en la mano derecha, un objeto empalidecido por la ceniza, pero hasta ahora no había sabido por qué estaba ahí.

Lo recogió y lo llevó a la mesa de despacho. Estaba ahí porque él lo había traído. El maletín no era suyo, pero se lo había traído de la torre y lo llevaba consigo cuando se presentó en la puerta. Ni que decir tiene que Lianne lo limpió luego, y ahí estaba él ahora, mirándolo, cuero de plena flor, de textura rugosa, con un agradable barniz de tiempo, uno de los cierres llevaba la marca de una quemadura. Pasó el dedo por el asa almohadillada, tratando de recordar por qué se había traído el maletín. No tenía prisa por abrirlo. Empezó a pensar que no quería abrirlo, pero no supo explicarse por qué. Pasó los nudillos por la parte de delante y deshebilló una de las correas. La luz del sol se reflejaba en el planisferio celeste de la pared. Deshebilló la segunda correa.

Dentro había unos auriculares y un reproductor de CD. Una botella pequeña de agua mineral. Un teléfono móvil en el bolsillo previsto a tal efecto y media barra de chocolate en la abertura para tarjetas comerciales. Vio que había tres fundas de pluma, un bolígrafo. Había un paquete de Kent y un encendedor. En una de las bolsas laterales encontró un cepillo de dientes sónico dentro de su estuche de viaje y también un grabador digital de voz, más fino que el suyo.

Examinó aquellos objetos con despego. No estaba bien, era algo patológico, en cierto modo estar haciendo lo que estaba haciendo, pero se sentía tan remoto de las cosas del maletín, de la coyuntura del maletín, que seguramente daba lo mismo.

Había una carpeta de cuero falso en una de las particiones, con un bloc de papel en blanco. Encontró un sobre prefranqueado a AT&T, sin remite, y un libro en la partición con cremallera, una guía de bolsillo para la compra de coches de ocasión. El CD que había dentro del reproductor era una recopilación de música brasileña.

La cartera con el dinero, las tarjetas de crédito y el permiso de conducir estaban en la otra bolsa lateral.

Esta vez, la señora apareció en la panadería, la madre de los Dos Hermanos. Entró justo detrás de Lianne y se colocó a su lado en la cola, tras haber cogido número del dispensador.

—No sé qué pensar de los prismáticos. No es el chico más extrovertido del mundo, sabes.

Dedicó a Lianne una sonrisa cálida y falsa, con aroma de bizcocho glaseado, una mirada de madre a madre, de ambas sabemos que estos críos poseen unos enormes mundos relucientes que no comparten con sus padres.

—Porque siempre viene con ellos, últimamente. Me gustaría saber, comprendes, si te ha dicho algo al respecto, lo que sea.

Lianne no sabía de qué estaba hablándole. Miró el rostro ancho y florido del dependiente situado detrás del mostrador. La respuesta no estaba ahí.

—Se los presta a mis niños, de modo que no es eso, porque su padre les prometió unos, pero aún no se los hemos comprado, unos prismáticos, te das cuenta, no es que sea una necesidad urgente, y mi Katie está siendo superreservada y su hermano es su hermano, que se pasa de leal.

—Pero ¿qué van a estar mirando, a puerta cerrada?

—Pensé que tal vez fuera sólo Justin.

—Muy grave no puede ser, ¿no? A lo mejor es por

los halcones. Los de cola roja, ya habrás oído hablar de ellos.

—No, definitivamente es algo relacionado con Bill Lawton. Estoy segura, totalmente segura, porque los prismáticos encajan con todo ese síndrome de calla-calla en que andan metidos los chicos.

—Bill Lawton.

—El hombre aquel. El que te mencioné.

—Me parece que no —dijo Lianne.

—Es el secreto que se traen entre ellos. Sé el nombre, pero eso es todo. Y pensé que a lo mejor Justin... Porque mis niños ponen cara de no saber absolutamente nada en cuanto les saco el tema.

Lianne no sabía que Justin se llevara los prismáticos a casa de los Dos Hermanos. Los prismáticos no eran suyos, para ser exactos, pero a Lianne le parecía bien que los utilizara sin pedir permiso. Pero quizá no, pensó, mientras esperaba a que el dependiente cantara su número.

—¿No están dando las aves en el colegio?

—La última vez eran las nubes.

—Sí, pero resulta que estaba yo equivocada, con lo de las nubes. Pero sí que están estudiando las aves, seguro. Las aves y los cantos y los hábitats —le dijo a aquella mujer—. Van de ruta por Central Park.

Se dio cuenta de que odiaba estar ahí, haciendo cola con un número en la mano. Odiaba ese sistema de números asignados, rigurosamente obligatorios, en un espacio cerrado, con nada al final del proceso, o nada más que unos cuantos dulces envueltos en papel blanco y atados con lazo.

No sabía muy bien qué lo había despertado. Estaba ahí tumbado, con los ojos abiertos, pensando, a oscuras. Luego empezó a oírlo, fuera, en el hueco de la escalera y en el vestíbulo, procedente de algún piso inferior, música, y se puso a escuchar con atención, tambores e instrumentos de cuerda y voces agrupadas por las paredes, pero suave, pero lejos, al parecer, al otro lado de un valle, daba la impresión, hombres entonando una plegaria, coro de voces alabando a Dios.

Al-lah-uu   Al-lah-uu   Al-lah-uu

Había un sacapuntas de los de antes sujeto al borde de la mesa en el cuarto de Justin. Lianne permaneció en la puerta, mirándolo meter todos los lápices, uno por uno, en el orificio del sacapuntas y luego darle a la manivela. Tenía lápices bicolores, rojos y azules, lápices Cedar Pointe, Dixon Trimline, Eberhard Fabers de muy buena calidad. Tenía lápices de hoteles de Zúrich y Hong Kong. Había lápices hechos con corteza de árbol, ásperos y nudosos. Había lápices de la tienda de diseño del Museo de Arte Moderno. Tenía Mirado Black Warriors. Tenía lápices de una tienda del SoHo con crípticas inscripciones longitudinales de proverbios tibetanos.

Era espantoso, en cierto modo, todos esos fragmentos de estatus, abandonados como restos de un naufragio, en el cuarto de un niño.

Pero lo que más le gustaba ver era cómo soplaba la punta de los lápices después de afilarlos, para quitar las microscópicas virutas. Si se pasara el día entero haciéndolo, el día entero se lo pasaría ella mirándolo, un lápiz detrás de otro. Hacía girar la manivela y soplaba, hacía girar la manivela y soplaba, ritual más minucioso y justificado que el acto de firma de un documento de Estado por parte de once hombres con medallas.

Cuando la vio mirando, el chico le dijo:

—¿Qué?

—He hablado hoy con la madre de Katie. De Katie y como se llame. Me habló de los prismáticos.

Se levantó de la silla y se quedó mirándola, con un lápiz en la mano.

—Katie y como se llame.

—Robert —dijo.

—Robert, el hermano pequeño. Y Katie, la hermana mayor. Y ese hombre de quien los tres estáis hablando todo el rato. ¿Hay algo que yo debería saber?

—¿Qué hombre? —dijo él.

—Qué hombre. Y qué prismáticos —dijo ella—. ¿Se supone que puedes sacar los prismáticos de casa sin permiso?

Siguió ahí de pie, mirándola. Tenía el pelo de color pálido, como su padre, y una cierta lobreguez corporal, un constreñimiento, suyo propio, que le otorgaba una extraña disciplina en los juegos, en lo físico.

—¿Le has pedido permiso a tu padre?

Siguió ahí de pie, mirándola.

—¿Qué tiene de interesante lo que se ve desde esa habitación? Eso puedes decírmelo, ¿no?

Se apoyó en la puerta, dispuesta a esperar tres, cuatro, cinco días, según los términos del lenguaje corporal entre padres e hijos, o hasta que contestara.

Él apartó una mano del cuerpo, ligeramente, la mano sin lápiz, con la palma vuelta hacia arriba, y ejecutó un levísimo cambio de expresión facial, creando un hueco arqueado entre la barbilla y el labio inferior, como una versión de anciano, muda, del comentario inicial del niño, que fue:

—¿Qué?

Estaba sentado a la mesa, con el antebrazo izquierdo apoyado a lo largo del borde, hasta quedar con la mano colgando por fuera, hecha un puño blando. Alzó la mano sin levantar el antebrazo y la mantuvo en alto durante cinco segundos. Lo hizo diez veces.

Así lo llamaban, *puño blando,* en el centro de rehabilitación, en el pliego de instrucciones.

Le parecían reconstituyentes, estas sesiones, cuatro veces al día, las extensiones de muñeca, las desviaciones cubitales. Eran las verdaderas medidas contra el daño que había sufrido en la torre, en el caos del descenso. No fueron la resonancia magnética ni la operación quirúrgica quienes lo acercaron a la salud. Fue este modesto programa casero, el recuento de los segundos, el recuento de las repeticiones, las horas del día que reservaba a los ejercicios, el hielo que se aplicaba después de cada tanda de ejercicios.

Estaban los muertos y los mutilados. Su lesión era ligera, pero el objeto de sus esfuerzos no era el cartílago dilacerado. Era el caos, la levitación de techos y suelos, las voces ahogándose de humo. Se concentraba profundamente, trabajando las posiciones de la mano, la inclinación de la muñeca con respecto al suelo, la inclinación de la muñeca con respecto al techo, con el antebrazo apoyado de plano en la mesa, la configuración de pulgar hacia arriba de ciertas combinaciones, el empleo de la mano no afectada para aplicar presión en la mano afectada. Lavaba su tablilla con agua templada y jabón.

No la ajustaba sin consultar previamente con el terapeuta. Leía el pliego de instrucciones. Hacía con la mano un puño blando.

Su padre, Jack Glenn, no quiso someterse al largo trayecto de la demencia senil. Hizo un par de llamadas telefónicas desde su cabaña del norte de New Hampshire y a continuación echó mano de una vieja escopeta de prácticas para matarse. Lianne no conocía los detalles. Tenía veintidós años cuando aquello sucedió y no le hizo preguntas a la policía local. ¿Qué detalle iba a haber que no fuera insoportable? Pero no tenía más remedio que preguntarse si había sido con la escopeta que ella conocía, la que su padre le dejó echarse a la cara y apuntar, pero sin apretar el gatillo, la vez que lo acompañó al bosque a cazar alimañas, a los catorce años, sin mucho entusiasmo. Lianne era una chica de ciudad y no sabía muy bien qué era una alimaña, pero recordaba claramente algo que su padre le dijo aquel día. Le gustaba hablar de la anatomía de los coches de carreras, las motos, las escopetas de caza, de cómo funcionan las cosas, y a ella le gustaba escuchar. Era señal de la distancia que mediaba entre ellos el hecho de que ella escuchara con tanta avidez, las leguas perennes, las semanas y los meses.

El padre, sopesando la escopeta, le dijo:

—Cuanto más corto es el cañón, más fuerte el rebufo.

La fuerza de ese término, *rebufo,* se mantuvo a lo largo de los años. La noticia de su muerte fue como si le llegara a lomos de esa palabra. Era una palabra feísima, pero trató de persuadirse de que su padre había sido un valiente. Fue demasiado pronto, demasiado. Fue tiempo antes de que la enfermedad se afianzara, pero Jack siempre había sido muy respetuoso con las pequeñas jodiendas de la naturaleza y dio por sentado que el pacto estaba sellado. Lianne prefería creer que la escopeta que lo había matado era la misma que ella se apoyó en el hombro entre los alerces y abetos bajo la honda luz de un día septentrional.

Martin la abrazó en el umbral, muy serio. Estaba en algún lugar de Europa cuando se produjeron los ataques y había regresado en el primer vuelo trasatlántico, en cuanto el tráfico aéreo recuperó una errática normalidad.

—Ahora, ya, no hay exageración posible. Nada me asombra —dijo.

La madre de Lianne estaba en el dormitorio, vistiéndose para la jornada, por fin, a mediodía, y Martin recorrió la habitación mirando las cosas, pasando por encima de los juguetes de Justin, tomando nota de los cambios en el posicionamiento de los objetos.

—En alguna parte de Europa. Así es como siempre te imagino.

—Menos cuando estoy aquí —dijo él.

La mano alzada, un pequeño bronce que normalmente se encontraba en la rinconera de bambú, estaba ahora en la mesa de hierro forjado, cargada de libros, y una foto de Rimbaud ocupaba el lugar del relieve de Nevelson.

—Incluso cuando estás aquí te imagino llegando de una ciudad distante, de camino hacia otra ciudad distante, y ninguna de las dos tiene hechura ni forma.

—Así soy yo, informe —dijo él.

Hablaron de lo sucedido. Hablaron de lo que todo el mundo hablaba en aquel momento. Él la siguió a la cocina, y ella le sirvió una cerveza. No dejó de hablar mientras se la servía.

—La gente lee poesía. Gente que conozco, lee poesía para aliviarse la conmoción y el dolor, para obtener de ella algo así como un espacio, algo bello en términos de lenguaje —dijo—, que les proporcione confortación o serenidad. Yo no leo poesía. Leo los periódicos. Meto la cabeza en sus páginas y cada vez me enfurezco más, cada vez me vuelvo más loca.

—Hay otro planteamiento, estudiar el asunto. Tomar distancia y descomponerlo en sus elementos —dijo él—. Fríamente, con claridad, si lo logras. No permitir que te destruya. Verlo, medirlo.

—Medirlo —dijo ella.

—Por un lado está el hecho, por otro la persona. Mídelo. Haz que te enseñe algo. Tienes que verlo. De igual a igual.

Martin Ridnour era marchante de pintura, coleccionista, quizá inversor. Lianne no sabía muy bien a qué se dedicaba, ni cómo lo hacía, pero su impresión era que compraba arte y luego especulaba, rápidamente, buscando el pelotazo. Le caía bien. Hablaba con acento y tenía un piso aquí y un despacho en Basilea. Pasaba parte de su tiempo en Berlín. Tenía o no tenía mujer en París.

Habían vuelto al salón, él con el vaso en una mano y la botella en la otra.

—Ni sé lo que digo, seguramente —dijo él—. Más vale que seas tú quien hable, mientras yo bebo.

Martin tenía unos kilos de más pero no parecía que

la buena vida lo hubiese madurado. Estaba siempre con *jet-lag*, más o menos sin arreglar, metido en un traje muy usado, tratando de parecer un viejo poeta en el exilio, como decía la madre de Lianne. No era del todo calvo, con una sombra de pelos grises, erizados, en la cabeza, y con barba que parecía de dos semanas, más bien gris y jamás recortada.

—Llamé a Nina nada más llegar esta mañana. Vamos a estar fuera un par de semanas.

—Buena idea.

—Una casa antigua muy agradable, en Connecticut, junto al mar.

—Qué bien te lo montas.

—Sí, eso es algo que sí hago, montármelo bien.

—Una pregunta que no tiene nada que ver. Puedes ignorarla —dijo ella—. Una pregunta salida de ningún sitio.

Lianne lo veía de pie, tras el sillón del otro lado del cuarto, vaciando su vaso.

—¿Practicáis el sexo, vosotros dos? No es asunto mío. Pero ¿podéis practicar el sexo? Lo digo por la prótesis de rodilla. No está haciendo los ejercicios.

Él llevó a la cocina la botella y el vaso, mientras le contestaba por encima del hombro, con cierta sorna.

—Para el sexo no utiliza la rodilla. Eludimos la rodilla. La rodilla se pasa de blanda. Pero lo superamos.

Lianne aguardó a que volviera.

—No es para nada asunto mío. Pero mi madre parece estar iniciando una especie de retirada. Y me hice la pregunta.

—Y tú —dijo él—. Y Keith. Está otra vez contigo. ¿Es cierto?

—Puede marcharse mañana mismo. Nadie lo sabe.

—Pero está en tu casa.

—Aún es pronto. No sé lo que ocurrirá. Dormimos juntos, sí, si es eso lo que me estás preguntando. Pero sólo técnicamente.

Él mostró un perplejo interés.

—Compartís cama. Inocentemente —dijo.

—Sí.

—Me gusta eso. ¿Cuántas noches?

—La primera noche la pasó en el hospital, en observación. A partir de entonces, las que sean. Estamos a lunes. Seis días, cinco noches.

—Ya te iré preguntando, a ver cómo va la cosa.

Martin sólo había hablado con Keith un par de veces. Keith era norteamericano, no neoyorquino, no uno de los elegidos de Manhattan, grupo sostenido por propagación controlada. Martin intentó hacerse idea de los sentimientos de aquel hombre más joven que él en materia de política y religión, la voz y el talante del centro del país. Lo único que averiguó fue que había sido dueño de un *pit bull.* Eso, al menos, tenía que significar algo, un perro que era todo cráneo y mandíbula, raza norteamericana, criado originalmente para pelear a muerte.

—Un día de estos puede que se os presente la oportunidad, a Keith y a ti, de volver a hablar un rato.

—De mujeres, supongo.

—De la madre y de la hija. Con todos los detalles sórdidos —dijo ella.

—Me cae bien Keith. Una vez le conté una cosa, y le gustó. Sobre gente que juega a las cartas. Él juega a las cartas, por supuesto. Sobre gente que juega a las cartas, personas a quienes yo conocía. Le hablé de cómo tenían asignados los puestos de la mesa, en sus partidas semanales, durante cerca de medio siglo. Más, de hecho. Le gustó la historia.

Entró la madre de Lianne, Nina, de falda oscura y blusa blanca, apoyándose en un bastón. Martin la abrazó brevemente y luego se quedó mirándola mientras se sentaba en movimientos despaciosos, segmentarios.

—Qué guerras tan viejas y tan muertas hacemos. Creo que en estos últimos días hemos perdido mil años —dijo ella.

Martin llevaba un mes fuera. Estaba viendo la última fase de la transformación, su acatamiento de la edad, la estudiada actitud que se abre paso fácilmente por el hecho mismo. Lianne sintió tristeza por él. ¿Se le había puesto el pelo más blanco a su madre? ¿Está tomando demasiados fármacos contra el dolor? ¿Padeció un pequeño ataque en aquella conferencia de Chicago? Y, por último, ¿le había mentido Martin en lo tocante a su actividad sexual? La cabeza la tiene bien. No es muy indulgente con las erosiones normales, los nombres que olvida de vez en cuando, la localización de un objeto que ella misma acaba de poner en alguna parte, hace unos segundos. Pero se mantiene alerta a lo importante, el ancho entorno, los demás estados del ser.

—Cuéntanos qué hacen en Europa.

—Están siendo buenos con los norteamericanos —dijo él.

—Cuéntanos qué has comprado y qué has vendido.

—Lo que puedo deciros es que el mercado del arte va a estancarse. Algo de actividad, aquí y allá, con los maestros modernos. Por lo demás, deprimentes perspectivas.

—Los maestros modernos. Qué alivio —dijo Nina.

—Arte de trofeos.

—La gente necesita trofeos.

El sarcasmo pareció animar a Martin.

—Acabo de entrar por la puerta. En el país, de hecho. ¿Y a qué se dedica esta mujer? A darme la lata.

—Es su trabajo —dijo Lianne.

Hacía veinte años que se conocían, Martin y Nina, la mayor parte del tiempo como amantes, Nueva York, Berkeley, algún lugar de Europa. Lianne sabía que la postura defensiva que él adoptaba a veces era un aspecto de su particular modo de dirigirse a los demás, no la mancha de nada más profundo. No era el hombre informe que decía ser o que imitaba en lo físico. De hecho era un hombre resuelto, a quien se le daba muy bien su trabajo, y muy amable con ella, y muy generoso con su madre. Esas dos naturalezas muertas de Morandi, tan bellas, eran regalo de Martin. Las fotos de pasaporte de la pared de enfrente, también de Martin, de su colección, documentos antiguos, sellados y descoloridos, historia medida en centímetros, y también muy bellos.

Lianne dijo:

—¿Quién quiere comer algo?

Nina quería fumar. La mesa de bambú estaba ahora junto al sillón y encima había un cenicero, un encendedor y un paquete de tabaco.

Su madre encendió. Se quedó mirándola, Lianne, sintiendo algo familiar y un poco doloroso, el modo en que Nina, llegado un momento, empezaba a considerarla invisible. El recuerdo estaba allí alojado, en el modo en que cerraba el encendedor y lo dejaba en su sitio, en el gesto de la mano y en cómo exhalaba el humo.

—Guerras muertas, guerras santas. Igual se nos aparece Dios en el cielo, mañana mismo.

—¿Qué Dios sería? —dijo Martin.

—Dios era un judío de ciudad. Ahora ha vuelto al desierto.

Los estudios de Lianne tendrían que haberla llevado a mayores profundidades científicas, a un trabajo serio en el campo de la lengua o de la historia del arte. Había viajado por toda Europa y gran parte de Oriente Medio, pero en el fondo fue turismo, con amigos superficiales, no exploración decidida de las creencias, las instituciones, las lenguas, el arte, o eso decía Nina Bartos.

—Es puro pánico. Atacan por pánico.

—Sí, hasta ahí puede ser cierto. Porque piensan que el mundo está enfermo. Este mundo, esta sociedad, la nuestra. Una enfermedad que está extendiéndose —dijo él.

—No hay ningún objetivo que puedan tener la esperanza de alcanzar. No están liberando a un pueblo, ni expulsando a un dictador. Matan inocentes, eso es todo.

—Asestan un duro golpe a la dominación de este país. Lo que consiguen es eso, demostrar que un poder tan grande puede ser vulnerable. Un poder que interfiere, que ocupa.

Martín hablaba en voz baja, con los ojos puestos en la alfombra.

—Un lado tiene el capital, el trabajo, la tecnología, los ejércitos, las instituciones, las ciudades, las leyes, la policía y las cárceles. El otro lado tiene unos cuantos hombres dispuestos a morir.

—Dios es grande —dijo ella.

—Olvídate de Dios. Son cuestiones históricas. Es política y economía. Todo lo que configura las vidas de millones de personas, desposeídas, sus vidas, sus conciencias.

—No es la historia de la interferencia occidental lo

que hace que estas sociedades se vengan abajo. Es su propia historia, su mentalidad. Viven en un mundo cerrado, que ellos mismos han elegido y que les resulta necesario. No han avanzado porque no lo han querido, ni lo han intentado.

—Usan el lenguaje de la religión, de acuerdo, pero no es eso lo que los motiva.

—El pánico, eso es lo que los motiva.

El enfado de su madre sumergió el suyo. A él se remitió. Percibió la dura cólera intensa en el rostro de Nina, mientras ella, por su lado, sólo sentía tristeza oyendo a esas dos personas, tan cercanas en lo espiritual, adoptar posiciones tan contrapuestas.

En seguida Martin aflojó la tensión, volvió a hablar en voz baja.

—De acuerdo, sí, puede ser verdad.

—Nos echan la culpa. Nos echan la culpa de sus propios fracasos.

—Muy bien, sí. Pero esto no ha sido un ataque contra un país, una o dos ciudades. Ahora, todos somos un blanco posible.

Seguían hablando, diez minutos más tarde, cuando Lianne salió de la habitación. Estuvo mirándose en el espejo del cuarto de baño. El momento se le antojaba falso, una secuencia de película, como cuando un personaje trata de comprender qué está ocurriendo en su vida mirándose al espejo.

Pensaba: «Keith está vivo.»

Keith llevaba seis días vivo, ahora, desde el momento en que se presentó ante su puerta, y ¿qué podría esto significar para Lianne, en qué podría afectarlos, a ella y a su hijo?

Se lavó las manos y la cara. Luego fue al armarito y

cogió una toalla limpia y se secó. Tras arrojar la toalla a la ropa sucia, tiró de la cadena. No tiró de la cadena para hacer creer a los otros dos que había abandonado el salón por un motivo apremiante. La descarga de la cisterna no se oía desde el salón. Había sido en su propio beneficio, injustificadamente, lo de tirar de la cadena. Quizá hubiera sido para marcar el fin de un intervalo, para salir de aquí.

¿Qué estaba haciendo aquí? Pensó que estaba comportándose como una niña pequeña.

La conversación empezaba a languidecer cuando volvió. Tenía más cosas que decir, Martin, pero seguramente pensaba que no era el momento, no ahora, demasiado pronto, y se acercó a los morandi de la pared.

Sólo habían transcurrido unos segundos cuando Nina cayó en un ligero sueño. Estaba tomando una ronda de medicinas, una rueda mística, el dibujo ritual de las horas y los días en tabletas y cápsulas, en colores, formas y números. Lianne se quedó mirándola. Resultaba difícil verla encajada tan rotundamente en un mueble, resignada y quieta, ella, que era el árbitro enérgico de la vida de su hija, siempre perspicaz, la mujer que había alumbrado la palabra *bello,* para lo que excita la admiración en arte, las ideas, los objetos, ante los hombres y las mujeres, la mente de un niño. Todo ello reducido a un aliento humano.

No estaría muriéndose, su madre, ¿verdad? «Anímate», pensó.

Nina abrió los ojos, finalmente, y ambas mujeres se miraron. Fue un momento sostenido, y Lianne no supo, no habría sabido expresar en palabras lo que estaban compartiendo. O sí lo sabía, pero no era capaz de poner nombre a tantas emociones solapadas. Era lo que había entre ellas, es decir los minutos juntas y separadas, lo que habían sabido y sentido y lo que vendría a continuación, con los minutos, los días y los años.

Martin seguía delante de los cuadros.

—Estoy mirando estas cosas, cosas de cocina, pero separadas de la cocina, liberadas de la cocina, la casa, de todo lo práctico y funcional. Y tengo que haber regresado a otra zona temporal. Debo de estar aún más desorientado de lo que suelo estar tras un vuelo largo —dijo, con pausa—. Porque sigo viendo las torres en esta naturaleza muerta.

Lianne se colocó junto a él, ante la pared. En el cuadro a que se refería Martin se veían siete u ocho objetos, los más altos contra un fondo de pizarra con las pinceladas muy visibles. Los restantes objetos eran cajas y latas de galletas, agrupadas delante de un fondo más oscuro. El conjunto, en su totalidad, sin perspectiva fija y casi todo él en colores apagados, transmitía una rara fuerza de recambio.

Encajaban bien.

Dos de los más altos eran oscuros y sombríos, con marcas de humo y tiznaduras, y uno de ellos quedaba parcialmente oculto tras una botella de cuello largo. La botella era una botella, blanca. Los dos objetos oscuros, demasiado oscuros para ponerlo en palabras, eran las cosas a que Martin se refería.

—¿Qué ves? —le preguntó él.

Lianne veía lo que él veía. Veía las torres.

5

Entró en el parque por la Engineer's Gate, donde los corredores hacían estiramientos y flexiones antes de echarse a la pista. Hacía un día cálido y tranquilo, y él iba andando por el sendero paralelo al camino de herradura. Tenía donde ir pero no tenía prisa alguna en llegar. Se quedó mirando a una anciana que ocupaba un banco y pensaba lejanamente en algo, sosteniendo una manzana verde pálido contra la mejilla. La zona estaba cerrada al tráfico y pensó que al parque se viene a ver gente, a ver personas que en la calle son sombras. Había gente corriendo más arriba, a la izquierda, en la pista del embalse,* y más gente en el camino de herradura, justo por encima, y más corredores aún en la cal-

* Se refiere al oficialmente llamado Jacqueline Kennedy Onassis Reservoir, que cubre una amplia zona de Central Park de este a oeste y de la calle 86 a la 94. Se construyó entre 1858 y 1862. Es famoso por una pista de 2,5 kilómetros que lo rodea, donde miles de personas coinciden todas las mañanas haciendo *jogging.* Al principio era uno de los embalses de agua para consumo humano de la ciudad de Nueva York, pero ahora tiene un valor mucho más ornamental y ornitológico que otra cosa. *(Todas las notas son del traductor.)*

zada, hombres con mancuernas, corriendo, y mujeres que trotaban en pos de cochecitos de niño, empujando bebés, y corredores llevando perros de la correa. «Al parque se viene a ver perros», pensó.

La pista torcía hacia el oeste y lo adelantaron tres chicas en patines, con los auriculares puestos. Lo ordinario, tan normalmente imperceptible, le produjo un extraño efecto, casi onírico. Iba con el maletín a cuestas y quería dar media vuelta. Cruzó la pendiente y dejó atrás las canchas de tenis. Había tres caballos amarrados a la valla, con cascos de policía atados a las sillas. Una mujer lo adelantó corriendo, hablándole a alguien, miserablemente, por el móvil, y le entraron ganas de arrojar el maletín al embalse y volverse a casa.

La mujer vivía muy cerca de la Ámsterdam Avenue y él subió a pie los seis pisos. Le pareció que vacilaba, cuando lo dejó entrar, incluso, extrañamente, un poco cansada, y él se puso a explicar, como había hecho por teléfono el día antes, que no había querido retrasar la devolución del maletín. Ella estaba diciendo algo sobre las tarjetas de crédito de la cartera, que no las había cancelado porque, bueno, todo había desaparecido, pensó que todo estaba bajo tierra, todo perdido para siempre, y ambos dejaron de hablar para empezar de nuevo al mismo tiempo, hasta que ella hizo un pequeño gesto de futilidad. Él dejó el maletín en una silla que había junto a la puerta y se aproximó al sofá, diciendo que no podía quedarse mucho rato.

Era una mujer negra de piel clara, de la edad de él, más o menos, de aspecto amable, y algo entrada en carnes.

Él dijo:

—Cuando encontré su nombre en el maletín, tras

haber encontrado su nombre y haberla localizado a usted por la guía de teléfonos, cuando ya estaba marcando el número, entonces fue cuando se me ocurrió.

—Sé lo que va usted a decir.

—Pensé: ¿por qué estoy actuando sin hacer alguna otra comprobación, si ni siquiera sé si esta persona está viva?

Hubo una pausa y él se percató del tono tan bajo en que ella había hablado dentro de su intranquilo comentario.

—Tengo té de hierbas —dijo ella—. O agua con gas, si quiere usted.

—Agua con gas. Agua mineral. Hay una botella pequeña en el maletín. Déjeme recordar. Poland Spring.

—Poland Spring —dijo ella.

—Bueno, quiere usted comprobar si falta algo.

—No, claro que no —dijo ella, en voz queda.

Permanecía en pie ante la puerta de la cocina. El pequeño retumbo del tráfico sonaba al otro lado de las ventanas.

Dijo él:

—Mire, lo que pasó fue que no sabía que lo tenía. Ni siquiera puede decirse que lo olvidara. No creo que lo supiera.

—Creo que no sé cómo se llama.

—¿Keith? —dijo él.

—¿Ya me lo había dicho?

—Sí, creo que sí.

—La llamada telefónica me pilló tan desprevenida.

—Es Keith —dijo él.

—¿Trabajaba usted en Preston Webb?

—No, un piso más arriba. Una compañía pequeña, Royer Properties.

Ahora se había puesto en pie y se disponía a marcharse.

—Preston ha crecido de un modo tan descontrolado. Creí que era que no nos habíamos cruzado por los pasillos.

—No, Royer. Acaban de dejarnos en cuadro —dijo él.

—Nosotros estamos a la espera, a ver qué pasa, cuando nos instalemos en otro sitio. No pienso mucho en ello.

Hubo un silencio.

Él dijo:

—Éramos Royer y Stans. Luego a Stans lo llevaron ante los tribunales.

Finalmente se desplazó en dirección a la puerta y luego cogió el maletín. Se detuvo cuando alcanzaba con la mano el pomo de la puerta y se quedó mirándola, de lado a lado de la habitación, y la mujer sonreía.

—¿Por qué he hecho esto?

—La costumbre —dijo ella.

—Estaba dispuesto a salir de su casa llevándome un objeto que le pertenece. Vuelta a empezar. Su inestimable herencia familiar. Su teléfono móvil.

—La cosa esa. Dejó de hacerme falta en cuanto dejé de tenerlo.

—Su cepillo de dientes —dijo él—. Su tabaco.

—¡Cielos! ¡Mi pecado inconfesable! Pero lo he reducido a cuatro al día.

Le indicó que volviera al sofá trazando un amplio arco con el brazo, un barrido de agente de tráfico, trazado para que todo fluya normalmente.

Sirvió té y un plato de galletas de azúcar. Se llamaba Florence Givens. Colocó una silla de la cocina al otro lado de la mesa de centro y se sentó en diagonal.

Él dijo:

—Lo sé todo de usted. Un cepillo de dientes sónico. Se lava usted los dientes con ondas de sonido.

—Soy una loca de los cachivaches. Me encantan.

—¿Por qué tiene usted una grabadora de voz mejor que la mía?

—Creo que la he usado dos veces.

—Yo sí que usaba la mía, pero luego nunca la escuchaba. Me gustaba hablar en ella.

—¿Qué le decía usted, cuando le hablaba?

—No sé. Queridos compatriotas —dijo él.

—Yo pensé que todo estaba perdido para siempre. No denuncié la pérdida del permiso de conducir. No he hecho nada, básicamente, aparte de estar aquí sentada.

Una hora después aún seguían hablando. Las galletas eran pequeñas y malas, pero él siguió mordisqueándolas, sin pensar, comiéndose solamente el primer bocadito de bebé y dejando los restos mutilados amontonarse en el plato.

—Estaba delante de mi ordenador y oí acercarse el avión pero sólo cuando ya me había caído al suelo. Así de rápido fue —dijo ella.

—¿Está segura de haber oído el avión?

—El impacto me tiró al suelo y luego oí el avión. Creo que fueron los aspersores, eso es lo que creo recordar. Lo seguro es que en cierto momento estaba totalmente mojada.

Él comprendió que la mujer no había querido decir eso. Sonaba íntimo, estar totalmente mojada, y tuvo que hacer una pausa.

Él esperó.

—Mi teléfono sonaba. Ahora estaba delante de mi mesa, no sé, nada más que por sentarme, por estabilizarme, y cogí el teléfono. De pronto estábamos hablando, hola, soy Donna. Es mi amiga Donna. Le pregunto si ha oído eso. Me está llamando de su casa, de Filadelfia, para hablar de una posible visita. Yo le dije: ¿has oído eso?

Repasó todo ello lentamente, recordando según hablaba, haciendo frecuentes pausas para mirar el espacio, para volver a ver las cosas, los edificios derrumbados y las escaleras bloqueadas, el humo, siempre, y la pared caída, el muro de mampostería, e hizo una pausa para encontrar la palabra y él permaneció a la espera, mirándola.

«Estaba ofuscada y no tenía sentido del tiempo», dijo ella.

Había agua corriendo o cayendo en algún sitio, fluyendo de alguna parte.

Los hombres se arrancaban la camisa y se envolvían la cara con ellas, a guisa de máscaras, por el humo.

Vio una mujer con el pelo quemado, el pelo quemado y humeante, pero ahora no estaba segura de si lo había visto o se lo había contado alguien.

Momentos en que hubieron de caminar a ciegas, tan espeso era el humo, con la mano en el hombro del que iba delante.

Perdió los zapatos, o se los quitó, y había una corriente de agua en algún sitio, cerca, como un arroyo que baja desde lo alto de la montaña.

La escalera estaba abarrotada de gente, ahora, y la marcha era lenta, por los que llegaban de otros pisos.

—Alguien dijo: «asma». Ahora, al hablar, voy recordándolo poco a poco. «Asma, asma.» Una mujer como desesperada. Hubo caras de pánico. Entonces fue cuando me caí, creo, bajé de golpe, cinco o seis escalones, y me di de bruces contra el suelo del rellano, como si hubiera tropezado con algo, y me hice daño.

Quería contarle todo. Eso lo veía claramente, Keith. Quizá hubiera olvidado que él también estaba allí, en la torre, o quizá fuera la persona a quien tenía que contárselo, precisamente por esa razón. Comprendió que no había hablado de ello antes, no con tanta intensidad, con nadie más.

—Era el pánico a que me pisotearan, aunque anduvieron con mucho cuidado, me ayudaron, pero era la sensación de estar debajo de la gente, de que iban a pisotearme, pero el caso fue que me ayudaron y ese hombre, lo recuerdo perfectamente, ayudándome a levantarme, un anciano, sin aliento, ayudándome, hablándome hasta que pude reanudar la marcha.

Había fuego en los huecos de los ascensores.

Había un hombre que decía algo de un terremoto gigantesco. Ella se olvidó por completo del avión y estaba dispuesta a creer lo del terremoto, a pesar de haber oído el avión. Y algún otro dijo: «Yo he estado en terremotos», un hombre de chaqueta y corbata, «y esto, lo que es un terremoto, no es», un hombre distinguido, un hombre educado, un ejecutivo, «esto, lo que es un terremoto, no es».

Había cables colgando y notó que uno le rozaba el brazo. Tocó al hombre que venía detrás y él dio un respingo y soltó una imprecación y luego se echó a reír.

La gente en la escalera, la pura fuerza del caso, renqueando, gritando, quemados, algunos, pero sobre todo tranquilos, una mujer en silla de ruedas y la llevaban en volandas y la gente le hacía sitio, estrechándose para formar una sola fila en la escalera.

Su rostro contenía un serio llamamiento, algún tipo de alegato.

—Sé que no debo hablar ahora, aquí sentada, viva y

a salvo, contando que me caí por las escaleras, con todo aquel terror, con tantísimos muertos.

Él no la interrumpió. La dejó hablar y no intentó tranquilizarla. ¿Por qué habría de tranquilizarla? La mujer estaba hundida en la silla, ahora, hablándole a la superficie de la mesa.

—Los bomberos pasando. Y el asma, el asma. Y alguien habló de una bomba. Los bomberos intentaban utilizar el móvil. Iban escaleras abajo marcando números.

Aquí es cuando fueron pasando de mano en mano unas botellas de agua, procedentes de algo más abajo, y refrescos, y la gente incluso hacía pequeñas bromas, el justo reparto de la propiedad.

Aquí es cuando los bomberos pasaron corriendo, escaleras arribas, adentrándose en aquello, y la gente se apartaba.

Aquí es también cuando vio a un conocido, subiendo, un empleado de mantenimiento, un hombre con quien solía intercambiar unas cuantas bromas cuando se encontraban, pasar por su lado subiendo, con una larga herramienta de hierro, algo como para abrir por la fuerza la puerta de un ascensor, quizá, y trató de recordar el nombre del objeto.

Keith quedó a la espera. Ella miraba más allá de él, pensando, y parecía importarle mucho, como si estuviera tratando de recordar el nombre de aquella persona, no el de la herramienta que transportaba.

Finalmente, Keith dijo:

—Una palanqueta.

—Palanqueta —dijo ella, pensando en la herramienta, viéndola de nuevo.

Keith pensó que él también había visto pasar por su

lado a aquel hombre, cuando subía, un hombre con casco y con cinturón de herramientas y linternas, con una palanqueta en la mano, la parte doblada por delante.

No habría tenido motivo alguno para recordarlo si ella no lo hubiese mencionado. «No significa nada», pensó. Pero es que sí. Lo que le hubiera ocurrido a aquel hombre se situaba más allá del hecho de que ambos lo hubieran visto, en diferentes puntos de sus descensos, pero era importante, de alguna manera, de alguna inconcreta manera, que el hombre estuviese contenido en esas dos memorias que ahora se cruzaban, que ahora lo sacaban de la torre y lo traían a este salón.

Se inclinó hacia delante, con el codo apoyado en la mesa y la boca apretada contra la mano, y se quedó mirándola.

—Lo que hicimos fue seguir bajando. Oscuridad, luz, otra vez oscuridad. Tengo la sensación de encontrarme aún en las escaleras. Quería a mi madre al lado. Aunque viva cien años, seguiré en las escaleras esas. Fue tan largo que casi parecía normal, en cierto modo. No podíamos correr, de manera que no fue ninguna estampida. Estábamos juntos, apretados. Yo quería a mi madre al lado. Esto, lo que es un terremoto, no es, ganando diez millones de dólares al año.

Estaban ya saliendo de la zona peor del humo, y aquí fue cuando vio al perro, un ciego con su lazarillo, no muy por delante, y era como sacado de la Biblia, pensó. Daban tal impresión de tranquilidad. «Como si fuesen derramando tranquilidad en torno suyo», pensó. El perro era como una cosa totalmente tranquilizadora. Tuvieron fe en el perro.

—Al final no sé cuánto tuvimos que esperar, la oscuridad nos rodeaba por completo, pero acabamos saliendo

Chicago Public Library

Logan Square

5/4/2013 1:41:32 PM

-Patron Receipt-

ITEMS BORROWED:

1:

Title: El hombre del salto /

Item #: R0325117508

Due Date: 5/25/2013

2:

Title: Ellos nos cuidan /

Item #: R0312274082

Due Date: 5/25/2013

-Please retain for your records-

GJOHNSON

de ella y pasamos junto a un ventanal y vimos la plaza y aquello era una ciudad bombardeada, cosas ardiendo, vimos cadáveres, ropa, trozos de metal como piezas metálicas de algo, cosas desperdigadas. Fue como dos segundos. Miré dos segundos y aparté la vista y luego cruzamos el vestíbulo subterráneo y salimos a la calle.

Eso fue todo lo que dijo durante cierto tiempo. Él se acercó a la silla de al lado de la puerta y localizó el paquete de tabaco del maletín y sacó un cigarrillo y se lo puso en los labios y luego localizó el encendedor.

—Con el humo, lo único que se veía eran las rayas del uniforme de los bomberos, brillantes, y luego personas en los cascotes, todo aquel acero, todo aquel cristal, sólo heridos sentados en el suelo, como soñando, eran como gente que sueña y sangra.

La mujer se volvió a mirarlo. Él encendió el cigarrillo y se acercó a ella y se lo ofreció. Ella echó una calada con los ojos cerrados y sin abrirlos exhaló el humo. Cuando volvió a mirar, él ya había recuperado su lugar al otro lado de la mesa, sentado en el sofá, observándola.

—Enciéndase usted uno —dijo ella.

—No, no quiero, gracias.

—Lo ha dejado.

—Hace mucho. Cuando me tomaba por deportista —dijo él—. Pero exhale un poco en mi dirección. Con eso me vale.

Transcurridos unos instantes, la mujer empezó de nuevo a hablar. Pero Keith no sabía dónde se encontraba. «Otra vez en algún punto del principio», pensó.

«Totalmente mojada», pensó, «estaba totalmente mojada».

Había gente por todas partes, empujando para meterse en la escalera. Trató de recordar cosas y rostros, momentos que pudieran explicar algo o revelar algo. Tenía fe en el perro lazarillo. El perro los llevaría a la salvación.

Estaba otra vez con lo mismo y él se disponía a escucharla de nuevo. Escuchó atentamente, tomando nota de cada detalle, tratando de localizar su propia persona entre la multitud.

Su madre lo había dicho con toda claridad, años atrás:

—Hay cierta clase de hombre, un arquetipo, modelo de fiabilidad para sus amigos hombres, todo lo que un amigo debe ser, aliado y confidente, presta dinero, da consejo, leal, etcétera, pero un verdadero infierno para las mujeres. El infierno con todas sus llamas. Cuanto más se le acerca una mujer, más le nota que no es uno de sus amigos hombres. Y más espantoso se vuelve para ella. Así es Keith. Así es el hombre con quien vas a casarte.

Así es el hombre con quien se casa.

En este momento era una presencia que se cernía sobre ella. Sobrevolaba las habitaciones la sensación de alguien que se ha ganado una respetuosa atención. Keith aún no había regresado del todo a su cuerpo. Incluso el programa de ejercicios que hacía a cuenta de su muñeca posquirúrgica parecía algo ajeno, cuatro veces al día, una extraña combinación de estiramientos y flexiones que semejaban plegarias de alguna remota provincia septentrional, entre gente reprimida, con aplicaciones periódicas de hielo. Pasaba tiempo con Justin, llevándolo al colegio y recogiéndolo, ayudándole a hacer los deberes. Estuvo una temporada con una tablilla puesta, luego se la quitó. Llevaba al chico al parque a lanzarle bolas. El chico era capaz de pasarse el día blandiendo un bate de béisbol y siendo pura e infatigablemente feliz, sin mácula de pecado, de nadie, desde el principio de los tiempos. Lanzar, recoger la pelota. Lianne los miraba jugar en un terreno, no lejos del museo, con el sol poniéndose. Cuando Keith hacía una especie de truco, utilizando la mano derecha, la que no tenía dañada, para lanzarse la bola a la propia palma y luego proyectar el brazo hacia delante propulsando la pelota hacia atrás a lo largo del antebrazo, para luego lanzarla al aire con el codo y recogerla en un golpe de revés, Lianne veía un hombre que nunca antes había conocido.

De paso hacia la calle 116, hizo un alto en la consulta que Harold Apter tenía abierta en la ochenta y tantos Este. Era algo que hacía periódicamente, para dejar fotocopias de los trabajos escritos de su grupo y hablar de su situación en general. Era allí donde el doctor Apter atendía a los pacientes de Alzheimer y otras dolencias.

Apter era un hombre pequeño, con el pelo rizado, que parecía proyectado para decir cosas divertidas, pero que nunca las decía. Hablaron del apagamiento de Rosellen S., del comportamiento esquivo de Curtis B. Lianne le dijo al doctor Apter que le gustaría aumentar la frecuencia de las reuniones a dos veces por semana. Él le dijo que sería un error.

—A partir de este momento, comprendes, todo es deterioro. Aquí, inevitablemente, trabajamos con resultados decrecientes. Su situación se irá haciendo cada vez más delicada. Tiene que haber espacio entre los contactos. No es bueno hacerlos pensar que hay prisa, que han de dejarlo todo por escrito, que han de decirlo todo antes de que sea demasiado tarde. Lo que hace falta es que miren hacia delante, no que se sientan presionados ni amenazados. Lo de escribir es buena música, hasta un momento dado. Luego, otras cosas se impondrán.

La miró penetrantemente.

—Lo que te estoy diciendo es muy simple. Todo esto es por ellos —dijo.

—¿Qué quiere decir?

—Que es de ellos —dijo él—. No te lo apropies.

Escribieron sobre los aviones. Escribieron sobre dónde estaban cuando ocurrió. Escribieron sobre conocidos suyos que se encontraban en las torres, o en sus cercanías, y escribieron sobre Dios.

«¿Cómo pudo Dios permitir que esto ocurriera? ¿Dónde estaba Dios cuando esto ocurrió?»

Benny T. se alegraba de no ser creyente, porque esto lo habría hecho perder la fe.

«Me siento más cerca de Dios que nunca», escribió Rosellen.

«Esto es diabólico. Es el infierno. Tanto fuego, tanto dolor. Dios no pinta nada en esto. Esto es el infierno.»

A Omar H. le daba miedo salir a la calle en los días posteriores. Creía que la gente lo miraba.

«No los vi cogidos de la mano. Habría querido verlo», escribió Rosellen.

Carmen G. quería saber si todo lo que nos ocurre es por designio de Dios.

«Me siento más cerca de Dios que nunca, estoy más cerca, más cerca estaré, más cerca tengo que estar.»

Eugene A., en una de sus raras apariciones, escribió que Dios sabe cosas que nosotros no sabemos.

«Cenizas y huesos. Eso es lo que queda del designio de Dios.»

«Pero cuando cayeron las torres...», escribió Omar.

«La gente sigue contando que saltaron cogidos de la mano.»

«Si Dios permite que esto ocurra, con los aviones, ¿también fue Dios quien permitió que me cortara el dedo esta mañana, haciendo rebanadas el pan?»

Escribieron y luego leyeron lo que habían escrito, por turno, y hubo observaciones y luego coloquio y luego monólogos.

—Enséñanos el dedo —dijo Benny—. Queremos besarlo.

Lianne los animaba a que hablasen y discutiesen. Quería oírlo todo, lo que cada cual decía, las cosas corrientes y las expresiones desnudas de la fe, y la profundidad del sentimiento, la pasión que saturaba la sala. Necesitaba a aquellos hombres y mujeres. El comentario del doctor Apter la inquietó, porque había algo de cierto en él. Necesitaba a aquellos hombres y mujeres. Era posible que el grupo significara más para ella que para sus miembros. Había algo precioso aquí, algo que rezuma y sangra. Estas personas eran el aliento vivo de la cosa que mató a su padre.

—Dios dice que algo ocurra, y ocurre.

—Ya no respeto a Dios, después de esto.

—Estamos sentados, escuchando, y Dios nos habla o no nos habla.

—Iba andando por la calle, camino de la peluquería, y llega alguien corriendo.

—Yo estaba en el cagadero. Sentí odio de mí mismo, después. La gente me preguntaba dónde estabas cuando pasó, y yo no se lo decía.

—Pero te has acordado de contárnoslo. Un detalle muy bonito, Benny.

Interrumpían, gesticulaban, cambiaban de tema, hablaban todos a la vez, cerraban los ojos para pensar o para asimilar el desconcierto o para revivir lúgubremente el propio suceso.

—¿Y la gente que Dios salvó? ¿Son mejores que quienes murieron?

—No nos corresponde preguntar. No preguntamos.

—Un millón de niños mueren en África y no podemos preguntar.

—Creí que era la guerra. Creí que era la guerra —dijo Anna—. Me quedé sin salir y encendí una vela. «Son los chinos», decía mi hermana, que nunca se fió de ellos con la bomba.

Lianne luchaba con la idea de Dios. Le habían enseñado a creer que la religión hace conformista a la gente. Tal es el propósito de la religión, que la gente vuelva al estado infantil. «Espanto reverencial y sumisión», decía su madre. De ahí que la religión se exprese con tanta fuerza en leyes, ceremonias y castigos. Y se expresa hermosamente, también, inspirando la música y el arte, elevando la conciencia en algunas personas, reduciéndola en otros. La gente cae en trance, la gente literalmente va a parar al suelo, la gente recorre grandes distancias arrastrándose o marcha en muchedumbres, dándose de puñaladas o azotándose. Y a otras personas, nosotros, los demás, quizá nos mezan más suavemente, quizá nos incorporemos a algo muy profundo del alma. «Fuerte y hermoso», decía su madre. Queremos trascender, queremos ir más allá de los límites de la comprensión sin riesgo, y qué mejor modo de conseguirlo que el fingimiento.

Eugene A. tenía setenta y siete años, llevaba el pelo de punta, con gel, y un aro en la oreja.

—Estoy frotando el fregadero, por una vez en mi vida, cuando suena el teléfono. Es mi ex —dice—, con quien llevo diecisiete años sin hablar, sin saber si está viva o muerta, que llama desde un sitio que no puedo ni pronunciar, en Florida. Le digo «qué pasa». Y ella dice «pasa lo que pasa». La misma falta de respeto en la voz. «Pon la tele.»

—Yo tuve que vigilar a un vecino —dijo Omar.

—Diecisiete años y ni una palabra. Lo que tuvo que ocurrir para que se le pasara por la cabeza llamarme. «Pon la tele», me dice.

Seguía el diálogo cruzado.

—No le perdono a Dios lo que ha hecho.

—¿Cómo le explica uno esto a un niño cuyo padre o madre...?

—A los niños se les miente.

—Habría querido verlos, a los que se agarraron de la mano.

—Cuando ves algo que está pasando, se supone que está pasando de verdad.

—Pero Dios. ¿Fue Él o no fue Él quien hizo esto?

—Estás mirando. Pero en realidad no está pasando.

—Tiene las grandes cosas que hace. Dios sacude el mundo —dijo Curtis B.

—Le diría a alguien al menos no murió con un tubo en el estómago o llevando una bolsa para sus evacuaciones.

—Cenizas y huesos.

—Me siento más cerca de Dios, lo sé, lo sabemos, ellos lo saben.

—Éste es nuestro cuarto de plegarias —dijo Omar.

Nadie escribió una palabra sobre los terroristas. Y en el coloquio posterior a las lecturas nadie habló de los terroristas. Ella los instigó.

—Tiene que haber algo que queráis decir, algún sentimiento que expresar, diecinueve hombres que vienen aquí a matarnos.

Aguardó, sin saber muy bien qué esperaba oír. Luego Anna C. mencionó a un conocido suyo, un bombero, desaparecido en una de las torres.

Anna se había mantenido ligeramente aparte todo el tiempo, un par de exclamaciones, en tono natural. Ahora utilizaba la gesticulación para orientar su relato, sentada con las rodillas dobladas hacia dentro en su frágil silla plegable, y nadie la interrumpía.

—Si alguien sufre un ataque al corazón, le echamos la culpa. Come, come demasiado, no hace ejercicio, una falta de sentido común. Eso le dije yo a la mujer. O si alguien se muere de cáncer. Fumaba sin parar. Mike, por ejemplo. Si es cáncer, tiene que ser cáncer de pulmón, y le echamos la culpa al enfermo. Pero esto, lo que ha pasado, es demasiado grande, es como de otro sitio, de la otra punta del mundo. No puede uno llegar a esa gente ni verlos retratados en los periódicos. Puede uno ver sus caras pero ¿qué significa eso? No significa nada, ponerles nombres. Yo estoy poniendo nombres desde antes de nacer. Y no sé cómo llamar a esta gente.

Lianne sospechó lo que era. Era una reacción definida en términos de venganza, y lo acogió bien, este pequeño deseo íntimo, por inútil que resultara en mitad de una tormenta infernal.

—Muere alguien en un accidente de automóvil o cruzando la calle, atropellado, puedes matar mil veces a esa persona en tu cabeza, al conductor. En la realidad no podría uno hacerlo, para ser franca, porque no tiene uno los medios, pero se puede pensar, se puede imaginar y así obtener algo a cambio. Pero aquí, con esta gente, no puede uno ni pensarlo. No sabe uno qué hacer. Porque están a mil leguas de nuestra vida. Y, además, están muertos.

Estaba la religión, luego estaba Dios. Lianne quería no creer. No creer era el camino que conducía a la claridad de ideas y propósitos. ¿O era, sencillamente otra forma de superstición? Quería confiar en las fuerzas y procesos del mundo natural, sólo eso, realidad perceptible y empeño científico, hombres y mujeres solos en la tierra. Sabía que no existía conflicto entre la ciencia y Dios. Hay que tomarlos a ambos a la vez. Pero no quería. Estaban los sabios y filósofos que había estudiado en clase, los libros que había leído como crónicas excitantes, personales, que le provocaban sacudidas algunas veces, y estaba el sagrado arte que siempre había amado. Quienes crean esta obra son los que dudan, y también los que creen con fervor, y los que han dudado y ahora creen, de modo que ella era libre de pensar y dudar y tener fe, todo al mismo tiempo. Pero no quería. Dios la ocuparía por entero, la haría más débil. Dios sería una presencia que seguiría siendo inimaginable. Esto era lo que quería, solamente, despabilar el pulso de la vacilante fe que había mantenido durante gran parte de su vida.

Empezó a pensar al día, al minuto. Era estar aquí, solo en el tiempo, lo que daba lugar a que esto ocurriese, estar alejado de los estímulos de la rutina, de todas las fluidas formas del discurso profesional. Las cosas parecían quietas, parecían más claras a la vista, extrañamente, en formas que no lograba entender. Empezó a captar lo que estaba haciendo. Se daba cuenta de las cosas, en todas las pinceladas finales de un día o un minuto, cómo se humedecía el pulgar y con él recogía una miga de pan del plato y se la llevaba indolentemente a la boca. Sólo que ya no era tan indolente. Nada parecía familiar, estar aquí, otra vez en familia, y él mismo se encontraba extraño, o siempre se había encontrado extraño, pero era diferente ahora porque observaba.

Estaban los paseos hasta el colegio con Justin y los paseos de vuelta a casa, solo, o a algún otro sitio, sólo pasear, y luego recogía al chico del colegio y otra vez a casa. Había un contenido alborozo en aquellos momentos, una sensación casi oculta, algo que conocía pero sólo apenas, un murmullo de exposición de sí mismo.

El chico trataba de limitar su habla al silabeo, durante largos periodos de tiempo. Estarían haciéndolo en clase, un juego formal, para enseñar algo a los niños sobre la estructura de las palabras y la disciplina que hace falta para enfocar claramente las ideas. Lianne decía, medio en serio, que sonaba a totalitarismo.

—Me-a-yu-da a ir des-pa-cio cuan-do pien-so —le dijo Justin a su padre, midiendo cada palabra, anotando el recuento de sílabas.

Era también que Keith iba despacio, adentrándose poco a poco. Antes quería salir volando de la conciencia de sí mismo, noche y día, un cuerpo en crudo movimiento. Ahora se descubre derivando hacia momentos de reflexión, pensando no en unidades claras, rotundas y enlazadas, sino solamente asimilando lo que llega, extrayendo cosas del tiempo y la memoria y pasándolas a algún espacio oscurecido donde se recoge su experiencia. O se queda ahí, mirando. Se queda ante la ventana y ve lo que ocurre en la calle. Algo está siempre ocurriendo, incluso en los días más tranquilos y en lo más profundo de la noche, si mira uno el rato suficiente.

Le vino a la cabeza algo procedente de no se sabía dónde, una frase, *metralla orgánica*. Le sonaba, pero carecía de sentido para él. En seguida vio un coche aparcado en doble fila en la acera de enfrente y pensó en otra cosa y luego en otra.

Había los paseos al colegio y desde el colegio, la comida que cocinaba, algo que rara vez había hecho en el último año y medio porque lo hacía sentirse el último sobreviviente de la humanidad, lo de cascar huevos para la cena. Estaba el parque, toda la gama climatológica, y estaba la mujer que vivía cruzando el parque. Pero eso era otra cuestión, lo de cruzar el parque.

—Vamos a casa ya —dijo Justin.

Estaba despierta, en plena noche, con los ojos cerrados, la mente en marcha, y notó que el tiempo la acuciaba, y la amenazaba, una especie de pulsación en la cabeza.

Leía todo lo que se publicaba sobre los ataques.

Pensaba en su padre. Lo vio bajando por una escalera mecánica, en un aeropuerto quizá.

Keith dejó de afeitarse durante una temporada, interprétese como se quiera. Todo parecía significar algo. Sus vidas estaban en transición y ella buscaba señales. Aunque no le hubiera prestado especial atención, cualquier incidente podía volverle al recuerdo, con significado incluido, en episodios insomnes que duraban minutos u horas, no lo sabía con certeza.

Vivían en el último piso de una casa de ladrillo rojo, de cuatro plantas, y estos últimos días Lianne solía bajar las escaleras y oír cierto tipo de música, sollozante, laúdes y panderos y cánticos a veces, procedente del segundo piso, el mismo CD, pensó, una y otra vez, y estaba empezando a molestarle.

Leía las crónicas de los periódicos hasta que se obligaba a dejarlo.

Pero las cosas también eran normales. Las cosas eran normales de todas las maneras en que antes eran normales.

Una mujer llamada Elena vivía en aquel piso. Pensó que tal vez Elena fuera griega. Pero la música no era griega. Captaba en ella otro conjunto de tradiciones, Oriente Medio, África del Norte, cantos beduinos, quizá danzas sufíes, música localizada en la tradición islámica, y se le pasó por la cabeza llamar a la puerta y decir algo.

Le dijo a la gente que quería salir de la ciudad. Los demás no se la tomaban en serio y se lo decían y ella los odiaba un poco, y odiaba su propia transparencia, y los pequeños pánicos por los que ciertos momentos del día se parecían a los frenéticos merodeos sin rumbo de este mismo momento de la noche, con la mente siempre en marcha.

Pensó en su padre. Llevaba el apellido de su padre. Era Lianne Glenn. Su padre fue católico tradicional no practicante, devoto de la misa en latín mientras no lo obligaran a escucharla. No hacía distinción alguna entre practicantes y no practicantes. Lo único que importaba era la tradición, pero no dentro de su trabajo, nunca en su trabajo, sus proyectos de edificios y otras estructuras, situados sobre todo en comarcas remotas.

Pensó que podía adoptar una actitud de falsa urbanidad, como táctica, como medio de replicar a una ofensa con otra. La oían sobre todo en la escalera, decía

Keith, al bajar o al subir, «y, total, no es más que música», decía, «así que por qué no te olvidas de ella».

El piso no era suyo, vivían de alquiler, como en la Edad Media.

Lianne quería llamar a la puerta y decirle algo a Elena. Preguntarle de qué iba la cosa. Adoptar una postura. En eso consiste propiamente la represalia. Preguntarle por qué está poniendo esa música, concretamente, en este momento tan altamente delicado. Utilizar el lenguaje de un coinquilino preocupado.

Leía necrológicas de las víctimas en los periódicos.

De pequeña quería ser su madre, su padre, alguna de sus compañeras de clase, un par de ellas, que parecían moverse con especial facilidad, decir cosas que sólo importaban por el modo en que las decían, con facilidad de brisa, como el vuelo de un pájaro. Durmió con una de ellas, se tocaron un poco y se besaron una vez y lo tomó por un sueño del que se despertaría en la mente y en el cuerpo de la otra chica.

Llamar a la puerta. Mencionar el ruido. No decir música, decir ruido.

Son ellos quienes piensan todos igual, hablan igual, comen la misma comida al mismo tiempo. Sabía que no era verdad. Decían las mismas oraciones, palabra por palabra, en la misma postura orante, día y noche, siguiendo el arco del sol y de la luna.

Necesitaba dormir ahora. Necesitaba que cesase el ruido de dentro de su cabeza y volverse del lado derecho, hacia su marido, y respirar su aire y dormir su dormir.

Elena era administrativa o llevaba un restaurante, y estaba divorciada y vivía con un perro grande, y quién sabe qué más.

Le gustaba el vello facial de Keith, el pelo estaba bien, pero no se lo dijo. Dijo una cosa, sin interés, y lo miró pasarse el dedo por la barba, señalándose a sí mismo su presencia.

Le dijeron: «¿Salir de la ciudad? ¿Para qué? ¿Para ir adónde?» Era el habla de Nueva York, llevada a la perfección allí mismo, cosmocéntrica, sonora y contundente, pero la sentía en el fondo del corazón, no menos que ellos.

Hacer esto. Llamar a la puerta. Adoptar una postura. Hablar del ruido como tal ruido. Llamar a la puerta, mencionar el ruido como tal ruido, apelar abiertamente al fingimiento de la buena educación y la calma, la parodia de la coinquilina amable que todos los demás coinquilinos tienen en tal consideración, y dejar caer suavemente lo del ruido. Pero hablar del ruido sólo como tal ruido. Llamar a la puerta, hablar del ruido, adoptar una postura de suave calma, claramente falsa, y no aludir al tema subyacente de cierto tipo de música como forma de afirmación religiosa y política, precisamente ahora. Ir entrando poco a poco en el lenguaje del inquilino ofendido. Preguntarle si el piso es suyo o está de alquiler.

Se volvió del lado derecho, hacia su marido, y abrió los ojos.

Ideas llegadas de ningún sitio, de algún otro sitio, de alguna otra persona.

Abrió los ojos y se sorprendió, incluso ahora, de verlo ahí en la cama, junto a ella, flaca sorpresa, a estas alturas, quince días después de los aviones. Habían hecho el amor por la noche, antes, no sabía muy bien cuándo, podría hacer dos o tres horas. Algo que quedaba atrás, en algún sitio, un yacer de cuerpos abiertos pero también de tiempo, el único intervalo que había experimentado en esos días y noches que no fuese forzado o distorsionado, marcado por la presión de los acontecimientos. Fue el sexo más tierno que con él había conocido. Lianne notó que tenía saliva en la comisura de la boca, en el lado que se aplastaba contra la almohada, y lo miró a él, con el rostro vuelto hacia arriba, con la cabeza en claro perfil contra la desvaída luz del alumbrado público.

Nunca se había sentido a gusto con esa palabra. Mi marido. No era un marido. La palabra esposo le pareció en su momento cómica, aplicada a él, y marido sencillamente no encajaba. Era alguna otra cosa, en algún otro sitio. Pero ahora sí utiliza la palabra. Considera que está madurando en su interior, un maridaje, aunque le consta que esta otra palabra es muy distinta.

Lo que ya está en el aire, en los cuerpos de los jóvenes, y lo que vendrá a continuación.

En la música había momentos que sonaban a respiración forzada. Lo oyó un día en la escalera, un interludio consistente en hombres respirando según un patrón rítmico urgente, una liturgia de inspiración-espiración, y otras voces en otros tiempos, voces en trance, voces en recitativo, mujeres en lamentos devotos, mezcolanza de voces de pueblo con fondo de tambores de mano y palmadas.

Se quedó mirando a su marido, el rostro vacío de expresión, neutral, no muy diferente de su aspecto durante la vigilia.

Muy bien, la música es bonita pero por qué ahora, qué se trata de demostrar, y cómo se llama esa cosa parecida a un laúd que se toca con el cañón de una pluma de águila.

Le puso la mano en el pecho que latía.

El momento, por fin, de irse a dormir, siguiendo el arco del sol y de la luna.

Acababa de regresar de su carrera matutina y permanecía de pie, sudorosa, junto a la ventana de la cocina, bebiendo agua de una botella de litro y mirando a Keith desayunar.

—Pareces una loca corriendo por las calles. ¿Por qué no vas al embalse?

—Según tú, las mujeres tenemos más pinta de locas que los hombres.

—Sólo por la calle.

—Me gusta la calle. Esa hora de la mañana en la que algo ocurre en la ciudad, a la orilla del río, las calles casi vacías, los coches tocando la bocina en el Drive.

—Respira hondo.

—Me gusta correr junto a los coches, en el Drive.

—Respira hondo —dijo él—. Deja que los humos se te arremolinen en los pulmones.

—Me gustan los humos. Me gusta la brisa del río.

—Corre desnuda —dijo él.

—Hazlo tú, y también lo hago yo.

—Yo lo hago si lo hace el niño —dijo él.

Justin estaba en su cuarto, un sábado, dando los últimos retoques, los últimos golpes de dedo, a un retrato de su abuela que había estado haciendo a lápiz de cera. Eso, o pintando un pájaro para el colegio, lo que le recordó algo a Lianne:

—Se lleva los prismáticos a casa de los Dos Hermanos. ¿Tienes idea de por qué puede ser?

—Están escudriñando el cielo.

—¿Para qué?

—Aviones. Es uno de ellos, la chica, creo.

—Katie.

—Katie asegura haber visto el avión que chocó con la torre uno. Dice que acababa de volver del colegio, porque no se encontraba bien, y que estaba de pie junto a la ventana cuando vio pasar el avión.

Al edificio en que vivían los Dos Hermanos había quienes lo llamaban Apartamentos Godzilla, o el Godzilla a secas. Tenía unos cuarenta pisos, en una zona de casas adosadas y otras estructuras de modesta alzada, y creaba su propio microclima, con fuertes corrientes de aire que a veces rompían contra las fachadas del edificio y tiraban al suelo a los más ancianos.

—En casa porque no se encontraba bien. ¿Hay que creérselo?

—Creo que viven en el piso veintisiete —dijo él.

—Orientado al oeste, al otro lado del parque. Eso es cierto.

—¿Fue el avión sobrevolando el parque, en su descenso?

—Puede que el parque, puede que el río —dijo ella—. Y puede que la chica estuviera en casa porque se encontraba mal o puede que se lo haya inventado.

—Lo uno o lo otro.

—Sea lo que sea, dices que están buscando más aviones.

—Esperando que vuelva a ocurrir.

—Me da miedo —dijo ella.

—Esta vez con un par de prismáticos para localizarlo mejor.

—Me da muchísimo miedo. Hay algo espantoso en

esto. Malditos niños, con el poder de imaginación tan puñetero y tan retorcido que tienen.

Se acercó a la mesa y cogió media fresa del cuenco de cereales de Keith. Luego tomó asiento frente a él, pensando y masticando.

Al final dijo:

—Lo único que le he sacado a Justin. Las torres no se vinieron abajo.

—Ya le he dicho que sí.

—Y yo —dijo ella.

—Recibieron el impacto, pero no se derrumbaron. Eso es lo que dice.

—No lo vio en televisión. No quise que lo viera. Pero le dije que se habían venido abajo. Y pareció asimilarlo. Pero luego, no sé.

—Sabe perfectamente que se vinieron abajo, diga lo que diga.

—Tiene que saberlo, ¿no te parece? Y sabe que tú estabas dentro.

—Hemos hablado de ello —dijo Keith—. Pero sólo una vez.

—¿Qué dijo?

—No gran cosa. Ni yo tampoco.

—Están vigilando el cielo.

—Exacto —dijo él.

Lianne supo que había algo que había estado queriendo decir todo el rato y que por fin se convertía en percepción expresable en palabras:

—¿Ha dicho algo del hombre ese, Bill Lawton?

—Una vez. Se suponía que no debía contárselo a nadie.

—La madre de los Dos Hermanos dijo ese nombre. Siempre se me olvida contártelo. Primero porque me olvido del nombre. Los nombres fáciles siempre se me olvidan. Luego porque cuando me acuerdo no te tengo al lado para contártelo.

—Se le escapó. El nombre se le escapó. Me dijo que los aviones eran un secreto. No debo decirle a nadie que ellos tres están en el piso veintisiete escudriñando el cielo. Pero lo más importante, me dijo, es que no le hable a nadie de Bill Lawton. Luego se dio cuenta de lo que acababa de hacer. Se le había escapado el nombre. Y se empeñó en que se lo prometiera el doble o por triplicado. Nadie debe saberlo.

—Incluida la madre que estuvo cuatro horas y media pariéndolo entre la sangre y el dolor. Eso explica que las mujeres vayamos corriendo como locas por las calles.

—Amén. Pero lo que ocurrió —dijo él—, es que el otro chico, el hermano pequeño...

—Robert.

—El nombre viene de Robert. Hasta ahí sé. Lo demás son conjeturas mías. Robert creyó oír cierto nombre en la televisión, en el colegio, en algún sitio. Puede que oyera el nombre una sola vez, o que lo oyera mal, y luego impuso esa versión en las ocasiones siguientes. En otras palabras, nunca llegó a reajustar su percepción primera de lo que oyó.

—¿Qué fue lo que oyó?

—Oyó Bill Lawton. Lo que decían era Bin Laden.

Lianne se quedó pensándolo. Le pareció, al principio, que podía haber algún significado oculto e importante en las resonancias del pequeño error cometido por el chico. Miró a Keith, buscando su anuencia, algo que le sirviera para afianzar su espanto en caída libre. Él, sin dejar de masticar, se encogió de hombros.

—Así que —dijo Keith— entre los tres han creado el mito de Bill Lawton.

—Katie tiene que saber el verdadero nombre. Es demasiado lista. Seguro que deja correr el otro nombre precisamente porque es falso.

—Creo que ésa es la idea. Ése es el mito.

—Bill Lawton.

—Escudriñan el cielo en busca de Bill Lawton. Justin me dijo varias cosas antes de volverse a cerrar como una ostra.

—Hay algo que me gusta. Me gusta conocer la solución del acertijo antes de que Isabel la sepa.

—¿De quién me hablas?

—De la madre de los Dos Hermanos.

—¿Ella no parió con dolor?

La pregunta hizo reír a Lianne. Pero los imaginó en la ventana, a puerta cerrada, escudriñando el cielo, y le volvió la inquietud.

—Bill Lawton lleva una barba muy larga. Y una túnica igual de larga —dijo él—. Vuela en reactores y habla trece idiomas, pero el inglés sólo lo utiliza con sus mujeres. ¿Qué más? Tiene poder para envenenar lo que comemos, pero sólo ciertos alimentos. Están confeccionando la lista.

—Eso es lo que conseguimos poniendo cierta distancia protectora entre los niños y los nuevos acontecimientos.

—Sólo que no pusimos distancia protectora, en realidad —dijo él.

—Entre los niños y los asesinatos en masa.

—Otra cosa que hace Bill Lawton es ir siempre descalzo.

—Mataron a tu mejor amigo. Son unos putos asesinos de mierda. Dos amigos, dos amigos.

—Hablé con Demetrius hace poco. Creo que no lo

conoces. Trabajaba en la otra torre. Lo enviaron a una unidad de quemados de Baltimore. Tiene familia allí.

Ella se quedó mirándolo.

—¿Por qué sigues aquí?

Lo dijo en un tono de amabilísima curiosidad.

—¿Piensas quedarte? Porque me parece a mí que tendríamos que hablarlo —dijo ella—. Ya no me acuerdo de cómo hablar contigo. Ésta es la conversación más larga que hemos tenido.

—Lo hacías mejor que nadie. Hablar conmigo. Puede que ése fuera el problema.

—Pues lo he desaprendido. Porque aquí estoy, sentada, pensando en lo mucho que tenemos que decir.

—No tenemos tanto que decir. Antes lo decíamos todo, todo el tiempo. Sometíamos todo a examen, todas las preguntas, todos los temas.

—De acuerdo.

—Fue algo que prácticamente acabó con nosotros.

—De acuerdo. Pero ¿es posible? Ésta es mi pregunta —dijo ella—. ¿Es posible que tú y yo hayamos terminado con los conflictos? Sabes lo que quiero decir. La fricción cotidiana. Lo de no dejar pasar una sola palabra, ni el aliento, como hacíamos antes de separarnos. ¿Es posible que eso haya terminado? Ya no nos hace ninguna falta. Podemos vivir sin ello. ¿Tengo razón?

—Estamos preparados para hundirnos en nuestras pequeñas vidas —dijo él.

EN MARIENSTRASSE

Estaban delante de la puerta, mirando caer la lluvia fría, el viejo y el joven, tras la oración vespertina. El viento hacía derrapar la basura por la acera y Hammad ahuecó las manos ante la boca y exhaló seis o siete veces, lenta y metódicamente, sintiendo un cosquilleo de aliento cálido en las palmas. Pasó una mujer en bicicleta, pedaleando con fuerza. Él cruzó los brazos, sepultando las manos en las axilas, y escuchó la historia del viejo.

Fue fusilero en el Shatt al-Arab,* quince años atrás, los vio acercarse por la marisma, miles de muchachos gritando. Algunos llevaban fusil, muchos no, y las armas casi abrumaban a los más pequeños, kalashnikovs, que pesaban demasiado como para llegar muy lejos con ellos. Era soldado del ejército de Saddam y ellos eran los mártires del Ayatolá, que venían a morir. Parecían salir de la tierra húmeda, una oleada tras otra, y él apuntaba y disparaba y los veía caer. Estaba flanqueado de pues-

* El río Shatt al-Arab se forma por la confluencia del Tigris y el Éufrates en la ciudad de Basra, Iraq. Su tramo sur es frontera entre Irán e Iraq.

tos de ametralladora y el fuego se hizo tan intenso que creía estar respirando acero candente.

Hammad apenas lo conocía, a este hombre, panadero, quizá llevara diez años en Hamburgo. Rezaban en la misma mezquita, eso era todo lo que sabía, en el segundo piso de aquel destartalado edificio cuyas paredes exteriores estaban cubiertas de grafitos y eran punto de encuentro de las putas callejeras de la localidad. Ahora también conocía esto otro, el rostro del combate en la larga guerra.

Los chicos seguían llegando y las ametralladoras los segaban. Al cabo de un rato, el hombre comprendió que no valía la pena seguir disparando, que a él no le valía la pena. Aunque fueran enemigos, iraníes, shiíes, herejes, esto no era para él, verlos saltar sobre los cuerpos humeantes de sus hermanos, llevando el alma en las manos. Lo otro que comprendió fue que se trataba de una táctica militar, diez mil muchachos poniendo en escena la gloria del sacrificio propio, para distraer tropas y material militar iraquí de la verdadera concentración del ejército en retaguardia.

«La mayor parte de las naciones están gobernadas por locos», dijo.

Luego dijo que lo había lamentado dos veces, primero al ver morir a los muchachos, enviados a hacer estallar minas y arrojarse bajo los tanques y contra murallas de fuego, y luego al pensar que estaban ganando, aquellos niños, que estaban derrotándonos por su modo de morir.

Hammad escuchaba sin comentario pero le estaba agradecido a aquel hombre. Era el tipo de hombre que aún no es viejo, si se miden los años con precisión, pero que lleva encima algo más que el duro peso de la edad.

Pero los gritos de los chicos, los chillidos estridentes... El hombre le dijo que eso era lo que se oía por encima del estruendo de la batalla. Los chicos lanzaban el grito de la historia, la historia de la antigua derrota Shia y la lealtad de los vivos a los muertos y derrotados. «Ese grito aún lo tengo cerca», dijo. «No como algo ocurrido ayer sino como algo que está sucediendo siempre, que lleva más de mil años sucediendo, siempre en el aire.»

Hammad decía que sí con la cabeza. Sentía el frío en los huesos, la miseria de los vientos húmedos y de las noches septentrionales. Permanecieron un rato en silencio, esperando que escampara, y siguió pensando que pasaría otra mujer en bicicleta, alguien a quien mirar, con el pelo mojado, bombeando con las piernas.

Todos estaban dejándose la barba. Uno de ellos incluso le dijo a su padre que se la dejara. Los hombres acudían al piso de la Marienstrasse, unos de visita, otros a vivir, hombres entrando y saliendo todo el tiempo, dejándose la barba.

Hammad estaba sentado en el suelo con las piernas cruzadas, comiendo y escuchando. Se hablaba de fuego y de luz, la emoción era contagiosa. Estaban en este país para adquirir formación técnica pero en estas habitaciones hablaban de la lucha. Todo aquí era retorcido, hipócrita, la corrupción de Occidente era mental y física, decidido a hacer añicos el islam, hacerlo migas para los pájaros.

Estudiaban arquitectura e ingeniería. Estudiaban planificación urbana y uno de ellos maldecía el modo de construir de los judíos. Los judíos hacen tabiques demasiado delgados, pasillos demasiado estrechos. Los judíos habían puesto la taza del váter de este piso demasiado cerca del suelo de manera que el líquido al salir del cuerpo ha de recorrer un trayecto excesivamente largo y hace ruido y salpica, y se oye desde la habitación contigua. Gracias a las delgadas paredes judías.

Hammad no estaba seguro de que aquello fuese divertido, verdadero o estúpido. Escuchaba todo lo que decían ellos, atentamente. Era un hombre corpulento, desmañado, y toda su vida había pensado que dentro de su cuerpo se escondía una energía sin nombre, tan sellada que resultaba imposible liberarla.

No sabía cuál de ellos le había dicho a su padre que se dejara la barba. Decirle a tu padre que se deje la barba. No era algo que normalmente se recomendase.

El hombre que llevaba los debates, éste era Amir y poseía una gran intensidad, un hombre pequeño y correoso que le hablaba a Hammad a la cara. Era muy genio, comentaban otros, y él les dijo que un hombre puede permanecer para siempre en la misma habitación, haciendo anteproyectos, comiendo y durmiendo, incluso rezando, incluso conspirando, pero en un momento dado tenía que salir. Aunque la habitación sea un lugar de rezo, no puede permanecer en ella toda la vida. El islam es el mundo de fuera del cuarto de rezos, igual que el de las *sūrahs* del Corán. El islam es la lucha contra el enemigo, próximo y alejado, en primer lugar los judíos, por todo lo injusto y aborrecible, y luego los estadounidenses.

Necesitaban espacio propio, en la mezquita, en el cuarto de rezos portátil de la universidad, aquí en el piso de la Marienstrasse.

Había siete pares de zapatos colocados a la puerta del piso. Hammad entró y estaban hablando y discutiendo. Uno de los hombres había combatido en Bosnia, otro evitaba el contacto con perros y mujeres.

Veían vídeos de la *yihad* en otros países y Hammad les habló de los niños soldados corriendo por el barro, los saltadores de minas, que llevaban las llaves del paraíso colgando del cuello. Lo miraron de arriba abajo, lo hicieron callar hablando ellos. De aquello hacía mucho tiempo y no eran más que chavales, le dijeron, ninguno era digno de compasión.

A última hora, una noche, tuvo que pasar por encima de la forma postrada de un hermano rezando en su camino hacia el váter para hacerse una paja.

El mundo cambia primero en la mente del hombre que quiere cambiarlo. El tiempo está llegando, nuestra verdad, nuestra vergüenza, y todo hombre se convierte en el otro, y el otro aún en otro, y luego no hay separación.

Amir le hablaba a la cara. Su nombre completo era Mohamed Mohamed al-Amir as-Sayid Atta.

Estaba la sensación de historia perdida. Llevaban demasiado tiempo aislados. De esto era de lo que hablaban, de verse arrinconados por otras culturas, otros futuros, la voluntad, que todo lo abarca, de los mercados del capital y de las políticas exteriores.

Éste era Amir, su mente estaba en lo más alto del cielo, dando sentido a las cosas, poniéndolas juntas.

Hammad conocía a una mujer que era alemana, siria, cualquiera sabe, un poco turca. Tenía los ojos oscuros y un cuerpo blando que gustaba del contacto. Fueron arrastrando los pies hasta el catre de ella, se abrazaron con fuerza, con la compañera de la chica al otro lado de la puerta estudiando inglés. Todo ocurría en segmentos de lugar y tiempo ocupados por muchas personas. Sus sueños parecían comprimidos, habitaciones pequeñas, casi desnudas, soñados a toda velocidad. A veces él y las dos mujeres practicaban burdos juegos de palabras, inventando rimas sin sentido en cuatro lenguas chapurreadas.

No conocía el nombre de la agencia alemana de seguridad en ningún idioma. Algunos de los hombres que pasaban por el piso eran peligrosos para el Estado. Leían los textos, disparaban las armas. Seguramente estaban siendo vigilados, el teléfono pinchado, las señales interceptadas. Preferían de todas formas hablar en directo. Sabían que todas las señales que surcan el aire pueden ser interceptadas. El Estado posee sitios de microondas. El Estado posee estaciones terrestres y satélites, puntos de intercambio de la Red. Hay cámaras de reconocimiento capaces de retratar a un escarabajo pelotero desde una altura de cien kilómetros.

Pero nos encontramos cara a cara. Un hombre llega de Kandahar, otro de Riyadh. Nos encontramos directamente en el piso o en la mezquita. El Estado posee fibras ópticas pero el poder es impotente contra nosotros. Cuando mayor es el poder, más impotente. Nos encontramos por los ojos, por la palabra y la mirada.

Hammad y otros dos fueron a buscar a un hombre en la Reeperbahn. Era tarde y hacía un frío pelón y al fin lo vieron salir de una casa a media manzana de distancia. Uno de los hombres lo llamó por su nombre, luego el otro. Él los miró y se quedó esperando y Hammad se adelantó y lo golpeó tres o cuatro veces y el hombre cayó. Los otros hombres se adelantaron y le dieron patadas. Hammad no se había enterado de cómo se llamaba hasta que los otros dos gritaron su nombre y no sabía muy bien de qué iba la cosa, de que el tipo había pagado a una puta albanesa para acostarse con ella o de que no se dejaba barba. Hammad observó que no tenía barba, antes de asestarle el golpe.

Comieron carne espetada en un restaurante turco. Le mostró a la chica las especificaciones dimensionales que hacía en clase, en sus estudios de dibujo técnico, que cursaba sin entusiasmo. Se sentía más inteligente cuando estaba con ella porque ella lo fomentaba, haciéndole preguntas o sencillamente siendo ella misma, manifestando curiosidad por las cosas, incluidos sus amigos de la mezquita. Sus amigos le proporcionaban un motivo para ser misterioso, una circunstancia que ella encontraba interesante. Su compañera de habitación oía las serenas voces que le hablaban en inglés por los auriculares. Hammad la molestaba pidiéndole lecciones, preguntándole palabras y frases, y vamos a saltarnos la gramática. Había un apremio, un impulso que hacía difícil ver más allá del minuto concreto. Él huía por entre los minutos y sentía la atracción de un enorme paisaje futuro que se abría, todo montañas y todo cielo.

Pasaba tiempo ante el espejo mirándose la barba, sabiendo que no debía arreglársela.

Sintió algo de deseo por la compañera de habitación cuando la vio montar en bicicleta pero trató de no meter tal ansia en la casa. Su chica se aferraba a él y entre ambos estropeaban el catre. Ella quería que captara su presencia, dentro y fuera. Comían *falafel* envuelto en pan de pita y a veces quería casarse con ella y tener niños pero eso era sólo en los minutos siguientes a su salida del piso, cuando iba como un futbolista que recorre el campo recién marcado un gol, todo mundo, con los brazos abiertos de par en par.

El tiempo está llegando.

Los hombres iban a cafés de internet y recogían datos sobre escuelas de vuelo norteamericanas. Nadie llamaba a su puerta en mitad de la noche y nadie los detenía en la calle para hacerles enseñar el forro de los bolsillos y cachearlos en busca de armas. Pero sabían que el islam estaba siendo atacado.

Amir lo miró, penetrando hasta lo más bajo de su ser. Hammad sabía lo que iba a decir. «Te pasas el rato comiendo, con glotonería, nunca ves el momento de iniciar tus oraciones.» Había más. «Estás con una desvergonzada, arrastrando tu cuerpo sobre el suyo. ¿Qué diferencia hay entre tú y los otros, los de fuera de nuestro espacio?»

Cuando Amir dijo las palabras, hablándole a la cara, las moduló con sarcasmo.

«¿Estoy hablando en chino? ¿Soy tartamudo? ¿Muevo mis labios pero de mi boca no brotan palabras?»

Hammad en cierto modo pensó que aquello era injusto. Pero cuanto más de cerca se examinaba, más verdaderas le parecían las palabras. Tenía que luchar contra la necesidad de ser normal. Tenía que luchar consigo mismo, primero, y luego contra la injusticia que perseguía sus vidas.

Leyeron los versos coránicos de la espada. Estaban resueltos, decididos a convertirse en una sola mente. Combátelo todo menos a los hombres con quienes estás. Conviértete en la sangre que corre en los otros.

A veces había diez pares de zapatos a la puerta del

piso, once pares de zapatos. Ésta era la casa de los seguidores, así la llamaban, *dar al-ansar*, y eso eran, seguidores del Profeta.

La barba tendría mejor aspecto si se la arreglara. Había normas ahora, sin embargo, y estaba dispuesto a seguirlas. Su vida poseía estructura. Las cosas estaban claramente definidas. Estaba convirtiéndose en uno de ellos ahora, aprendiendo a tener el mismo aspecto que ellos y a pensar como ellos. Era algo inseparable de la *yihad*. Rezaba con ellos para estar con ellos. Iban convirtiéndose en hermanos totales.

La mujer se llamaba Leyla. Ojos bonitos y tacto sabio. Le dijo que iba a estar fuera una temporada, pero que sin duda alguna regresaría. Pronto empezaría a existir en calidad de recuerdo poco fiable, más tarde sería nada.

Segunda parte

ERNST HECHINGER

6

Cuando se presentó en la puerta no era posible, un hombre salido de una tormenta de ceniza, todo sangre y escoria, apestando a material quemado, con puntitos brillantes de cristal pulverizado en el rostro. Parecía inmenso, en el umbral, con la mirada sin enfoque. Llevaba un maletín y decía que sí con la cabeza, lentamente. Lianne pensó que podía estar conmocionado pero no sabía qué significaba eso en términos exactos, en términos médicos. Él pasó por su lado y se encaminó a la cocina, y Lianne trató de llamar a su médico y luego al 911, y luego al hospital más cercano, pero sólo se oía el zumbido de las líneas sobrecargadas. Apagó el televisor, sin saber muy bien por qué, para protegerlo de las noticias de que acababa de salir, ésa era la razón, y luego fue a la cocina. Keith se había sentado a la mesa y ella le puso un vaso de agua y le dijo que Justin estaba con su abuela, que en el colegio lo habían dejado salir antes de la hora, y que se hallaba a salvo de las noticias, al menos en lo tocante a su padre.

Él dijo:

—Todo el mundo me da agua.

Ella pensó que no podría haber recorrido esa distancia ni siquiera subido las escaleras si hubiera tenido algo grave, si hubiera perdido demasiada sangre.

Luego él dijo algo más. El maletín estaba encima de la mesa, como un objeto arrancado de algún basurero. Dijo que del cielo cayó una camisa.

Lianne empapó un paño de cocina y le limpió el polvo y la ceniza de las manos, el rostro y la cabeza, procurando no desplazar los fragmentos de cristal. Había más sangre de la que en principio había visto y luego empezó a darse cuenta de otra cosa, de que sus cortes y rasponazos no eran lo suficientemente graves ni profundos como para explicar tanta sangre. No era suya. En su mayor parte procedía de otro.

Estaban con las ventanas abiertas para que Florence pudiera fumar. Estaban sentados donde la última vez, cada uno a un lado de la mesa de salón, situados en diagonal.

—Me di un año —dijo él.

—Actor. Lo imagino a usted de actor.

—Estudiante de interpretación. Nunca pasé de estudiante.

—Porque hay algo en usted, el modo en que ocupa el espacio. No estoy muy segura de lo que ello quiera decir.

—Suena bien.

—Creo que lo he oído en alguna parte. ¿Qué significa? —dijo ella.

—Me di un año. Pensé que sería interesante. Lo reduje a seis meses. Pensé: ¿qué otra cosa puedo hacer? Practicaba dos deportes en la facultad. Se acabó. Seis meses, qué diablos. Lo reduje a cuatro, lo dejé en dos.

Ella lo observaba, ahí sentada, mirándolo, y había algo en la situación, un comportamiento tan franco y tan inocente, que Keith dejó de sentirse inquieto al cabo de un rato. Ella miraba, él hablaba, aquí, en una habitación que no sería capaz de describir un minuto después de haberla abandonado.

—No funcionó. Las cosas no funcionan —dijo ella—. ¿Qué hizo usted?

—Me puse a estudiar Derecho.

Ella musitó:

—¿Por qué?

—¿Qué, si no? ¿Dónde?

Ella se recostó en el asiento y se llevó el cigarrillo a los labios, pensando en algo. Pequeñas manchas marrones se derramaban por su rostro, desde la parte inferior de la frente hasta el caballete de la nariz.

—Está usted casado, supongo. No es asunto mío.

—Sí, estoy casado.

—No es asunto mío —dijo ella, y fue la primera vez que Keith captó resentimiento en su voz.

—Estábamos separados y ahora hemos vuelto, estamos empezando a volver.

—Claro —dijo ella.

Era la segunda vez que cruzaba el parque. Sabía por qué estaba aquí pero no podría habérselo explicado a otra persona y no tenía por qué explicárselo a ella. Daba igual que hablasen o no hablasen. Estaría bien no hablar, respirando el mismo aire, o que ella hablara y él escuchara, o que fuera de día o que fuera de noche.

Ella dijo:

—Fui a St. Paul ayer. Quería estar con gente, concretamente allí. Sabía que allí encontraría gente. Estuve mirando las flores y los objetos personales que la gente dejaba, los monumentos conmemorativos de andar por casa. No miré las fotos de los desaparecidos. Eso no pude hacerlo. Estuve una hora sentada en la capilla y la gente venía a rezar o se limitaba a dar una vuelta, mirando, leyendo las placas de mármol. En memoria de, en memoria de. Entraron tres miembros de un equipo de rescate y traté de no mirarlos, y luego entraron otros dos.

Había estado casada durante un breve periodo de tiempo, diez años atrás, un error tan efímero que apenas le dejó cicatrices. Eso fue lo que dijo. El marido murió unos meses después de que terminara el matrimonio, en un accidente automovilístico, y su madre le echaba la culpa a Florence. Esa cicatriz sí le quedó.

—Morirse es un hecho corriente, digo yo.

—No cuando es uno quien muere. Ni cuando es alguien a quien conocemos.

—No digo que no debamos afligirnos. Sólo que, ¿por qué no lo dejamos en manos del Señor? —dijo ella—. ¿Por qué no hemos aprendido eso, con las pruebas que nos han ido aportando todos los muertos? Se supone que creemos en Dios pero entonces ¿por qué no obedecemos las leyes del universo divino, que nos enseñan lo pequeños que somos y dónde vamos todos a acabar?

—No puede ser tan sencillo.

—Los hombres que hicieron esto. Están en contra de todo lo que nosotros defendemos. Pero creen en Dios —dijo ella.

—¿El Dios de quién? ¿Qué Dios? Ignoro qué significa creer en Dios. Nunca pienso en ello.

—Nunca piensa en ello.

—¿No le parece a usted bien?

—Me horroriza —dijo ella—. Yo siempre he sentido la presencia de Dios. Hablo con Él a veces. No tengo que ir a la iglesia para hablar con Él. Voy a la iglesia, pero no, comprende, una semana sí, una semana no... ¿Cuál es la palabra?

—Religiosamente —dijo él.

Logró hacerla reír. Parecía estar mirándolo por dentro mientras se reía, con los ojos muy vivos, viendo algo que Keith no adivinaba. Había en Florence un elemento que siempre estaba cerca del desamparo emocional, recuerdo de una herida sufrida o de una pérdida soportada, quizá de toda la vida, y la risa era una especie de despojamiento, una liberación física de alguna congoja, piel muerta, aunque fuera sólo por un momento.

Se oía música en una habitación del fondo, algo clásico y familiar, pero Keith no conocía ni el compositor ni el nombre de la pieza. Nunca sabía esas cosas. Bebían té y charlaban. Ella habló de la torre, retomando el asunto, claustrofóbicamente, el humo, el encerradero de cuerpos, y él comprendió que podían hablar de aquellas cosas sólo entre ellos, con todo su diminuto detalle aburrido, que nunca resultaría ni aburrido ni prolijo porque estaba dentro de ellos ahora y porque él necesitaba escuchar lo que había perdido en los rastreos de la memoria. Era el tono de delirio que les correspondía, la realidad ofuscada que habían compartido en las escaleras, las profundas espirales descendentes de hombres y mujeres.

Prosiguió la charla, surgió el tema del matrimonio, de la amistad, del futuro. Keith era un aficionado en esto pero habló de bastante buen grado. Lo que más hacía era escuchar.

—Lo que llevamos dentro. De eso se trata, a fin de cuentas —dijo ella remotamente.

El coche se estrelló contra un muro. La madre de él le echó la culpa a Florence porque si aún hubiera estado casado él no habría ido en ese coche por aquella carretera y puesto que era ella quien había liquidado el matrimonio, de ella era la culpa, a ella le tocaba la cicatriz.

—Me llevaba diecisiete años. Suena tan trágico. Un viejo. Era ingeniero, pero trabajaba en correos.

—Bebía.

—Sí.

—Iba bebido la noche del accidente.

—Sí. Fue por la tarde. A plena luz del día. Ningún otro coche implicado.

Keith le dijo que ya tenía que marcharse.

—Claro. Tiene usted que marcharse. Así es como pasan las cosas. Todo el mundo lo sabe.

Era como si estuviese echándoselo en cara, lo de marcharse, lo de haberse casado, el irreflexivo gesto de volverse a juntar, y al mismo tiempo no parecía estarse dirigiendo a él, en absoluto. «Está hablándole a la habitación, a sí misma», pensó Keith, estaba hablando hacia atrás en el tiempo, dirigiéndose a alguna otra versión de sí misma, una persona que pudiera confirmar la torva familiaridad del momento. Deseaba que quedase constancia oficial de sus sentimientos y necesitaba decir las palabras pertinentes, aunque no necesariamente a Keith.

Pero él siguió en su asiento.

Dijo:

—¿Qué música es ésa?

—Tengo que hacerla desaparecer, creo. Es como la banda sonora de las viejas películas, cuando él y ella corren entre los brezos.

—Diga la verdad. Le encantan esas películas.

—Y la música también. Pero sólo cuando acompaña la película.

Lo miró y se puso en pie. Pasó junto a la puerta principal y se adentró por el pasillo. Era una mujer corriente, menos cuando se reía. Era una mujer del metro. Llevaba faldas anchas y zapatos lisos y estaba algo entrada en carnes y quizá fuera de movimientos un poco torpes, pero cuando se reía la naturaleza destellaba, desvelamiento de algo oculto a medias y deslumbrante.

Negra de piel clara. Una de esos extraños especímenes de lenguaje dudoso y raza inquebrantable pero las únicas palabras que para él significaban algo eran las que ella había dicho y aún diría.

Hablaba con Dios. Puede que Lianne también tuviera esas conversaciones. No estaba seguro. O largos monólogos atribulados. O pensamientos tímidos. Cuando ella sacaba el tema o pronunciaba el nombre, él se quedaba en blanco. El asunto era demasiado abstracto. Aquí, con una mujer a quien apenas conocía, el asunto parecía inevitable, y otros asuntos, otras preguntas.

Oyó que la música cambiaba a algo con zumbido y dinamismo, voces rapeando en portugués, cantando, silbando, con guitarras y percusión detrás, saxofones maníacos.

Primero se le había quedado mirando y luego él la había observado mientras pasaba por delante de la puerta principal y se adentraba en el pasillo y ahora sabía que le tocaba seguirla.

Estaba junto a la ventana, dando palmadas a ritmo. Era un dormitorio pequeño, sin sillas, y él se sentó en el suelo y se quedó mirándola.

—Nunca he estado en Brasil —dijo ella—. Es un sitio en el que pienso de vez en cuando.

—Estoy en tratos con alguien. Muy preliminares. Para un trabajo en el que hay inversores brasileños. Voy a necesitar un poco de portugués.

—Todos necesitamos un poco de portugués. Todos necesitamos ir a Brasil. Este disco estaba en el reproductor que usted sacó de allí.

Él dijo:

—Sigue.

—¿Qué?

—Baila. Tú quieres bailar, yo quiero mirarte.

Se quitó los zapatos y se puso a bailar, dando ligeras palmadas a ritmo y empezando a acercarse a él. Le tendió una mano y él negó con la cabeza, sonriente, y se recostó en la pared. No era ducha en esto, ella. No era algo que se habría permitido hacer estando sola, pensó él, ni con otra persona, ni para otra persona, hasta ahora. Retrocedió por la habitación, perdiéndose aparentemente en la música, con los ojos cerrados. Bailó en movimientos lentos durante cierto tiempo, ya sin dar palmadas, con los brazos levantados y lejos del cuerpo, casi en trance, y empezó a dar vueltas en el sitio, cada vez más despacio, delante de él, con la boca abierta, con los ojos abriéndose.

Allí sentado, mirándola, empezó a despojarse de la ropa.

Le ocurrió a Rosellen S., un miedo elemental desde lo más profundo de la infancia. No recordaba dónde vivía. Estaba sola en un rincón, cerca del tren elevado, desesperándose, separada de todo. Buscaba una fachada de tienda, un rótulo callejero que le dieran una pista. El mundo estaba en retirada, los más leves signos de identificación. Empezó a perder su sentido de la claridad, de la agudeza. No era tanto que estuviese perdida como que estaba cayendo, cada vez más débil. Nada se extendía a su alrededor, salvo el silencio y la distancia. Regresó por donde había venido, o por donde pensaba que había venido, y entró en un edificio y se quedó en el portal, escuchando. El sonido de las voces la condujo a una habitación donde había doce personas sentadas leyendo libros, o un libro, la Biblia. Al verla dejaron de recitar y esperaron. Ella intentó comunicarles que algo iba mal y uno de ellos miró en su bolso y encontró números a los que llamar y finalmente conectó con alguien, una hermana de Brooklyn, resultó ser, que venía con el nombre de Billie en la guía, y le pidió que se acercara al East Harlem y que recogiera a Rosellen para llevarla a casa.

Lianne se enteró de esto por el doctor Apter, al día siguiente de que ocurriera. Había sido testigo del lento declive, durante varios meses. Rosellen aún se reía de vez en cuando, intacta la ironía, una mujer pequeña de facciones delicadas y piel castaña. Se acercaban a lo inminente, todos y cada uno de ellos, con un poco de distancia aún, en este momento, para quedarse a un lado y observar cómo ocurría.

Benny T. dijo que algunas mañanas le costaba trabajo ponerse los pantalones. Carmen dijo:

—Más vale que te cueste ponértelos, que no quitártelos. Mientras puedas quitártelos, cariño, eres el mismo Benny cachondo de toda la vida.

Él se rió, dando unos cuantos zapatazos en el suelo y golpeándose la cabeza con la mano, para mayor efecto, y dijo que el problema no era de ese tipo. No lograba convencerse de que los pantalones estuvieran bien puestos. Se los ponía, se los quitaba. Comprobaba la posición de la bragueta, en la parte de delante. Verificaba el largo en el espejo, las vueltas más o menos en las puntas de los zapatos, sólo que no había vueltas. Recordaba las vueltas. Estos pantalones ayer tenían vuelta, cómo es que hoy no la tienen.

Dijo que sabía muy bien cómo sonaba eso. A él también le sonaba raro. Utilizó esa palabra, *raro*, evitando términos más expresivos. Pero mientras estaba ocurriendo, dijo, no lograba salir de ello. La mente y el cuerpo que verificaban la colocación del pantalón no eran suyos. Los pantalones no parecían estar bien puestos. Se los quitaba y se los volvía a poner. Los sacudía. Los miraba por dentro. Empezaba a convencerse de que aquéllos, en su casa, plegados sobre el respaldo de su silla, no eran sus pantalones.

Esperaron que Carmen dijera algo. Lianne esperaba que mencionase el hecho de que Benny no estaba casado. Buena cosa, no estar casado, Benny, con los pantalones de otro colgados en tu silla. Tu mujer tendría que explicártelo.

Pero Carmen no dijo nada esta vez.

Omar H. habló del viaje al Uptown. Era el único miembro del grupo que no vivía en la zona, sino en el Lower East End, y estaba el metro, y estaba la tarjeta de plástico que pasar por la ranura, seis veces, cambiar de torniquete, POR FAVOR, VUELVA A PASAR LA TARJETA, y el largo trayecto hasta el Uptown y el momento en que aterrizaba en algún tosco rincón del Bronx, sin saber qué había sido de las estaciones intermedias que le faltaban.

Curtis B. no encontraba su reloj. Cuando lo encontró, al final, en el botiquín, no era capaz de ponérselo, al parecer. Ahí lo tenía, el reloj. Dijo esto con gran seriedad. Ahí lo tenía, en la mano derecha. Pero la mano derecha no encontraba el camino de la muñeca izquierda. Había un vacío espacial, un hueco visual, una grieta en su campo de visión, y le llevó cierto tiempo establecer la conexión, de la mano a la muñeca, meter en la hebilla la parte de la correa terminada en punta. Para Curtis, esto era un fallo moral, un pecado por el que se traicionaba a sí mismo. Una vez, en una sesión anterior, leyó una redacción suya sobre algo ocurrido cincuenta años atrás, cuando mató a un hombre con una botella rota en una pelea de bar, tajándole la cara y los ojos y luego cortándole la yugular. Levantó la vista del papel mientras leía *cortándole la yugular.*

Utilizó el mismo tono, lento, sombrío, predestinado, en su relato del reloj perdido.

Bajando las escaleras Lianne dijo algo y no captó la relación hasta unos segundos después de que Keith hiciera lo que hizo. Le pegó una patada a la puerta junto a la cual pasaban. Dejó de andar, retrocedió un paso y lanzó un tremendo puntapié, impactando en la puerta con la suela del zapato.

Una vez captada la relación entre lo que ella había dicho y lo que él había hecho, lo primero que comprendió fue que la cólera de Keith no iba dirigida contra la música ni contra la mujer que la hacía sonar. Iba dirigida contra ella, contra Lianne, por lo que había dicho, por la queja que había expresado, su insistencia, la enfadosa repetición.

La segunda cosa que comprendió fue que no había tal cólera. Keith estaba totalmente tranquilo. Estaba interpretando una emoción, la de ella, en nombre de ella, en descrédito de ella. Era casi, pensó, un acto zen, un gesto para conmocionar y estimular la meditación en que se halla uno, o para invertir su sentido.

Nadie acudió a la puerta. La música no se detuvo, una figura lentamente circular de caramillos y percusión. Se miraron y se echaron ambos a reír, alto y fuerte, marido y mujer, mientras bajaban las escaleras hacia el portal.

Las partidas de póquer se jugaban en casa de Keith, donde estaba la mesa de cartas. Eran seis jugadores, los habituales, los miércoles por la noche, el redactor comercial, el publicitario, el agente hipotecario, y los demás, hombres de los que cuadran los hombros, se colocan los huevos en su sitio, dispuestos a sentarse y jugar, con cara de jugar, a poner a prueba las fuerzas que gobiernan los acontecimientos.

Al principio jugaban al póquer en sus distintas formas y variantes pero con el tiempo empezaron a reducir las opciones del repartidor. La prohibición de ciertas modalidades empezó como una broma en nombre de la tradición y la autodisciplina, pero se fue imponiendo con el tiempo, a base de discusiones sobre las aberraciones más deslucidas. Al final, el jugador más veterano, Dockery, que iba para los cincuenta, propuso jugar solamente al póquer convencional, el retroformato clásico, *five-card draw, five-card stud, seven-card stud,* y con la limitación de posibilidades vino la subida de las apuestas, lo cual intensificó la ceremonia de cobertura de talones para los perdedores de la larga noche.

Jugaban cada mano con un frenesí vidrioso. Toda la

acción se situaba en algún lugar de detrás de los ojos, en expectativa ingenua y calculado engaño. Cada uno de ellos trataba de atrapar a los demás y poner límites a sus propios sueños falsos, el agente hipotecario, el abogado, el otro abogado, y estas partidas eran la esencia canalizada, la clara e íntima extracción de sus iniciativas cotidianas. Las cartas rozaban el tapete verde de la mesa redonda. Utilizaban la intuición y el análisis de riesgo de la guerra fría. Utilizaban la astucia y la suerte ciega. Esperaban el momento profético, el momento del envite basado en la carta que iba a entrarles, lo sabían. *Vi venir una reina y ahí la tenía.* Arrojaban las fichas y observaban los ojos de alrededor. Retrocedían a una especie de folclore anterior a la invención de la escritura, con petitorias a los muertos. Había elementos de desafío saludable y pura y simple mofa. Había elementos de una intención de hacer trizas la delgada y transparente virilidad del otro.

Hovanis, muerto ahora, decidió en un momento dado que no les hacía ninguna falta el *seven-card stud.* La mera cantidad de cartas, más probabilidades y opciones, parecía un exceso y los otros se rieron y aprobaron la norma, reduciendo las posibilidades del repartidor al *five-card stud* y al *five-card draw.*

Hubo la correspondiente subida de las apuestas.

Luego alguien planteó la cuestión de la comida. Era una broma. Había cosas de comer, sin formalismos, en platos colocados sobre las encimeras de la cocina. «Cómo vamos a mantener la disciplina», decía Demetrius, «si nos levantamos de la mesa y nos llenamos las fauces de panes, carnes y quesos pasados por tratamientos químicos». Éste era un chiste que se tomaban en serio porque levantarse de la mesa sólo estaba permitido para atender las más acuciosas necesidades de la vejiga o ante el tipo de mala suerte que obliga a un jugador a situarse delante de la ventana y quedarse mirando la marea continuada y profunda de la noche.

De manera que eliminaron la comida. Nada de comer. Daban las cartas, iban o no iban. Luego hablaban de bebidas alcohólicas. Les constaba que era una completa estupidez pero dos o tres de ellos se preguntaron si acaso podría ser razonable que limitaran la ingesta a los aguardientes oscuros, whisky, bourbon, brandy, los tonos más viriles y los más profundos e intensos destilados. Nada de ginebra, ni vodka, ni bebidas pálidas.

Disfrutaban haciendo esto, casi todos ellos. Les complacía crear una estructura a partir de trivialidades arbitrarias. Pero no Terry Cheng, que era un portentoso jugador de póquer, que a veces se pasaba veinte horas seguidas jugando por internet. Terry Cheng decía que eran todos muy superficiales y que vivían la vida de un modo muy frívolo.

Luego alguien expuso que el *five-card draw* era aún más permisivo que el *seven-card stud* y empezaron a preguntarse por qué no se les había ocurrido antes, con esa capacidad que se otorga al jugador de descartarse hasta de tres cartas, o declararse servido, o de no ir, si lo estima conveniente, y acordaron limitarse a una sola modalidad, el *five-card stud,* y qué sumas apostaban, qué montones de fichas resplandecientes, qué faroles y qué contrafaroles, qué bien trabajadas imprecaciones y qué venenosas miradas, alcoholes oscuros en vaso chato, humo de puro juntándose en patrones estratiformes, colosales denuestos contra uno mismo, callados... Estas energías y gestos flotantes se planteaban contra la única fuerza oponente, el hecho de las restricciones autoimpuestas, que resultaban aún más inquebrantables por ser órdenes que venían de dentro.

Nada de comer. La comida estaba excluida. Nada de ginebra ni de vodka. Nada de cerveza que no fuese oscura. Promulgaron un edicto contra toda cerveza que no fuese oscura y contra toda cerveza oscura que no fuese la Beck oscura. Lo hicieron porque Keith les contó una anécdota que conocía acerca de un cementerio alemán, de la ciudad de Colonia, donde cuatro buenos amigos, jugadores de una partida que se había prolongado durante cuatro o cinco decenios, estaban enterrados en la disposición en que se sentaban siempre, invariablemente, a la mesa de juego, con dos lápidas enfrentadas a las otras dos, cada jugador en su puesto consagrado por el tiempo.

Les encantaba esta historia. Era una bonita historia que trataba de la amistad y de los trascendentales efectos de un hábito sin nada de particular. Los hizo reverentes y reflexivos y una de las cosas que pensaron fue que tenían que hablar de la Beck oscura como única cerveza oscura, porque era una marca alemana, como alemanes eran los cuatros jugadores de póquer de la anécdota.

Alguien quiso prohibir que se hablara de deportes. Prohibieron que se hablara de deportes, de televisión, de títulos cinematográficos. Keith pensó entonces que la cosa adquiría visos de estupidez. Las normas son buenas, le replicaron, y cuanto más estúpidas mejor. Rumsey, el gran maestre de los pedos, muerto ahora, quiso revocar todas las prohibiciones. El tabaco no estaba prohibido. Sólo uno de ellos fumaba cigarrillos y tenía permiso para fumar todos los que quisiera, si no le importaba dar la impresión de hallarse indefenso y de que le faltaba algo.

Casi todos los demás fumaban puros y se sentían enormes, a gran escala, bebiendo whisky o bourbon, encontrando sinónimos para las palabras proscritas, como *húmedo* y *seco.*

«No sois gente seria», decía Terry Cheng. «Tenéis que volveros serios o morir.»

El repartidor lanzaba las cartas sobre el tapete verde, sin olvidarse jamás de anunciar a qué modalidad se jugaba, *five-card stud,* aunque fuera la única que practicaban. La pequeña ironía seca de estos anuncios fue desvaneciéndose con el tiempo y las palabras se trocaron en un ritual orgulloso, formal e indispensable, cada repartidor cuando le tocaba, *five-card stud,* y les encantaba hacerlo, con la cara muy seria, pues en qué otro sitio iban a encontrar esta especie de sazonada tradición ejemplificada en la innecesaria enunciación de unas cuantas palabras arcaicas.

Jugaban con tiento y lo lamentaban, se arriesgaban y perdían, caían en estados de melancolía lunar. Pero siempre había cosas que prohibir y reglas que establecer.

Luego una noche todo se vino abajo. Alguien tuvo hambre y pidió de comer. Otro dio un puñetazo en la mesa y dijo: *Comida comida.* Acabó convirtiéndose en un cántico que llenaba la habitación. Levantaron la prohibición de la comida y reclamaron vodka polaca, algunos de ellos. Querían bebidas claras heladas en el congelador y servidas pulcramente en vasitos escarchados. Cayeron otras prohibiciones, se reinstauraron las palabras proscritas. Apostaron y subieron las apuestas, comieron y bebieron, y a partir de ese momento volvieron a jugar variantes como *high-low, acey-deucy, Chicago, Omaha, Texas hold 'em, anaconda* y otras dos o tres manifestaciones aberrantes de la genealogía del póquer. Pero echaban de menos, los sucesivos repartidores, el hecho de pronunciar el nombre de una variante concreta, el *five-card stud,* con exclusión de todas las demás posibilidades, y trataban de no preguntarse qué pensarían de ellos los otros cuatro jugadores, los de aquel revolcadero de póquer salvaje, lápida contra lápida, de Colonia.

A la hora de cenar hablaron de un viaje que podían hacer a Utah durante las vacaciones escolares, a los altos valles y los vientos limpios, al aire respirable, a las laderas esquiables, y el chico se quedó con una galleta en la mano, mirando fijamente la comida que había en su plato.

—¿Qué te parece? Utah. Dilo. Utah. Un buen salto adelante, comparado con el tobogán del parque.

El chico miraba la comida preparada por su padre, salmón salvaje con arroz integral pegajoso.

—No tiene nada que decir. Ya ni silabeando —dijo Keith—. Acuérdate de cuando sólo hablaba silabeando. Le duró bastante.

—Más de lo que yo esperaba —dijo ella.

—Ya ni silabeando. Ha pasado a la fase siguiente de su desarrollo.

—De su desarrollo espiritual —dijo ella.

—Completo silencio.

—Absoluto e irrompible silencio.

—Utah es el sitio ideal para la gente que no habla. Vivirá en las montañas.

—Vivirá en una cueva con insectos y murciélagos.

El chico levantó lentamente la cabeza del plato, para

mirar a su padre, o la clavícula de su padre, radiografiando los huesos delgados que tapaba la camisa de su padre.

—¿Cómo sabéis que lo de las sílabas era por algo del colegio? Puede que no —dijo—. Porque puede que fuera Bill Lawton. Porque puede que Bill Lawton silabee.

Lianne se recostó en su silla, sobresaltada por el mero nombre, por oírselo decir.

—Creí que Bill Lawton era un secreto —dijo Keith—. Entre los Dos Hermanos y tú. Y entre tú y yo.

—Seguramente ya se lo habrás dicho tú a ella. Seguramente ya lo sabe.

Keith la miró y ella trató de indicarle que *no*, que no había dicho nada de Bill Lawton. Le lanzó una mirada firme, amusgando los ojos, apretando los labios, intentando meterle el *no* en la sesera.

—Nadie le ha dicho nada a nadie —dijo Keith—. Cómete el pescado.

El chico reanudó su contemplación del plato.

—Porque sí que habla en sílabas.

—Vale. Y ¿qué es lo que dice?

No hubo respuesta. Lianne trató de imaginar lo que el chico pudiera estar pensando. Ahora, su padre había vuelto a casa, vivía aquí, dormía aquí, más o menos como antes, y está pensando que no se puede confiar en él, ¿verdad? Ve en este hombre una figura que se cierne sobre la casa, el hombre que ya se fue una vez y volvió y le contó a la mujer, que duerme en la misma cama que él, todo lo de Bill Lawton, así que cómo dar por sentado que mañana aún estará aquí.

Si tu hijo piensa que eres culpable de algo, con razón o sin ella, eres culpable. Y ocurre que tenía razón.

—Dice cosas que nadie sabe, menos los Dos Hermanos y yo.

—Dinos una de esas cosas. En sílabas —dijo Keith, en tono algo cortante.

—No, gracias.

—¿Es eso lo que dice o lo dices tú?

—Lo importante —dijo él, pronunciando cada palabra clara y desafiantemente— es que dice cosas sobre los aviones. Sabemos que van a venir porque él lo dice. Pero eso es todo lo que tengo permitido decir. Dice que esta vez caerán las torres.

—Las torres cayeron. Lo sabes muy bien —dijo ella en voz baja.

—Esta próxima vez, dice que caerán de verdad.

Hablaron con él. Trataron de ser rotundos y amables. Lianne no lograba localizar la amenaza que presentía, escuchando al chico. Su reposicionamiento de los hechos la asustaba de un modo inaudito. Estaba haciendo que algo fuera mejor de lo que era en realidad, dejando las torres en pie, pero la inversión del tiempo, lo tenebroso del golpe definitivo, cómo lo mejor se vuelve peor, eran elementos de un cuento de hadas fallido, espeluznante pero sin coherencia. Era el cuento de hadas que cuentan los niños, no el que les cuentan, concebido por los mayores, y Lianne volvió a llevar la conversación a Utah. Pistas de esquí y cielos auténticos.

Él miraba el plato. ¿En qué se distingue un pez de un pájaro? Uno vuela, el otro nada. Quizá fuera eso lo que estuviera pensando. No se comería un pájaro, verdad, no un jilguero ni un arrendajo azul. ¿Por qué había de comerse un pez que nada libre por el océano, atrapado con otros diez mil peces en una red gigante del Canal 27?

Uno vuela, el otro nada.

Esto era lo que notaba en él, esas tercas ideas, con la galleta empuñada.

Keith cruzó el parque y salió a la calle 90 Oeste y era extraño lo que estaba viendo ahora junto al huerto municipal, acercándosele, una mujer en mitad de la calle, a caballo, con casco amarillo y fusta, balanceándose por encima del tráfico, y le llevó un buen rato comprender que caballo y jinete habían salido de alguna cuadra cercana y se dirigían al camino de herradura del parque.

Era algo que correspondía a otro paisaje, algo insertado, un acto de magia que durante un brevísimo segundo parecía una imagen vista a medias y sólo a medias creída una vez vista, cuando el testigo se pregunta dónde ha ido a parar el significado de las cosas, árbol, calle, piedra, viento, palabras simples perdidas en la ceniza que cae.

Llegaba tarde a casa, con un aspecto reluciente y algo enloquecido. Ésta fue la época, poco antes de la separación, en que Keith tomaba hasta la más simple de las preguntas por una manifestación de interrogatorio hostil. Daba la impresión de entrar por la puerta esperando las preguntas de ella, preparado para aguantarlas mirando al frente, pero Lianne no tenía el menor interés en decir nada. Creía saberlo ya, a estas alturas. Había comprendido que no era la bebida, o no solamente eso, y seguramente tampoco un devaneo con alguna mujer. Lo escondería mejor, se decía. Era quien era, su rostro nativo, sin elemento nivelador, las demandas de la vida social.

Aquellas noches, a veces, Keith parecía a punto de decir algo, un fragmento de frase, nada más, y así acabaría todo entre ellos, todo discurso, toda forma de acuerdo establecido, los trasfondos de amor que aún perduraran. Tenía esa mirada vidriosa en los ojos y una sonrisa húmeda en la boca, un desafío a sí mismo, adolescente y terrible. Pero no ponía en palabras lo que fuera que allí hubiese, algo tan cierta y temerariamente cruel que asustaba a Lianne, expresado o no. Esa mirada la asustaba, la inclinación del cuerpo. Se paseaba por la casa con el cuerpo ligeramente inclinado, una retorcida culpa en la sonrisa, dispuesto a romper una mesa y quemarla para poder sacarse la polla y mear en las llamas.

Iban en un taxi hacia el Downtown y empezaron a agarrarse, a besarse, a palparse. Ella dijo, en murmullos urgentes: *Es de cine, es de cine.* En los semáforos, los peatones se paraban a mirarlos, dos o tres, dando por un instante la impresión de flotar por encima de las ventanillas, y a veces uno solo. Los otros se limitaban a cruzar, les importaba un pimiento.

En un restaurante indio el hombre de detrás del atril dijo: «No servimos mesas incompletas.»

Lianne le preguntó una noche por los amigos que había perdido. Keith habló de ellos, Rumsey y Hovanis, y el que había sufrido gravísimas quemaduras, cuyo nombre ella había olvidado. En tiempos conoció a uno de ellos, Rumsey, creía que era, un momento, en algún sitio. Keith sólo habló de sus características, de sus personalidades, de si casados o solteros, de si hijos o no hijos, y con eso bastó. Lianne no quiso oír nada más.

Seguía allí, casi siempre, la música de la escalera.

Había una oferta de trabajo que Keith seguramente aceptaría, encargado de redactar borradores de contratos de venta en nombre de unos inversores brasileños metidos en transacciones inmobiliarias neoyorquinas. Tal como él lo describía, sonaba a vuelo en ala delta, con total dependencia de cómo soplara el viento.

Al principio lavaba la ropa de Keith en una carga aparte. No tenía la menor idea de por qué lo hacía. Era como si hubiera estado muerto.

Escuchaba lo que le decía y le hacía saber que lo estaba escuchando, con el alma y con el cuerpo, porque escuchar era lo que iba a salvarlos esta vez, evitarles caer en la distorsión y el rencor.

Los nombres fáciles eran los que Lianne olvidaba. Pero éste no era fácil y era un nombre de fanfarrón, como de jugador de fútbol procedente de Alabama, y así lo recordaba ella. Demetrius, que sufrió quemaduras gravísimas en la otra torre, la torre sur.

Cuando le preguntó por el maletín del armario, por qué estaba allí un día y al día siguiente había desaparecido, Keith dijo que de hecho se lo había devuelto a su dueña porque no era suyo y no sabía por qué se lo había traído del edificio.

Lo normal no era más normal de lo habitual, ni menos.

Fueron las palabras *de hecho* las que la hicieron pensar en lo que Keith había dicho sobre el maletín, aunque en realidad no hubiera nada que pensar al respecto, por más que eso mismo fuera lo que tantas veces decía, más o menos a cuento, durante aquellos años pasados, cuando le mentía, o la engolosinaba, o la hacía objeto de alguna treta menor.

Éste era el hombre que no se sometía a la necesidad

de Lianne de palpar la intimidad, el [illegible]dad, el ansia de preguntar, analizar, investigar [illegible] poner las cosas en claro, intercambiar secretos, contar[illegible] todo. Era una necesidad que abarcaba el cuerpo, las manos, los pies, los órganos genitales, los olores canallescos, la suciedad cuajada, aunque todo fueran palabras o murmullos soñolientos. Lianne quería absorber todas las cosas, como una niña, desempolvar las sensaciones extraviadas, lo que fuera que pudiese respirar por los poros del otro. Solía pensar que era otra persona. Las demás personas viven existencias más auténticas.

Es de cine, seguía diciendo Lianne, con la mano de él dentro de las bragas, diciéndolo, un gemido en forma de palabras, y en los semáforos la gente se quedaba mirándolos, unos cuantos, y el taxista miraba, con o sin semáforo, brillándole los ojos en el retrovisor.

Pero también podía ser que se equivocara en lo tocante a lo normal. Quizá nada lo fuera. Quizá hubiese un profundo pliegue en la textura de las cosas, el modo en que las cosas pasan por la mente, el modo en que el tiempo se mece en la mente, que es el único sitio donde su existencia tiene significado.

Escuchaba cintas de idiomas etiquetadas Portugués Sudamericano y practicaba con el chico. Keith decía: «Hablo sólo un poco el portugués», y lo decía en inglés, con acento latino, y Justin trataba de no sonreír.

Lianne leía las necrológicas de las víctimas en los periódicos, todas las que se publicaban. No leerlas, todas, habría constituido una ofensa, un abuso del sentido de la responsabilidad y de la confianza. Pero también las leía porque tenía que hacerlo, por alguna necesidad que prefería no interpretar.

Tras la primera vez que hicieron el amor Keith estaba en el cuarto de baño, a primera hora, y ella se levantó a vestirse para su carrera matinal pero lo que hizo fue apoyarse desnuda contra el espejo de cuerpo entero, con la cara vuelta, con las manos alzadas más o menos a la altura de la cabeza. Apretó el cuerpo contra el cristal, con los ojos cerrados, y así permaneció un buen rato, casi derrumbándose contra la superficie fría, abandonándose a ella. Luego se puso el pantalón corto y la camiseta y estaba anudándose los zapatos cuando él salió del cuarto de baño, recién afeitado, y vio las nebulosas marcas de su cara, sus manos, sus pechos y sus muslos estampadas en el espejo.

Estaba sentado a la mesa, con el antebrazo izquierdo apoyado a lo largo del borde, hasta quedar con la mano colgando por fuera. Trabajaba las formas de la mano, la inclinación de la muñeca hacia el suelo, la inclinación de la muñeca hacia el techo. Empleaba la mano no afectada para aplicar presión en la mano afectada.

La muñeca estaba bien, normal. Había tirado la tablilla y dejado de utilizar el hielo. Pero se sentaba a la mesa, ahora dos o tres veces al día, recogiendo la mano izquierda en puño blando, con el antebrazo plano contra la superficie de la mesa, el pulgar alzado en determinados ejercicios. No necesitaba el pliego de instrucciones. Era automático todo, las extensiones de muñeca, las desviaciones cubitales, la mano levantada, el antebrazo plano. Contaba los segundos, contaba las repeticiones.

Había misterios de palabra y de mirada pero también esto, que cada vez que se veían había un tanteo al principio, un poco artificial.

—A veces los veo por la calle.

—Me quedé frío por un momento. Un caballo —dijo él.

—Un hombre a caballo. Una mujer a caballo. No es cosa que a mí se me ocurriría hacer —dijo Florence—. Aunque me pagaras por ello. No me subiría a un caballo.

Había timidez durante un rato y a continuación algo que facilitaba la tesitura, una mirada o un comentario burlón o el modo en que ella se pone a tararear, parodiando una desesperación social, con los ojos recorriendo la habitación. Pero la leve incomodidad de estos primeros momentos, la sensación de ser dos personas que no encajan bien, no se disipaba por completo.

—A veces cinco o seis caballos uno detrás de otro, calle arriba. Con los jinetes mirando al frente, sin apartar la vista —dijo ella—, no vaya a ser que se ofendan los aborígenes.

—Te diré lo que me sorprende.

—¿Son mis ojos? ¿Son mis labios?

—Es tu gato —dijo él.

—No tengo gato.

—Eso es lo que me sorprende.

—Te parece que soy de tener gato.

—Te veo con un gato, sin duda alguna. Aquí tendría que haber un gato frotándose contra las paredes.

Keith estaba esta vez en el sillón y ella había traído una silla de la cocina y se había sentado frente a él, con una mano puesta en su antebrazo.

—Dime que no vas a aceptar el trabajo.

—Tengo que hacerlo.

—Y ¿cuándo vamos a vernos?

—Ya encontraremos el modo.

—Quiero echarte la culpa de esto. Pero pronto me tocará a mí. Parece ser que la compañía entera va a trasladarse al otro lado del río. Con carácter permanente. Tendremos una bonita vista del Downtown. Lo que queda de él.

—Y encontrarás por ahí cerca un sitio para vivir.

Ella lo miró.

—¿Lo has dicho en serio? No me puedo creer que lo hayas dicho en serio. ¿Piensas que pondría tanto espacio entre los dos?

—Qué más da puente que túnel. Es un recorrido infernal, para hacerlo todos los días.

—No me importa. ¿Crees que me importa? Volverán a funcionar los trenes. Y si no, iré en coche.

—Vale.

—Es sólo Jersey.

—Vale —dijo él.

Pensó que iba a llorar. Pensó que las conversaciones así eran para otro tipo de personas. «Las personas tienen conversaciones así a cada rato», pensó, «en habitaciones como ésta, sentadas, mirándose».

Luego, ella dijo:

—Me salvaste la vida. ¿No lo sabes?

Él se recostó en el sillón, mirándola.

—Te salvé el maletín.

Y esperó que ella se riera.

—No puedo explicarlo, pero no, me salvaste la vida. Tras lo ocurrido, tantos muertos, tantos amigos, compañeros de trabajo, estaba casi con un pie en la tumba, casi muerta, de otro modo. No podía ver a nadie, ni hablar con nadie, ni ir de aquí a allá sin obligarme a abandonar el sillón. Luego entraste tú por la puerta. Yo seguía marcando el número de una amiga, desaparecida, es una de las fotografías que hay en todas las paredes y todas las ventanas, Davia, oficialmente desaparecida, apenas logro pronunciar su nombre, en plena noche, marcaba su número, lo dejaba sonar. Durante el día me asustaba la idea de que alguien cogiera el teléfono, alguien que supiera algo que yo no quería saber. Luego entraste tú por la puerta. Te preguntas que por qué te llevaste el maletín del edificio. Ahí tienes por qué. Para traerlo aquí. Para que nos conociésemos. Por eso lo cogiste y por eso lo trajiste aquí, para mantenerme con vida.

Keith no lo creyó, pero sí la creyó a ella. Decía lo que pensaba, lo decía de veras.

—Te preguntas qué historia hay detrás del maletín. Yo soy la historia —dijo ella.

7

Los dos objetos oscuros, la botella blanca, las cajas agrupadas. Lianne se alejó del cuadro y durante un breve instante vio la habitación como naturaleza muerta. Luego aparecen las figuras humanas, Madre y Amante, con Nina todavía en el sillón, pensando remotamente en algo, y Martin encorvado ahora en el sofá, frente a ella.

Al final, su madre dijo:

—Arquitectura, sí, quizá, pero enteramente venida de otro tiempo, de otro siglo. Torres de oficina, no. Estas formas no pueden trasladarse a torres modernas, torres gemelas. Son obras que rechazan este tipo de extensión o proyección. Te traen hacia dentro, hacia abajo y adentro. Eso es lo que yo veo ahí, medio enterrado, algo más profundo que las cosas o que las formas de las cosas.

Lianne supo, en un pinchazo de luz, lo que su madre iba a decir.

Dijo:

—De lo que se trata es de la condición mortal, ¿verdad?

—Ser humano —dijo Lianne.

—Ser humano, ser mortal. Creo que estas imágenes serán lo que yo siga mirando cuando ya haya dejado de mirar. Miraré botellas y jarras. Estaré aquí sentada mirando.

—Tendrás que acercar un poco el asiento.

—Pondré el sillón contra la pared. Llamaré al de mantenimiento y le pediré que empuje el sillón. Yo estaré demasiado endeble para hacerlo. Miraré y pensaré. O sólo miraré. Los cuadros acabarán no haciéndome falta para mirar. Los cuadros serán exceso. Miraré la pared.

Lianne se aproximó al sofá y aplicó un ligero pellizco en el brazo a Martin.

—¿Qué tal tus paredes? ¿Qué hay en tus paredes?

—Mis paredes están desnudas. En casa y en la oficina. Las mantengo desnudas —dijo él.

—No del todo —dijo Nina.

—Vale, no del todo.

Nina lo miraba.

—Nos dices que nos olvidemos de Dios.

La discusión había estado ahí todo el tiempo, en el aire y en la piel pero el cambio de tono fue abrupto.

—Cuéntanos esa historia.

Nina miraba a Martin, con mucha fijeza, en su voz había una nota de acusación.

—Pero no podemos olvidarnos de Dios. Ellos están invocándolo todo el tiempo. Es su fuente más antigua, su palabra más antigua. Sí, hay algo más, pero no historia ni economía. Es lo que los hombres sienten. Es la cosa que ocurre entre los hombres, la sangre que ocurre cuando una idea empieza a viajar, lo que sea que esté detrás, una fuerza ciega o contundente o violenta. Qué cómodo resulta descubrir un sistema de creencias que justifique todas esas sensaciones y todas esas matanzas.

—Pero es que el sistema no las justifica. El islam reniega de ello —dijo él.

—Si lo llamas Dios, es Dios. Dios es todo lo que Dios permite.

—¿No te das cuenta de lo extraño que resulta todo esto? ¿No ves lo que estás negando? Estás negando todos los agravios humanos contra los demás, todas las fuerzas históricas que ponen a la gente en situación de conflicto.

—Estamos hablando de esta gente, aquí y ahora. Es un agravio mal colocado. Es una infección viral. Los virus se reproducen fuera de la historia.

Martin estaba encorvado en el asiento, mirándola con los ojos entornados, inclinándose hacia ella ahora.

—Primero te matan, luego tratas de comprenderlos. Quizá, con el tiempo, acabes aprendiéndote sus nombres. Pero antes tienen que matarte.

La discusión se prolongó un rato y Lianne escuchaba, dejándose inquietar por el fervor de sus voces. Martin se envolvía en la discusión como en una capa, agarrándose una mano con la otra, y hablaba de tierras perdidas, de Estados fallidos, de intervencionismo extranjero, de dinero, de imperio, de petróleo, del corazón narcisista de Occidente, y Lianne se preguntaba cómo hacía el trabajo que hacía, vivía la vida que vivía, moviendo arte, extrayendo beneficio. Luego estaban las paredes desnudas. También eso le despertaba curiosidad.

Nina dijo:

—Ahora voy a fumarme un cigarrillo.

Esto alivió la tensión que había en la sala, por el modo en que lo dijo, solemnemente, anuncio y acaecimiento consecuentemente trascendentales, medidos por la altura del debate. Martin se rió, abandonando su postura rígida para acudir a la cocina en busca de otra cerveza.

—¿Dónde está mi nieto? Me está haciendo un retrato con lápices de cera.

—Te has fumado uno hace veinte minutos.

—Estoy posando para un retrato. Necesito relajarme.

—Sale del colegio dentro de dos horas. Keith va a recogerlo.

—Justin y yo. Tenemos que hablar del color de la piel, de los colores de la carne.

—Le gusta el blanco.

—Piensa muy blanco. Como el papel.

—Usa colores brillantes para los ojos, el pelo, quizá la boca. Donde nosotros vemos carne, él ve blanco.

—Piensa en papel, no en carne. La obra es un hecho en sí misma. El tema del retrato es el papel.

Volvió Martin, lamiendo la espuma del borde del vaso.

—¿Tiene lápiz blanco?

—No necesita lápiz blanco. Ya tiene papel blanco —dijo Lianne.

Martin dejó de mirar las selectas fotos de pasaporte de la pared sur, manchadas por los años, y Nina se quedó mirándolo a él.

—Tan guapos y tan dignos —dijo—, toda esa gente y sus fotos. Acabo de renovar el pasaporte. Diez años en un abrir y cerrar de ojos, como un sorbito de té. Nunca me he preocupado mucho de cómo salgo en las fotos. No me pasa como a la gente. Pero esta foto me mete miedo.

—¿Dónde vas? —le preguntó Lianne.

—Que renueve el pasaporte no quiere decir que vaya a ningún sitio. —Martin se situó detrás del sillón de Nina y allí permaneció, inclinándose hacia delante y hablando en voz baja.

—Deberías irte a algún sitio. Un viaje largo, cuando volvamos de Connecticut. Nadie viaja ahora. Deberías pensártelo.

—No es buena idea.

—Lejos —dijo él.

—Lejos.

—Camboya. Antes de que se la termine de comer la jungla. Voy contigo, si quieres.

Su madre fumaba como las mujeres de los años cuarenta en las películas de gánsteres, toda ansiedad nerviosa, en blanco y negro.

—Miro la foto del pasaporte. Y ¿quién es esa mujer?

—Y yo lo mismo cuando levanto la cabeza del lavabo —dijo Martin.

—¿Quién es ese hombre? Crees que te estás viendo en el espejo. Pero no eres tú. Ése no es tu aspecto. No es la cara literal, si tal cosa existe, nunca lo es. Es la cara compuesta. Es la cara en transición.

—No me digas eso.

—Lo que ves no es lo que ves. Lo que ves se distrae con la memoria, siendo quien eres, todo este tiempo, durante todos estos años.

—No quiero oír eso —dijo él.

—Lo que vemos es la viva verdad. El espejo suaviza el efecto sumergiendo el rostro real. Tu rostro es tu vida. Pero tu rostro también está sumergido en tu vida. Por eso no lo ves. Solamente los demás lo ven. Y la cámara, claro.

Él le sonrió al vaso de cerveza. Nina apagó su cigarrillo, apenas fumado, dejando una estela de niebla manchada.

—También está la barba —dijo Lianne.

—La barba ayuda a soterrar la cara.

—No es gran cosa, como barba.

—Ahí está el arte —dijo Nina.

—El arte de parecer que no te cuidas.

—No te cuidas, pero posees una profunda sensibilidad.

—Estáis haciendo algún chiste americano, ¿verdad? —preguntó él.

—La barba es un recurso agradable.

—Le habla —dijo Nina—. Todas las mañanas, delante del espejo.

—¿Qué le dice?

—Le habla en alemán. La barba es alemana.

—Me siento halagado, ¿eh? —dijo él—. Me halaga ser tema de chirigota.

—La nariz es austrohúngara.

Se inclinó hacia Nina, sin haberse movido de detrás del sillón, y le tocó el rostro con el dorso de la mano. Luego llevó el vaso vacío a la cocina y las dos mujeres quedaron en silencio por un momento. Lianne quería irse a su casa a dormir. Su madre quería dormir, ella quería dormir. Quería irse a casa y hablar un rato con Keith y luego caer en la cama, caer en el sueño. Hablar con Keith o no hablar nada. Pero quería que estuviese allí al llegar ella a casa.

Martin habló desde el rincón más alejado del salón, sorprendiéndolas.

—Quieren su lugar en el mundo, su propia unión global, no la nuestra. Es una guerra vieja y muerta, dices tú. Pero está en todas partes y es racional.

—A mí me engañó.

—No te dejes engañar. No pienses que la gente sólo muere por Dios —dijo él.

Le sonó el móvil y cambió de posición, volviéndose hacia la pared y dando la impresión de estar hablando con su propio torso. Estos fragmentos de conversación, que Lianne ya había oído antes, a distancia, incluían frases en inglés, en francés y en alemán, según quién llamaba, y a veces alguna pequeña sílaba encastrada, como *Braque* o *Johns*.

Terminó pronto y guardó el teléfono.

—Un viaje, sí, tenemos que pensárnoslo —dijo—. En cuanto estés bien de la rodilla, nos vamos, lo digo muy en serio.

—Lejos.

—Lejos.

—A ver ruinas —dijo ella.

—A ver ruinas.

—Ya tenemos nuestras propias ruinas. Pero me parece que prefiero no verlas.

Él se desplazó a lo largo de la pared, hacia la puerta.

—Para eso edificasteis las torres, sin embargo, ¿no? ¿No se levantaron las torres como fantasía de riqueza y poder que algún día se convirtiesen en fantasías de destrucción? Una cosa así se construye para verla caer. La provocación es evidente. ¿Qué otra razón podría haber para llegar tan alto y luego doblar, hacerlo por duplicado? Como es una fantasía, ¿por qué no hacerla dos veces? Es como decir: «Aquí está, a ver si la derribas.»

Luego abrió la puerta y se marchó.

Estaba viendo una partida de póquer por la tele, caras doloridas en un casino del desierto. Miraba sin interés. No era póquer, era televisión. Llegó Justin y se puso a ver el programa con él, y Keith le esbozó las reglas del juego, a ráfagas, mientras los jugadores hacían una pausa y se levantaban de la mesa y las estrategias quedaban al descubierto. Luego llegó Lianne y se sentó en el suelo, mirando a su hijo. El chico estaba sentado en una posición radical, tan ladeado que apenas hacía contacto con el asiento, y observaba con desamparo el resplandor del aparato, como víctima de una abducción alienígena.

Lianne miró la pantalla, rostros en primer plano. El juego propiamente dicho se desvanecía en anestesia, el tedio de ganar o perder cien mil dólares con levantar una carta. No significaba nada. Estaba más allá de su interés o su capacidad de absorción. Pero los jugadores eran interesantes. Los miraba, la atraían, sin expresión, aletargados, con los hombros gachos, hombres en desgracia, pensó, saltando a Kierkegaard, de alguna manera, y recordando las largas noches que se había pasado en su vida con la cabeza en un texto. Miraba la pantalla e imaginaba una desolación septentrional, rostros fuera de sitio en el desierto. ¿No había una lucha anímica, una sensación de dilema permanente, incluso en el ligero guiño del ganador al ganar?

No le dijo nada de esto a Keith, que se habría girado a medias hacia ella, mirando el espacio en burlona contemplación, con la boca abierta, los párpados cerrándose despacio y la cabeza al final inclinándose hasta el pecho.

Pensaba en estar aquí, Keith, y no pensar en ello sino sólo sentirlo, vivirlo. Veía el rostro de ella reflejado en un rincón del televisor. Miraba a los jugadores, tomando nota de los detalles de jugada y contrajugada pero también observando a Lianne y percibiendo esto, la sensación de hallarse aquí con ellos. Sujetaba un vaso de *single malt* en la mano. Oyó una tranquila alarma sonando abajo, en la calle. Alargó el brazo y aplicó un golpe en la cabeza de Justin, toc-toc, para alertarlo de una revelación en marcha cuando la cámara expuso las cartas descubiertas de un jugador que aún no sabía que estaba liquidado.

—Está liquidado —le dijo a su hijo, y el chico siguió sentado sin comentarios en su diagonal improvisada, mitad en el asiento, mitad en el suelo, casi hipnotizado.

Le encantaba de Kierkegaard su vetustez, el drama esplendente de la traducción que poseía, una antigua antología de páginas quebradizas con subrayados rojos hechos con regla por alguien de la familia de su madre. Esto era lo que leía y releía hasta altas horas de la noche en su colegio mayor, un montón desordenado de papeles, ropa, libros y artilugios tenísticos que a ella le gustaba tener en la consideración de objetivo correlativo de una mente desbordante. ¿Qué *es* un objetivo correlativo? ¿Qué *es* la disonancia cognitiva? Entonces conocía todas las respuestas, le parecía ahora, y de Kierkegaard le gustaba hasta la grafía de su nombre. Las duras *k* escandinavas y la encantadora *a* doble. Su madre le enviaba libros todo el rato, alta narrativa densa y difícil de leer, hermética e implacable, pero contraria a su aguda necesidad de conocerse a sí misma, de algo más próximo a la cabeza y al corazón. Leía a Kierkegaard con una febril expectativa, sin arredrarse ante el yermo protestante que pasa de la enfermedad a la muerte. Su compañera de habitación escribía letras *punk* para una banda imaginaria llamada Méame en la Boca y Lianne le envidiaba tanta desesperación creativa. Kierkegaard le proporcionaba peligro, la sensación de hallarse al borde de un abismo intelectual. *La existencia entera me horroriza,* escribió. Lianne se reconocía en la frase. Kierkegaard la hacía sentir que su forma de hacerse un sitio en el mundo no era el estilizado melodrama que a veces le parecía.

Miraba los rostros de los jugadores, luego captó la mirada de su marido, en la pantalla, reflejada, mirándola a ella, y sonrió. Sostenía en la mano una bebida de color ámbar. Estaba sonando la tranquila alarma en algún lugar de la calle, el ruido reconfortante de las cosas familiares, la noche se tiende segura. Extendió los brazos y levantó al chico de su percha. Mientras su madre se lo llevaba a la cama, Keith le preguntó si quería un juego de fichas y cartas de póquer.

La respuesta fue «a lo mejor», que significaba sí.

Al final tuvo que hacerlo y lo hizo, llamó a la puerta, con vigor, y aguardó a que Elena abriera mientras dentro temblaban las voces, un suave coro de mujeres, cantando en árabe.

Elena tenía un perro llamado *Marko*. Lianne se acordó en el momento mismo en que daba el primer golpe en la puerta. «*Marko*», pensó, «con *k,* vaya usted a saber qué quiere decir la *k*».

Volvió a llamar, esta vez con la palma de la mano, y de pronto ahí estaba la mujer, con unos vaqueros ajustados y una camiseta con lentejuelas.

—Esa música. Todo el tiempo, día y noche. Muy alta.

Elena la miró de hito en hito, irradiando una vida entera de alerta a los insultos.

—¿No se da usted cuenta? La oímos en la escalera, la oímos dentro de casa. Todo el puñetero rato, de día y de noche.

—¿Qué pasa? No es más que música. A mí me gusta. Es bonita. Me da paz. Me gusta, la pongo.

—¿Por qué ahora? ¿Por qué en este preciso momento?

—Ahora, luego, ¿qué más da? Es música.

—Pero ¿por qué ahora y por qué tan alta?

—Nadie se ha quejado nunca. Es la primera vez que me dicen que está alta. No la pongo tan alta.

—Está muy alta.

—Es música. Si quiere usted hacer de ello una cuestión personal, ¿qué voy a decirle yo?

Marko acudió a la puerta, cincuenta kilos, negro, con el pelo espeso y las patas enmarañadas.

—Por supuesto que es una cuestión personal. ¿A quién no va a parecerle una cuestión personal? En estas circunstancias. Hay circunstancias y circunstancias. Eso lo comprende, ¿verdad?

—No hay circunstancias. Es música —dijo ella—. Me da paz.

—Pero ¿por qué ahora?

—La música no tiene nada que ver con ahora o luego ni ningún otro momento. Y nadie se ha quejado de que esté muy alta.

—Está alta de cojones.

—Será usted ultrasensible, lo cual no se me habría pasado nunca por la cabeza, oyéndola hablar.

—La ciudad entera está ultrasensibilizada, en este preciso momento. ¿No se ha enterado usted de nada?

Cada vez que veía al perro por la calle, a media manzana de distancia, con Elena llevando una bolsa de plástico para cosechar sus cagadas, pensaba: «*Marko* con *k.*»

—Es música. Me gusta y la pongo. Si le parece a usted que está demasiado alta, dese más prisa en llegar al portal.

Lianne le puso una mano en la cara.

—Le da paz —dijo.

Hizo presión con la mano abierta en el rostro de Elena, por debajo del ojo izquierdo, y la obligó a retroceder hacia el interior de la casa de un empujón.

—Le da paz —dijo.

Marko se metió en la casa, ladrando. Mientras Lianne le amasaba el ojo con la mano, la mujer le lanzó un golpe ciego que fue a dar en el borde de la puerta. Lianne ya sabía que se estaba volviendo loca, nada más darse media vuelta y marcharse, con un portazo y oyendo al perro ladrar por encima del sonido de un solo de laúd de Turquía o Egipto o Kurdistán.

Rumsey ocupaba un cubículo no lejos de la fachada norte, un palo de hockey apoyado en un rincón. Keith y él participaban en partidos entre equipos improvisados en el muelle de Chelsea a las dos de la mañana. Durante los meses más calurosos vagaban por las calles y las plazas a la hora de comer, bajo las sombras ondulantes de las torres, mirando a las mujeres, hablando de mujeres, contando historias, reconfortándose.

Keith separado, viviendo cerca por comodidad, comiendo por comodidad, comprobando el metraje de las películas que alquilaba antes de sacarlas de la tienda. Rumsey soltero, liado con una mujer casada, recién llegada de Malasia, que vendía camisetas y postales en Canal Street.

Rumsey era un maniático. Lo reconocía ante su amigo. Lo reconocía todo, no escondía nada. Contaba los coches aparcados en la acera, las ventanas de un edificio a una manzana de distancia. Contaba los pasos de aquí a allí, y de allí a aquí. Se aprendía cosas que le recorrían la conciencia, ráfagas de información, más o menos involuntariamente. Podía recitar los datos personales de diez o doce amigos y conocidos, las direcciones, los números de teléfono, los cumpleaños. Meses después de que la carpeta de un cliente cualquiera pasara por su mesa, era capaz de decir el nombre de soltera de su madre.

No era nada bonito. Había un patetismo declarado en aquel hombre. En la pista de hockey, en las partidas de póquer, compartían un conocimiento, él y Keith, una percepción intuitiva de la metodología del otro como compañero de equipo o como rival. Era un hombre corriente desde muchos puntos de vista, Rumsey, físico ancho y cuadrado, temperamento constante, pero a veces llevaba su normalidad hasta lo más profundo. Tenía cuarenta y un años, con chaqueta y corbata, caminando por los paseos, en plena ola de calor, buscando mujeres con sandalias de puntera abierta.

De acuerdo. Tenía la manía de contar cosas, incluidos los dígitos que integran la parte anterior de un pie de mujer. Lo reconocía. Keith no se burlaba. Trataba de verlo como algo habitual en los asuntos humanos, insondable, algo que la gente hace, que todos hacemos, de una forma u otra, en los momentos en que no vivimos la vida que los demás piensan que vivimos. No se burlaba, y sí. Pero comprendía que la fijación no se orientaba a fines sexuales. Era el hecho de contar lo que importaba, aunque el resultado estuviera establecido de antemano. Cuántos dedos tiene un pie, cuántos el otro. Siempre da diez.

Keith era alto, quince o veinte centímetros más que su amigo. Veía cumplirse en Rumsey las pautas de la calvicie masculina, cualquiera habría dicho que por semanas, en sus paseos de mediodía, o Rumsey disminuido en su cubículo, o sosteniendo un sándwich con las dos manos, con la cabeza gacha para morder. Iba a todas partes con botella de agua. Se aprendía las matrículas de los coches incluso yendo al volante.

Keith viendo a una mujer con dos criaturas, maldita sea. Residente en la Quinta Puñeta.

Mujeres en bancos o escalinatas, leyendo o haciendo crucigramas, tomando el sol, la cabeza echada atrás, o rebañando yogures con cucharitas azules, mujeres con sandalias, algunas con los dedos de los pies al descubierto.

Rumsey con la vista baja, buscando el disco por el hielo, chocando su cuerpo en los laterales, libre de toda necesidad aberrante durante un par de horas felices de esas que lo dejan a uno hecho polvo.

Keith corriendo en el sitio, en una cinta rodante del gimnasio, voces en la cabeza, sobre todo la suya propia, incluso cuando llevaba auriculares, escuchando audios de libros, ciencia o historia.

La cuenta siempre daba diez. Lo cual no era motivo de desaliento, ni óbice. «Diez es lo bonito. Diez es seguramente por qué lo hago. Para obtener la igualdad repetida», decía Rumsey. «Algo se sostiene, algo sigue en su sitio.»

La chica de Rumsey quería que invirtiese en el negocio que ella llevaba con tres familiares, marido incluido. Querían ampliar la gama, trabajar las zapatillas de deporte y la electrónica personal.

Los dedos de los pies carecían de todo significado si no los definían las sandalias. En las mujeres descalzas de la playa no importaban los pies.

Acumulaba bonos por kilómetros recorridos en su tarjeta de crédito y volaba a ciudades elegidas rigurosamente por la distancia que las separaba de Nueva York, sólo para utilizar los kilómetros. Así cumplía con algún principio de crédito emocional.

Había hombres con sandalias abiertas, aquí y allá, en las calles y los parques, pero Rumsey no les contaba los dedos. De manera que quizá no fuese sólo el recuento lo que importaba. Era indispensable el factor mujer. Lo reconocía. Lo reconocía todo.

La persistencia de sus necesidades poseía una especie de lisiado atractivo. Hacía que Keith se abriese a cosas más oscuras, en ángulos más raros, a algo agazapado e incorregible que había en la gente, capaz también de suscitar un cálido afecto en él, un raro matiz de afinidad.

La calvicie de Rumsey, según iba aumentando, era una gentil melancolía, el pensativo lamento de un cuerpo fracasado.

Pelearon una vez, un instante, sobre el hielo, siendo compañeros de equipo, por error, en una tangana multitudinaria, y a Keith le pareció divertido, pero Rumsey se enfadó, un pequeño grito acusador, proclamando que Keith había lanzado unos cuantos puñetazos más cuando ya sabía a quién le estaba atizando, lo que no era cierto, dijo Keith, pensando que podía serlo, porque una vez empezada la cosa, ¿qué otro recurso queda?

Caminaban ahora hacia las torres, entre las multitudes de gente que se tejían y destejían a toda prisa.

De acuerdo. Pero ¿qué pasa si los números no siempre suman diez? «Vas en metro, supongamos, sentado, mirando el suelo», dijo Keith, «y vas escrutando los pasillos, con la cabeza en otro sitio, y ves un par de sandalias, y cuentas y vuelves a contar, y hay nueve dedos, u once».

Rumsey se llevó la pregunta a su altísimo cubículo, adonde regresaba para trabajar en asuntos menos acuciantes, dinero y fincas, contratos y títulos.

Un día después dijo: «Le pediría que se casara conmigo.»

Y más tarde: «Porque comprendería que estaba curado, como en Lourdes, y ya podía dejar de contar.»

Keith la miraba de lado a lado de la mesa.

—¿Cuándo ha sido?

—Hará cosa de una hora.

—Con el perro ese —dijo él.

—Ya sé. Fue una locura.

—Y ahora ¿qué? Vas a encontrarte con ella en el portal.

—Ahora eso, que no voy a pedir perdón.

Él, ahí sentado, mirándola, le decía que sí con la cabeza.

—Lamento decirlo, pero es que acabo de subir por la escalera.

—No hace falta que lo digas.

—La música sigue sonando —dijo él.

—Con lo cual es ella quien se sale con la suya, supongo.

—Ni más alta ni más baja.

—Es ella quien se sale con la suya.

Él dijo:

—Puede que esté muerta. Ahí tirada en el suelo.

—Viva o muerta, se sale con la suya.

—Con el perro ese.

—Ya sé. Una locura total. Me oía a mí misma hablar. Era como si mi voz viniese de alguna otra persona.

—He visto al animal ese. Al chico le da miedo. No lo dice, pero le tiene miedo.

—¿Qué es?

—Un terranova.

—La provincia entera —dijo ella.

—Tienes suerte.

—Tengo suerte y estoy loca. *Marko*.

Él dijo:

—Olvídate de la música.

—Lo escribe con *k*.

—Y yo también. Olvida la música —dijo él—. No es ningún mensaje, ni ninguna lección.

—Pero sigue sonando.

—Sigue sonando porque ella está muerta. Ahí tirada. Con el perro olisqueándola.

—Necesito dormir más. Eso es lo que me hace falta —dijo ella.

—Un pedazo de perro olfateándole la entrepierna a una muerta.

—Todas las noches llega un momento en que me despierto. Con la cabeza al galope. No puedo pararla.

—Olvídate de la música.

—Ideas que no logro identificar, pensamientos que no puedo considerar míos.

Él seguía mirándola.

—Toma algo. Tu madre entiende de eso. Así es como duerme la gente.

—No me entusiasman las cosas que toma la gente. Me vuelven loca. Me hacen estúpida, me hacen olvidar.

—Habla con tu madre. Ella entiende de eso.

—No puedo pararlo, no logro recuperar el sueño.

Me cuesta una eternidad. Y de pronto ya es por la mañana —dijo ella.

La verdad era una cartografía de lenta y segura decadencia. Todos y cada uno de los integrantes del grupo vivían en esta certeza. A Lianne le resultaba dificilísimo aceptarlo en el caso de Carmen G., que parecía dos mujeres a la vez, la que está aquí sentada, menos combativa con el tiempo, menos claramente definida, con el habla empezando a quedársele atrás, y la joven y esbelta y brutalmente atractiva, como Lianne la imagina, una mujer llena de vida, en su esplendor más temerario, divertida y contundente, dando vueltas en una pista de baile.

Lianne, que llevaba la marca de su padre, el peaje potencial de placa y filamentos retorcidos, tenía que mirar a esta mujer y ver el delito, la pérdida de memoria, de personalidad, de identidad, la caída final en el estupor proteínico. Estaba la página que escribió y luego leyó en voz alta, tenía que haber sido una crónica de su jornada de ayer. No era la redacción que habían acordado hacer. Era la redacción de Carmen.

«Me despierto pensando dónde está todo el mundo. Estoy sola porque eso es lo que soy. Estoy pensando por dónde andan los demás, totalmente despierta, no quiero levantarme. Es como si me hiciera falta la documentación para salir de la cama. *Prueba de ingreso. Prueba de dirección. Tarjeta de seguro social.** Identificación con foto. Mi padre que contaba chistes y le daba igual que fueran verdes, los niños tienen que aprender estas cosas. Tuve dos maridos, eran muy distintos menos en las ma-

* En español en el original.

nos. Sigo mirando las manos de los hombres. Porque como alguien dijo es cuestión de qué cerebro está en funcionamiento hoy, porque todo el mundo tiene dos cerebros. Por qué salir de la cama será lo más difícil del mundo. Tengo una planta que necesita agua todo el tiempo. Nunca pensé que una planta pudiera dar tanto trabajo.»

Benny dijo:

—Pero ¿dónde se menciona tu jornada? Dijiste que ibas a escribir de un día tuyo.

—Éstos son los diez primeros segundos, más o menos. Esto es sin levantarme de la cama. La próxima vez que nos encontremos aquí a lo mejor termino de levantarme de la cama. La siguiente vez me lavo las manos. Eso, el tercer día. El cuarto me lavo la cara.

—¿Tanto vamos a vivir? Para cuando vayas a mear estaremos todos hechos fosfatina.

Luego le tocó a ella. Se lo habían estado pidiendo de un modo acuciante. Todos habían escrito algo, todos habían dicho algo de los aviones. Fue Omar H. quien volvió a suscitarlo, tan serio como siempre, con el brazo derecho levantado:

—¿Dónde estaba usted cuando sucedió?

Llevaba ya cerca de dos años, desde el comienzo de estas sesiones de expresión narrativa, cuando su matrimonio iba perdiéndose en el cielo de la noche, llevaba cerca de dos años escuchando a estos hombres y mujeres hablar de sus vidas de un modo divertido, punzante, franco y conmovedor, creando vínculos de confianza entre ellos.

Les debía una historia, ¿verdad?

Estaba Keith en la puerta. Siempre eso, tenía que ser eso, la desesperada visión de Keith, vivo, su marido. Trató de seguir la secuencia de los hechos, verlo mientras hablaba, figura flotante en luz reflejada, hecho pedazos, en frases cortas. Las palabras le vinieron de prisa. Recordó cosas que ignoraba haber absorbido, el fragmento de cristal con brillos en el párpado, como si se lo hubieran cosido, y cómo fueron andando al hospital, nueve o diez manzanas, con las calles casi desiertas, deteniéndose cada pocos pasos y en profundo silencio, y el joven que los ayudó, un repartidor, sujetando a Keith con una mano y la caja de pizza con la otra, y ella estuvo a punto de preguntarle cómo era posible que alguien hiciera algún encargo si los teléfonos no funcionaban, un latino alto, aunque quizá no, sosteniendo la caja por la parte de abajo, en equilibrio sobre la palma de la mano y apartada del cuerpo.

Quería no dispersarse, que las cosas siguieran un orden sensato. Hubo momentos en que lo suyo no fue tanto hablar como irse disolviendo en el tiempo, cayendo en algún alargamiento del pasado reciente en forma de embudo. Ellos permanecían muy quietos, mirándola. La gente, últimamente, la miraba mucho. Parecía hacerle falta que la mirasen. Ellos confiaban en que les contase algo con sentido. Esperaban palabras desde su lado de la divisoria, donde lo sólido no se derrite.

Les habló de su hijo. Cuando lo tuvo cerca, a la vista o al alcance de la mano, él en persona, en movimiento, el miedo se le pasó. Otras veces no podía pensar en él sin asustarse. Éste era el Justin incorpóreo, el niño urdido por ella.

Paquetes sin dueño, dijo, o la amenaza del almuerzo en una bolsa de papel, o el metro en hora punta, ahí abajo, en cajas selladas.

No podía verlo dormir. Se convertía en un niño de algún futuro proyectado. «¿Qué saben los niños? Saben quiénes son», dijo Lianne, «como nosotros no podemos saber y ellos no pueden explicarnos...». Hay momentos detenidos en el transcurso de las horas rutinarias. No podía verlo dormir sin pensar en lo que aún faltaba por llegar. Era parte de su quietud, figuras en una distancia silenciosa, fijas en las ventanas.

Por favor, informen de cualquier comportamiento sospechoso o paquete abandonado. Así lo decían, ¿verdad?

Estuvo a punto de contarles lo del maletín, el hecho de su aparición y desaparición y su significado, si significaba algo. Quería contárselo pero no lo hizo. Les contó todo, les dijo todo. Necesitaba que la escuchasen.

Keith antes quería más del mundo de lo que podía conseguirse, dados el tiempo y los medios disponibles. Ahora ya no lo quería, fuera lo que fuese lo que antes quería, en términos reales, cosas reales, porque nunca lo había sabido de verdad.

Ahora se preguntaba si había nacido para ser viejo, si le correspondía ser viejo y estar solo, dichoso en la ancianidad solitaria, y si todo lo demás, todas las miradas furiosas y los baladros que había lanzado contra las paredes no tenían otro objeto que el de conducirlo hasta ese punto.

Era su padre que iba asomando en él, sentado en la zona oeste de Pennsylvania, leyendo el periódico de la mañana, dando su paseo de por las tardes, un hombre trenzado a la rutina más dulce, viudo, comiéndose su cena, no confundido, vivo en su verdadera piel.

Había un segundo nivel en las variantes *high-low*. Terry Cheng era el jugador que repartía las fichas, la mitad a cada ganador, la mejor jugada y la peor jugada. Lo hacía en cuestión de segundos, apilando fichas de diferentes colores y denominaciones en dos columnas o en dos conjuntos de columnas, dependiendo del tamaño de la apuesta. No quería columnas tan altas que pudieran caerse. No quería columnas que tuvieran el mismo aspecto. La idea era llegar a dos porciones de igual valor monetario pero nunca con los colores distribuidos regularmente, ni nada parecido. Juntaba seis fichas azules, cuatro doradas, tres rojas y cinco blancas y luego las emparejaba, a velocidad de resorte, volándole los dedos, con las manos cruzándose a veces, con dieciséis blancas, cuatro azules, dos doradas y trece rojas, para a continuación levantar sus columnas y luego recoger las manos y mirar al espacio secreto, dejando que cada ganador recogiera sus fichas, con un respeto tácito no muy alejado del espanto reverencial.

Nadie ponía en duda su habilidad de manos-ojos-mente. Nadie trataba de contar al mismo tiempo que Terry Cheng y a nadie se le pasó nunca por la cabeza, ni siquiera en las más absortas profundidades de la noche, que Terry Cheng pudiera equivocarse en su cálculo del reparto, aunque sólo fuera esa vez.

Keith habló con él por teléfono, dos veces, poco tiempo, después de los aviones. Luego dejaron de llamarse. No quedaba nada que decir, al parecer, de los demás jugadores, perdidos y maltrechos, y no había ningún tema general al que pudieran apelar cómodamente. El póquer era el único código que compartían y se había terminado.

Sus compañeros de clase la llamaron Papamoscas durante una temporada. Luego vino Sacohuesos. No fue necesariamente un caso de poner motes odiosos, porque tenía origen en sus amigos, a veces con su connivencia. Le encantaba hacer como que iba de modelo por una pasarela, sólo que toda codos, rodillas y dientes alambrados. Cuando comenzó a perder la angulosidad, fueron los tiempos en que su padre se presentaba en la ciudad, Jack el tostado, abriéndole los brazos de par en par en cuanto la veía, una criatura floreciente y hermosa a quien amaba por la carne y por el hueso, hasta que volvía a marcharse. Pero ella recordaba aquellos tiempos, su presencia y su sonrisa, cómo se acuclillaba a medias, la posición de su mandíbula. Él le abría los brazos y ella caía tímidamente en aquel refugio abarcador. El Jack de siempre, abrazándola y zarandeándola, mirándola tan profundamente a los ojos que a veces parecía que estaba tratando de situarla en un contexto adecuado.

Lianne era más bien oscura, no como él, tenía los ojos grandes y la boca ancha y poseía una fogosidad que quizá sorprendiera a los demás, una disposición a dar con la ocasión o la idea. En esto era su madre quien marcaba la pauta.

Su padre decía de su madre: «Es una mujer muy sexi, si le quitas ese culo tan flaco que tiene.»

Lianne encontraba emocionante esa vulgaridad de amigote, la invitación a compartir la especial perspectiva que le hacía aquel hombre, la franqueza de su referencia.

Fue el modo que tenía Jack de ver la arquitectura lo que atrajo de él a Nina. Se conocieron en una pequeña isla del noreste del Egeo donde Jack había proyectado un grupo de viviendas de estuco blanco para un refugio de artistas. Situado sobre una cueva, el grupo, desde el mar, era una pieza de geometría pura ligeramente ladeada: rigor euclidiano en un espacio cuántico, escribiría Nina al respecto.

Aquí, en una dura yacija, en el transcurso de la segunda visita, fue concebida Lianne. Jack se lo dijo cuando la chica tenía doce años y no volvió a mencionarlo hasta el día en que llamó de New Hampshire, diez años después, diciendo las mismas cosas con las mismas palabras, la brisa del mar, la dura yacija, la música que subía desde la dársena, todo muy grecooriental. Esto ocurrió, esta llamada telefónica, unos minutos u horas antes de que su padre fijara la vista en el orificio del cañón.

Estaban viendo la televisión sin sonido.

—Mi padre se pegó un tiro para que yo no tuviese que ver el día en que no fuera capaz de reconocerme.

—Te lo crees.

—Sí.

—Pues entonces yo también me lo creo —dijo él.

—El hecho de que algún día no pudiera reconocerme.

—Lo creo —dijo él.

—Ésa, sin duda alguna, fue la razón por la que lo hizo.

Lianne estaba ligeramente borracha por un vaso de vino que había bebido de más. Estaban viendo un noticiero de última hora y a Keith se le ocurrió apretar el botón del sonido cuando terminaron los anuncios pero no lo hizo y siguieron en silencio mientras un corresponsal, desde un paisaje desolado, Afganistán o Pakistán, señalaba por encima del hombro las montañas del horizonte.

—Tenemos que comprarle un libro de pájaros.

—A Justin —dijo él.

—Están estudiando los pájaros. Cada uno tiene que elegir un pájaro y ése es el que estudia. Ése es su vertebrado con plumas.

En la pantalla había planos convencionales de cazas de combate despegando de un portaaviones. Keith esperó a que ella le dijese que pusiera el sonido.

—Habla de un cernícalo. ¿Qué puñetas es un cernícalo? —dijo ella.

—Un halcón pequeño. Los vimos en los tendidos de alta tensión, kilómetros y kilómetros, cuando estuvimos en no sé qué parte del oeste, en el transcurso de nuestra otra vida.

—La otra vida —dijo ella, y se rió y se levantó de su asiento, camino del cuarto de baño.

—Vuelve con algo puesto —dijo él—, que quiero ver cómo te lo quitas.

Florence Givens miraba los colchones, cuarenta o cincuenta colchones, dispuestos en hilera en un extremo de la novena planta. La gente probaba las camas, sobre todo las mujeres, rebotando ligeramente, tanto echadas como sentadas, comprobando la firmeza o la blandura. Le llevó un rato darse cuenta de que Keith estaba a su lado, mirando con ella.

—Llegas en punto —dijo.

—Eres tú quien ha llegado en punto. Yo llevo aquí horas —dijo él—, subiendo y bajando por las escaleras mecánicas.

Echaron a andar por el pasillo y ella se detuvo varias veces a mirar las etiquetas de los precios y presionar el colchón con el talón de la mano.

Él dijo:

—No te prives. Acuéstate.

—No me apetece.

—Y ¿cómo vas a saber qué colchón quieres, si no? Mira a tu alrededor. Todo el mundo lo hace.

—Me acuesto si tú también te acuestas.

—Eres tú quien necesita un colchón, no yo —dijo él.

Florence se dio una vuelta por el pasillo. Él permaneció donde estaba, mirando, y había diez u once mujeres acostadas, rebotando sobre las camas, y un hombre y una mujer rebotando y revolviéndose, de mediana edad, muy decididos, tratando de averiguar si los movimientos que uno de ellos hacía en la cama podían alterar el sueño del otro.

Había mujeres poco decididas, que rebotaban una o dos veces, con los pies asomando fuera de la cama, y había las demás, mujeres que se habían despojado del abrigo y los zapatos, que se habían tumbado de espaldas en el colchón, el Posturepedic o el Beautyrest, y rebotaban sin inhibiciones, primero un lado de la cama, luego el otro, y Keith pensó que era una cosa digna de verse, la sección de colchones de Macy's, y miró al otro lado del pasillo y allí también se rebotaba, otras ocho o nueve mujeres, un hombre, un niño, verificando la comodidad y la firmeza escultural, la buena sujeción de la espalda y las sensaciones que propiciaba la elasticidad de la espuma.

Allí estaba Florence, ahora, sentada en el borde de una de las camas, y le sonrió y se dejó caer hacia atrás. Rebotó, volvió a caer, convirtiendo en pequeño juego su timidez en medio de la intimidad pública. Dos hombres se habían detenido no lejos de Keith y uno de ellos le dijo algo al otro. Era un comentario sobre Florence. Keith no sabía lo que había dicho aquel hombre, pero no importaba. Estaba claro, por su postura y por su emplazamiento, que el tema era Florence.

Keith estaba a diez pasos de ellos.

Dijo:

—¡Eh, soplapollas!

La idea había sido quedar aquí, comer algo en algún sitio cercano, rápidamente, y seguir cada uno por separado. Él tenía que recoger al chico del colegio, ella tenía cita con el médico. Era un encuentro sin susurro ni tacto, fijado entre dos extraños, ambos cayendo.

Lo volvió a decir, más alto esta vez, y esperó a que la palabra hiciera efecto. Fue interesante el modo en que resultó modificado el espacio entre ellos. Ahora lo miraban. El hombre que había hecho el comentario era fornido, con un chaquetón resplandeciente que parecía envuelto en plástico de burbujas. La gente circulaba por el pasillo, en colores borrosos. Ambos individuos lo miraban. El espacio era cálido y estaba cargado, y el de las burbujas se pensaba el asunto. Las mujeres seguían rebotando encima de las camas pero Florence había visto y oído y permanecía sentada en el borde del colchón, mirando.

El hombre escuchaba a su acompañante pero no se movía. Keith se contentaba con estar ahí de pie, mirando, pero no. Se acercó y le pegó al hombre. Se acercó, se detuvo, se colocó en posición y lanzó un derechazo corto. Le atinó arriba, cerca del pómulo, sólo un golpe, y a continuación dio un paso atrás y esperó. Estaba furioso ahora. El contacto lo había puesto en marcha y quería seguir adelante. Mantenía las manos separadas del cuerpo, con las palmas hacia arriba, como diciendo aquí me tienes, adelante. Porque si alguien le decía algo desagradable a Florence, o le levantaba la mano a Florence, o la insultaba del modo que fuese, Keith estaba dispuesto a matar.

El hombre, que había chocado con su compañero al retroceder por efecto del golpe, se dio la vuelta y cargó, con la cabeza gacha, los brazos hacia fuera, como agarrando el manillar de una moto, y todos los rebotes cesaron en las camas.

Keith lo cazó con otro derechazo, esta vez en el ojo, y el hombre lo levantó del suelo, medio palmo, y Keith le aplicó unos cuantos golpes al riñón que el plástico de burbujas amortiguó casi por completo. Había hombres por todas partes ahora, vendedores, guardias de seguridad acudiendo al trote por los pasillos, un trabajador que empujaba un carrito. Fue raro, en la confusión de cuando ya los habían separado, el modo en que Keith notó una mano en el brazo, justo por encima del codo, e inmediatamente se dio cuenta de que era Florence.

Cada vez que Lianne veía el vídeo de los aviones se le movía el dedo hacia el botón de paro del telemando. Luego seguía mirando. El segundo avión surgiendo de aquel cielo azul helado, ésa era la grabación que se le metía en el cuerpo, que parecía correrle por debajo de la piel, el acelerón volandero que transportaba las vidas y las historias, las de ellos y la suya, las de todo el mundo, a alguna otra distancia, más allá de las torres.

Los cielos que retenía en la memoria eran dramas de nubes y mar procelosa, o el lustre eléctrico de antes de los truenos de verano en la ciudad, siempre pertenecientes a las energías del puro clima, de lo que había fuera, las masas de aire, el vapor de agua, el viento del oeste. Esto era diferente, un cielo claro que transportaba el terror humano en esos aviones rápidos, primero uno, luego el otro, la fuerza de la determinación humana. Keith veía las imágenes con ella. Toda la desesperación impotente proyectada contra el cielo, voces humanas gritándole a Dios y qué espantoso imaginar esto. El nombre de Dios en boca de los asesinos y de las víctimas, al mismo tiempo, primero un avión, luego el otro, primero el que parecía un ser humano de dibujos animados, lanzando relámpagos por los ojos y los dientes, luego el segundo avión, el de la torre sur.

Keith sólo lo vio con ella en una ocasión. Lianne sabía que jamás se había sentido tan cerca de nadie, mirando los aviones surcar el cielo. De pie junto a la pared, Keith alargó el brazo en dirección al sillón y la cogió de la mano. Ella se mordió el labio inferior y siguió mirando. Estaban todos muertos, los pasajeros y la tripulación, y miles de muertos en las torres, y Lianne lo sintió dentro del cuerpo, una pausa profunda; pensó: «está ahí dentro, es increíble pero Keith está ahí dentro, en una de las torres», y ahora la tenía asida de la mano, a la pálida luz, como para consolarla de su muerte.

Keith dijo:

—El primero aún parece un accidente. Incluso a esta distancia, muy lejos, tantos días después, aquí estoy, pensando que es un accidente.

—Porque tiene que serlo.

—Tiene que serlo —dijo él.

—El modo en que la cámara parece manifestar su sorpresa.

—Pero sólo el primero.

—Sólo el primero —dijo ella.

—El segundo avión, para cuando aparece el segundo avión —dijo él—, ya somos todos un poco más viejos y sabemos más.

8

Los paseos a través del parque no eran rituales de expectación. El camino torcía hacia el oeste y Keith pasaba junto a las pistas de tenis sin pensar demasiado en la habitación donde ella había estado esperando ni en el dormitorio del final del pasillo. Tomaban placer erótico mutuo pero no era por eso por lo que volvía. Era lo que sabían juntos, en la deriva sin tiempo de la larga caída en espiral, y volvía otra vez aunque sus encuentros contradijeran lo que últimamente Keith estaba considerando la verdad de su vida, es decir que tenía que vivirla en serio y responsablemente, no irla agarrando a puñados torpes.

Más adelante ella dijo lo que siempre dice alguien.

—¿Tienes que marcharte?

Él estaba de pie, desnudo, junto a la cama.

—Siempre tendré que marcharme.

—Y yo siempre tendré que conseguir que tu marcha signifique alguna otra cosa. Hacerla que signifique algo romántico o sexual. Pero no vacío, no solitario. ¿Sé cómo hacer una cosa así?

Pero ella no era una contradicción, ¿verdad? No era

alguien a quien agarrar a puñados, no era la negación de alguna verdad con la que él pudiera haber tropezado en estos largos días extraños y noches quietas, estos días de después.

Éstos son los días de después. Todo ahora se mide por después.

Ella dijo:

—¿Sé cómo hacer una cosa a partir de otra, sin fingir? ¿Puedo seguir siendo quien soy, o tengo que convertirme en todas esas otras personas que se quedan mirando cuando alguien sale por la puerta? Nosotros no somos otras personas, ¿verdad que no?

Pero lo miraba de un modo tal que lo obligaba a sentirse cualquier otro, ahí de pie junto a la cama, dispuesto a decir lo que alguien siempre dice.

Ocupaban una mesa de rincón, mirándose. Carol Shoup llevaba un blusón de seda a rayas violetas y blancas, que parecía árabe o persa.

Ella dijo:

—Dadas las circunstancias, ¿qué esperas?

—Espero que llames y preguntes.

—Pero, dadas las circunstancias, ¿cómo voy siquiera a sacar el tema?

—Ya lo sacaste —dijo Lianne.

—Sólo *a posteriori*. No podía pedirte que trabajaras en un libro así. Con lo que le ha pasado a Keith, todo, todo ello. No concebía que quisieras implicarte. Un libro tan enormemente inmerso, que vuelve a ello, que conduce a ello. Y un libro tan exigente, tan increíblemente aburrido.

—Y tú lo publicas.

—Tenemos que publicarlo.

—¿Cuántos años llevaba dando vueltas de editorial en editorial?

—Tenemos que publicarlo. Cuatro o cinco —dijo Carol—. Porque parece predecir lo ocurrido.

—Parece predecir.

—Cuadros estadísticos, informes empresariales, planos arquitectónicos, organigramas del terrorismo. ¿Qué más quieres?

—Y tú lo publicas.

—Está mal escrito, mal estructurado, y yo diría que es profunda y enormemente aburrido. Lo rechazaron un montón de veces. Era ya una leyenda entre los agentes y los editores.

—Y tú lo publicas.

—Un monstruo que hay que corregir línea por línea.

—¿Quién es el autor?

—Un ingeniero aeronáutico retirado. Le llamamos el Unaflyer.* No vive en una remota cabaña con sus productos químicos para hacer explosivos y sus anuarios de la universidad, pero lleva quince o dieciséis años trabajando de un modo obsesivo.

Se podía ganar un buen dinero, bueno para ser un trabajo de encargo, si el libro era un proyecto impor-

* El juego es con «Theodore John Kaczynski, más conocido como Unabomber (22 de mayo de 1942), un terrorista de origen polaco y nacionalidad estadounidense que intentó luchar contra lo que entendía que eran los efectos malignos del progreso tecnológico. Realizó varios atentados con carta bomba durante un periodo de casi 18 años, con un resultado de 3 personas muertas y 29 heridos. En el momento de su detención era el hombre más buscado por el FBI». *(Wikipedia)*. Unabomber es acrónimo de Universidad-Aerolíneas-Bombardero en inglés. Unaflyer cambia bombardero por volador.

tante. En este caso, era también un proyecto urgente, oportunista, noticiable, incluso visionario, al menos según lo que se decía en el catálogo que preparaba la editorial: un libro en el que se detallan las fuerzas globales interrelacionadas que parecen converger en un punto explosivo del tiempo y el espacio, un punto que cabría considerar representativo de Boston, Nueva York y Washington en el transcurso de una mañana de finales de verano, a principios del siglo XXI.

—Hacer la corrección de estilo de semejante monstruo te puede dejar baldada varios años. Es todo datos. Todo hechos, mapas y horarios.

—Pero parece profético.

El libro necesitaba un corrector de estilo de fuera de la editorial, alguien capaz de trabajar horas y horas lejos del frenesí programado de las llamadas telefónicas, el correo electrónico, los almuerzos de trabajo y las reuniones que los editores internos han de afrontar: el frenesí en que consiste su trabajo.

—Contiene una especie de extenso tratado sobre el secuestro de aviones. Contiene muchos documentos relativos a la vulnerabilidad de ciertos aeropuertos. Menciona el Dulles y el Logan. Menciona muchas cosas que han pasado en la realidad o que están pasando ahora. Wall Street, Afganistán, esto y aquello. Afganistán está pasando.

A Lianne no le importaba lo denso, intrincado e intimidatorio que pudiera ser el material, ni que a fin de cuentas no saliera profético. Era lo que ella quería. No supo que eso era lo que quería hasta que Carol mencionó el libro, en tono burlón, de pasada. Lianne creyó que la invitación a comer era para proponerle un encargo. Resultó ser una cita estrictamente personal. Carol quería hablar de Keith. El único libro que mencionó fue precisamente el que no iba a ser para Lianne y precisamente el que ella necesitaba revisar.

—¿Vas a tomar postre?

—No.

Mantente aparte. Mira las cosas clínicamente, sin emoción alguna. Eso era lo que Martin le había dicho. Mide los elementos. Combínalos. Aprende algo de lo sucedido. Ponte a su altura.

Carol quería hablar de Keith, oír de Keith. Quería la historia de ese hombre, la historia de ambos, juntos de nuevo, instante por instante. La blusa que llevaba correspondía a otro tipo físico, otro color de piel, mala copia de una túnica persa o marroquí. Lianne lo notó. No tenía nada interesante que contarle a esa mujer sobre Keith, porque nada interesante había ocurrido que no fuese demasiado íntimo para contárselo.

—¿Tomas café?

—Le di un golpe en la cara a una mujer, el otro día.

—¿Para qué?

—¿Para qué se le pega a la gente?

—Espera. ¿Le pegaste a una mujer?

—La vuelven a una loca. Por eso fue.

Carol la miraba.

—¿Tomas café?

—No.

—Tienes a tu marido otra vez en casa. Tu hijo ya tiene padre a tiempo completo.

—No sabes nada.

—Da alguna muestra de felicidad, de alivio, algo. Da muestra de algo.

—Sólo está empezando. ¿No lo sabes?

—Lo tienes de nuevo en casa.

—No sabes nada —dijo Lianne.

El camarero se mantenía cerca, esperando que una de las dos pidiera la cuenta.

—Muy bien, mira. Si ocurre algo —dijo Carol—, como que la editora no pueda ocuparse del texto. La editora no puede trabajar con la velocidad suficiente. Tiene la sensación de que este libro le está destruyendo la vida que con tanto cuidado se había construido durante los últimos veintisiete años. Si eso, te llamo.

—Llámame —dijo Lianne—. Si no, no me llames.

Después del día en que no logró recordar dónde vivía, Rosellen S. no volvió al grupo.

Los integrantes del grupo quisieron escribir sobre ella y Lianne los miraba trabajar, inclinados sobre sus blocs. De vez en cuando alguno levantaba la cabeza, repasando la memoria o los vocablos. Todas las palabras sobre lo inevitable parecían abarrotar la habitación y Lianne se encontró pensando en las viejas fotos de pasaporte que había en la pared del piso de su madre, en las colecciones de Martin, rostros mirando desde la distancia sepia, perdidos en el tiempo.

El sello circular del funcionario en la esquina de la foto.

Estado civil del portador y puerto de embarque.

Royaume de Bulgarie.

Embassy of the Hashemite Kingdom.

Türkiye Cumhuriyeti.

Había empezado a ver a las personas que tenía delante, Omar, Carmen, etcétera, en la misma colocación aislada, con la firma del portador cruzada a veces sobre la propia foto, una mujer con sombrero en forma de campana, una más joven que parecía judía, *Staatsangehörigkeit,* con más significación en el rostro y en la cara de la que podría explicar la simple travesía del océano, y el rostro de la mujer que está casi perdido en sombras, con la palabra *Napoli,* impresa, engarzada alrededor de un sello circular.

Las fotos saltaban anónimamente, imágenes generadas a máquina. Había algo en la premeditación de esas fotos, la intención burocrática, las poses sencillas y directas, que la introducían paradójicamente en las vidas de los retratados. Tal vez lo que veía fuese padecimiento humano enmarcado en el rigor estatal. Vio gente huyendo, de allí para acá, con las más oscuras penalidades presionando los bordes del marco. Huellas de pulgar, emblemas con cruces inclinadas, un hombre con bigotes de manubrio, una muchacha con trenzas. Pensó que se estaba inventando el contexto, seguramente. No sabía nada de la gente fotografiada. Sólo conocía las fotos. Ahí es donde encontraba inocencia y vulnerabilidad, en la naturaleza de los viejos pasaportes, en la profunda textura del propio pasado, gente en largos desplazamientos, gente ahora muerta. Cuánta belleza en las vidas agostadas, pensó, en las imágenes, en las palabras, las lenguas, las firmas, los documentos sellados.

Cirílico, griego, chino.

Dati e connotati del Titolare.

Les Pays Étrangers.

Está mirando a los integrantes del grupo mientras escriben sobre Rosellen S. Una cabeza se alza y vuelve a caer, están ahí sentados, escribiendo. Lianne sabe que no miran desde una neblina teñida, igual que los dueños de los pasaportes, sino que en ella se internan. Otra cabeza se alza y luego otra y ella intenta no captar la mirada de ningún individuo. Pronto levantarán todos la vista. Por primera vez desde el inicio de las sesiones, Lianne tiene miedo de oír lo que digan cuando lo lean de las páginas rayadas.

Permanecía en la parte delantera del amplio recinto, mirándolos hacer ejercicio. Andaban por los veinte, treinta años, dispuestos en filas sobre las máquinas de subir escaleras y las elípticas. Recorrió el pasillo más cercano, sintiéndose unido a esos hombres y mujeres, sin saber muy bien por qué. Se afanaban en bancos con pesas y montaban bicicletas estáticas. Remaban en máquinas y artilugios metálicos que parecían telarañas. Hizo una pausa a la entrada de la sala de pesas y vio levantadores situados entre barras de seguridad, superando entre gruñidos su postura acuclillada. Vio mujeres en los *speed bags* cercanos, lanzando ganchos y jabs, y otras haciendo piernas, saltando a la comba, o con una rodilla levantada, los brazos cruzados.

Lo escoltaba un joven vestido de blanco, empleado del *fitness.* Keith permanecía en la retaguardia de aquel gran espacio abierto, con la gente moviéndose por todos lados, bombeando sangre. Caminaban sobre las cintas rodantes o corrían sin moverse de sitio, sin dar nunca la impresión de estar bajo control, de estar rígidamente trabados. Era una escena cargada de resolución y de una especie de sexo elemental, de raíz, mujeres arqueadas e inclinadas hacia delante, todas codos y rodillas, con las venas del cuello abultadas. Pero había algo más también. Ésta era la gente que él conocía, si a alguien conocía. Aquí, todas juntas, éstas fueron las personas con quienes pudo alinearse en los días de después. Tal vez fuera eso lo que sentía, el espíritu, el parentesco de la confianza.

Recorrió el pasillo del fondo, con su acompañante detrás esperando que Keith le preguntara algo. Estaba pasando revista al sitio. Tendría que ponerse a hacer ejercicio en serio en cuanto empezara con su trabajo, dentro de pocos días, ya. No era bueno pasarse ocho horas en la oficina, diez horas, y luego marcharse directamente a casa. Tendría que quemar las cosas, poner su cuerpo a prueba, orientarse hacia dentro, trabajando en su fuerza, su energía, su agilidad, su cordura. Le iba a hacer falta una disciplina de compensación, una forma de comportamiento controlado, voluntario, que le impidiera volver a casa arrastrando los pies y odiando a todo el mundo.

Su madre se había vuelto a dormir. Lianne quería marcharse a su casa, pero le constaba que no podía. Sólo habían transcurrido cinco minutos desde la abrupta partida de Martin, y no quería que Nina se encontrase sola al despertar. Fue a la cocina y encontró algo de queso y fruta. Mientras lavaba una pera en el fregadero, oyó algo en el salón. Cerró el grifo y escuchó y luego volvió a la habitación. Su madre le estaba hablando.

—Tengo sueños cuando no estoy completamente dormida, no todo lo profundamente posible, y me pongo a soñar.

—Más valdría que comiésemos algo, las dos.

—Tengo casi la sensación de que puedo abrir los ojos y ver lo que estoy soñando. No tiene sentido, ¿verdad? El sueño no está tanto en mi cabeza como todo a mi alrededor.

—Es la medicación para el dolor. Estás tomándola demasiado, sin motivo.

—La terapia física provoca dolor.

—La terapia física no la estás haciendo.

—Entonces será que no estoy tomando la medicación.

—No tiene gracia. Una de esas medicinas que tomas crea hábito. Por lo menos una.

—¿Dónde está mi nieto?

—Exactamente en el mismo sitio en que estaba la última vez que me preguntaste. Pero ésa no es la cuestión. La cuestión es Martin.

—Es difícil concebir algún momento del próximo futuro en que dejemos de discutir sobre esto.

—Es un hombre muy intenso.

—Tú no lo has visto cuando se pone intenso. Es algo crónico, que viene de antiguo, de mucho antes de que nos conociéramos.

—De lo cual ya hace veinte años, sí.

—Sí.

—Pero antes de eso, ¿qué?

—Estaba comprometido con los tiempos. Toda la agitación esa. Era un hombre activo.

—Las paredes desnudas. Una persona que invierte en arte, con las paredes desnudas.

—Casi desnudas. Sí, así es Martin.

—Martin Ridnour.

—Sí.

—¿No me dijiste una vez que ése no era su verdadero nombre?

—No estoy segura. Quizá —dijo Nina.

—Si me suena, será porque tú me lo has dicho. ¿Es su verdadero nombre?

—No.

—No recuerdo que me hayas dicho su verdadero nombre.

—Puede que yo no lo sepa.

—En veinte años.

—No seguidos. Ni siquiera durante periodos prolongados. Él está en un sitio, yo estoy en otro.

—Tiene mujer.

—Y ella está en otro sitio, sí.

—Veinte años. Viajando con él. Durmiendo con él.

—¿Por qué tengo que saber su nombre? Es Martin. ¿Qué voy a saber de él, enterándome de su nombre, que no sepa ahora?

—Sabrías su nombre.

—Es Martin.

—Sabrías su nombre. Es agradable, saberlo.

La madre señaló con la cabeza los dos cuadros de la pared norte.

—Cuando nos conocimos le hablé de Giorgio Morandi. Le enseñé un libro. Naturalezas muertas, muy bonitas. Forma, color, profundidad. Él estaba empezando en el negocio y apenas si había oído hablar de Morandi. Fue a Bolonia a ver los cuadros con sus propios ojos. Volvió diciendo que no, que no. Un artista menor. Vacío, absorto en sus propios intereses, burgués. Básicamente, una crítica marxista, con eso me vino Martin.

—Y veinte años más tarde.

—Ve la forma, el color, la profundidad, la belleza.

—¿Es eso un adelanto en el terreno de la estética?

—Ve la luz.

—O una traición, un autoengaño. Cosas que dice el propietario sobre sus propiedades.

—Ve la luz —dijo Nina.

—También ve el dinero. Son objetos carísimos.

—Sí, lo son. Y al principio, lo digo muy en serio, me pregunté cómo habría hecho para adquirirlos. Tengo la sospecha de que durante aquellos primeros años estuvo metido en el mercado de piezas robadas.

—Un tipo interesante.

—Me lo dijo una vez, he hecho algunas cosas. Me dijo: «No por ello mi vida es más interesante que la tuya. Se puede hacer que suene más interesante. Pero en la memoria, en esas profundidades», dijo, «no hay muchos colores fuertes ni sensaciones desbocadas. Todo es gris, todo es espera. Sentarse y esperar». Dijo: «Todo es como neutral, sabes.»

Imitó el acento con habilidad, quizá incluso un poco de burla.

—¿Qué era lo que esperaba?

—Esperaba a la historia, creo. La llamada a la acción. La visita de la policía.

—¿Qué sección de la policía?

—No la de robos de obras de arte. Una cosa sí sé. Era miembro de un colectivo a finales de los años sesenta. Kommune One. Se manifestaban contra el Estado alemán, el Estado fascista. Así lo veían ellos. Empezaron lanzando huevos. Luego pusieron bombas. A partir de ahí, no sé muy bien qué fue lo que hizo él. Creo que pasó una temporada en Italia, en plena vorágine, cuando las Brigadas Rojas. Pero no sé.

—No sabes.

—No.

—Veinte años. Comiendo y durmiendo juntos. No sabes. ¿Le has preguntado? ¿Lo has apremiado?

—Una vez me enseñó un cartel, hace unos años, cuando fui a verlo a Berlín. Tiene casa allí. Un cartel de se busca. Terroristas alemanes de principios de los setenta. Diecinueve nombres con sus correspondientes caras.

—Diecinueve.

—Buscados por homicidio, atentados con explosivos, robo de bancos. Él lo guarda, no sé por qué lo guarda. Pero sí sé por qué me lo enseñó. Su cara no está en el cartel.

—Diecinueve.

—Hombres y mujeres. Los conté. Él quizá formara parte de algún grupo de apoyo o de una célula durmiente. No lo sé.

—No lo sabes.

—Según él, esa gente, los *yihadistas*, tiene algo en común con los extremistas de los sesenta y setenta. Según él, son parte del mismo esquema clásico. Tienen sus teóricos. Tienen su visión de la fraternidad mundial.

—¿No lo hacen sentir nostalgia?

—No creas que no voy a preguntárselo.

—Paredes desnudas. Casi desnudas, dices tú. ¿También eso es parte de la vieja añoranza? Días y noches encerrados, escondidos en algún sitio, renunciando hasta a la última brizna de comodidad material. Tal vez haya matado a alguien. ¿Se lo has preguntado? ¿Lo has apremiado a ese respecto?

—Mira, si hubiera hecho algo grave, matar o herir a alguien, ¿crees que en estos momentos andaría por aquí? Ya no se esconde, si es que alguna vez lo hizo. Está aquí, allí, por todas partes.

—Actuando bajo nombre falso —dijo Lianne.

Estaba en el sofá, frente a su madre, mirándola. Nunca había detectado ninguna debilidad en Nina, ninguna que fuese capaz de recordar, alguna fragilidad de carácter o alguna renuncia al juicio claro y riguroso. Se notó dispuesta a abusar de la situación y ello la sorprendió. Estaba decidida a hacer sangre, a insistir, a hurgar hasta el fondo.

—Tantísimos años. Nunca has sacado a colación el asunto. Mira en qué se ha convertido, el hombre que conocemos. ¿No es la clase de persona que ellos habrían incluido entre los enemigos? Quiero decir los hombres y mujeres del cartel de se busca. Vamos a secuestrar al hijoputa ese. Vamos a quemarle los cuadros.

—Ah, sí, eso creo que lo sabe. ¿No crees que lo sabe?

—Pero ¿qué sabes tú? ¿No pagas un precio por no saber?

—Soy yo quien lo paga. Cállate —dijo su madre.

Sacó un cigarrillo del paquete y lo sostuvo entre los dedos. Parecía estar pensando en alguna cuestión remota, más bien midiendo que recordando, marcando el alcance o el grado de algo, el significado de algo.

—La pared en que hay un objeto está en Berlín.

—El cartel de se busca.

—El cartel no está colgado. Lo guarda en un armario, dentro de un tubo de cartón. No, me refiero a una foto pequeña con un marco sencillo que cuelga sobre la cabecera de su cama. Él y yo, una instantánea. Estamos delante de una iglesia, en una de esas ciudades de Umbría que están en lo alto de un monte. Nos habíamos conocido el día antes. Le pidió a una mujer que pasaba por allí que nos hiciera una foto.

—¿Por qué será que me molesta tanto lo que me estás contando?

—Se llama Ernst Hechinger. Te molesta lo que te estoy contando porque piensas que me avergüenzo de ello. Que me hace cómplice de un gesto sensiblero, de un gesto patético. Una tontería de foto. El único objeto que tiene a la vista.

—¿Has tratado de averiguar si a Ernst Hechinger lo busca la policía de algún país de Europa? Sólo por saberlo. Por dejar de decir que no lo sabes.

Quería castigar a su madre, pero no por Martin, o no sólo por eso. Era algo más cercano y más profundo y en última instancia sobre una sola cosa. Era de eso de lo que se trataba todo, quiénes eran, el feroz cuerpo a cuerpo, como manos unidas en oración, ahora y para siempre.

Nina encendió el cigarrillo y exhaló. Hizo que pareciera un esfuerzo, eso, espirar el humo. Volvía a estar soñolienta. Una de sus medicinas llevaba fosfato de codeína y hasta hacía poco siempre la había tomado con precaución. De hecho, sólo hacía unos días, una semana, más o menos, que había dejado de seguir el régimen de ejercicios sin alterar la toma de analgésicos. Lianne pensaba que esta relajación de la voluntad era una derrota y que en mitad de esa derrota estaba Martin. Estaban sus diecinueve del pasquín, los secuestradores, los *yihadistas*, aunque sólo fuese en la mente de su madre.

—¿En qué estás trabajando?

—En un libro sobre alfabetos antiguos. Todas las formas que adoptó la escritura, todos los materiales utilizados.

—Suena interesante.

—Tendrías que leerlo.

—Suena interesante.

—Interesante, exigente, profundamente deleitable en algunos momentos. Dibujos también. Escritura pictórica. Te conseguiré un ejemplar cuando se publique.

—Pictogramas, jeroglíficos, cuneiforme —dijo su madre.

Parecía estar soñando en voz alta.

Dijo:

—Los sumerios, los asirios, etcétera.

—Te conseguiré un ejemplar, desde luego.

—Gracias.

—De nada —dijo Lianne.

El queso y la fruta habían quedado en la cocina, en un plato. Estuvo un rato más con su madre y luego fue a buscar la comida.

A tres de los jugadores de cartas sólo los llamaban por el apellido, Dockery, Rumsey, Hovanis, y a dos por el nombre, Demetrius y Keith. Terry Cheng era Terry Cheng.

Alguien le dijo a Rumsey una noche, fue Dockery, el publicitario bromista, que todo en su vida sería distinto, en la de Rumsey, si una letra de su nombre fuera distinta. Una *a* en vez de una *u*. Lo cual lo convertía efectivamente en Ramsey. Era la *u*, el *rum*, lo que había moldeado su vida y su mente. Su modo de andar y de hablar, su falta de garbo en la postura, su tamaño y su forma, incluso, la lentitud y el espesor que de él se desprenden, la forma en que se mete la mano debajo de la camisa para rascarse cuando le pica. Todo ello sería distinto si hubiera nacido Ramsey.

Se quedaron esperando la respuesta de R, observando cómo se demoraba en el aura de su definida condición.

Bajó al sótano con un canasto de ropa sucia. Había un pequeño cuarto gris, húmedo y cerrado, con lavadora y secadora y un frío metálico que Lianne sintió en los dientes.

Oyó que la secadora estaba en marcha y al entrar vio a Elena apoyada en la pared con los brazos cruzados y un cigarrillo entre los dedos. Elena no levantó la cabeza.

Por un momento, ambas escucharon las sacudidas de la carga en el tambor. Luego Lianne dejó su canasto en el suelo y levantó la tapa de la lavadora. En el filtro quedaban hilachas de la ropa recién lavada por la otra mujer.

Lianne estuvo un momento mirando, luego sacó el filtro de la lavadora y se lo tendió a Elena. Ésta dejó transcurrir un instante y luego lo cogió y lo miró. Sin cambiar de postura, utilizó un movimiento de revés para golpear dos veces el filtro contra la parte baja de la pared en que estaba apoyada. Lo volvió a mirar, aspiró el humo de su cigarrillo y le devolvió el filtro a Lianne, que lo cogió y lo miró y luego lo puso encima de la secadora. Arrojó sus cosas a la lavadora, puñados de prendas oscuras, y volvió a colocar el filtro en el agitador o activador o como se llamara. Echó detergente, eligió el modo en el dial que había al otro lado y cerró la tapa. Luego tiró del botón de control para iniciar el lavado.

Pero no abandonó la habitación. Supuso que la secadora estaría a punto de terminar con su carga, porque, si no, qué hacía aquella mujer allí esperando. Supuso que la mujer habría bajado sólo unos minutos antes, había visto que la máquina no había terminado de secar y había decidido esperar en vez de subir de nuevo a su casa para volver a bajar en seguida. Lianne no veía el indicador de tiempo desde su posición y prefería que no se le notase que estaba mirando. Pero no tenía la menor intención de abandonar aquel cuarto. Se apoyó en la pared adyacente a la ocupada por la otra mujer, medio acuclillada. Sus líneas de visión quizá se cruzaran en el centro del cuarto. Mantuvo la espalda recta, notando la huella de la vieja pared agujereada contra los omoplatos.

La lavadora empezó a rugir, la secadora se convulsionaba, dando chasquidos cuando algún botón de camisa golpeaba el tambor. Estaba fuera de toda duda que Lianne tendría que esperar más que la otra mujer. La cuestión estaba en qué haría la otra si terminaba el cigarrillo antes de que su carga de ropa estuviera seca. La cuestión estaba en si cruzarían alguna mirada antes de que la otra saliera de la habitación. Ésta era como una celda de monje con un par de gigantescas ruedas de oración batiendo sus letanías. La cuestión era si una mirada daría lugar a palabras y si las palabras darían lugar a qué.

Era un lunes lluvioso en el mundo y Lianne caminaba hacia los Apartamentos Godzilla, donde el chico había ido a pasar una hora después del colegio con los Dos Hermanos, jugando partidas de videojuegos.

En días como éste, cuando iba al colegio, escribía poemas. Tenían algo en común, la lluvia y la poesía. Más adelante fueron el sexo y la lluvia los que tenían algo en común. Los poemas solían ser sobre la lluvia, la sensación de estar en el interior mirando deslizarse las gotas solitarias por el cristal de la ventana.

El paraguas no le servía de nada con el viento. Era una de esas veces en que la lluvia azota las calles y las deja vacías de gente, haciendo que el cuándo y el dónde parezcan anónimos. Éste era el tiempo que hacía en todas partes, el estado mental, el lunes genérico, y Lianne caminaba pegada a las casas y cruzaba las calles a la carrera y sintió que el viento le pegaba de frente al alcanzar las alturas enladrilladas de Godzilla.

Se tomó un café rápido con la madre, Isabel, y luego arrancó a su hijo de la pantalla del ordenador y lo metió en la chaqueta a tirones. Él quería quedarse, los otros querían que se quedara. Lianne les dijo que ella, como mala de la función, era demasiado auténtica para un videojuego.

Katie los acompañó a la puerta. Llevaba unos vaqueros de color rojo arremangados y un par de botines de ante cuyos ribetes se encendían al andar, como luces de neón. Su hermano Robert los siguió a cierta distancia, un chico de ojos oscuros que parecía demasiado tímido para hablar, comer o pasear un perro.

Sonó el teléfono.

Lianne le dijo a la chica:

—No estáis vigilando el cielo, ¿verdad? No os pasáis el día y la noche haciéndolo. No. ¿O sí?

La chica miró a Justin y sonrió con taimada complicidad, sin decir nada.

—Él se niega a decírmelo —dijo Lianne—. Se lo pregunto una y otra vez.

Él dijo:

—No, no me lo preguntas.

—Pero si lo hiciera no me lo dirías.

Los ojos de Katie se hicieron más brillantes. Estaba disfrutando esto, alerta a la posibilidad de una hábil respuesta. Su madre hablaba por el teléfono de pared que había en la cocina.

Lianne le dijo a la chica:

—¿Aún estáis esperando una palabra? ¿Aún estáis

vigilando los aviones? ¿Día y noche, desde la ventana? No. No me lo creo.

Se inclinó hacia la chica y le habló en un susurro teatral.

—¿Seguís hablando con esa persona? ¿El hombre cuyo nombre no se supone que conozcamos ninguno?

El hermano pareció acongojarse. Se mantenía a cinco metros de Katie, quieto como un muerto, con la vista puesta en el suelo de parqué, entre los botines de su hermana.

—¿Sigue ahí fuera, obligándoos a vigilar el cielo? El hombre cuyo nombre a lo mejor todos sabemos pero no se supone que lo sepamos.

Justin le tiró de la chaqueta a la altura del codo, lo que quería decir «ya, vámonos a casa».

—A lo mejor sólo a lo mejor. Eso creo yo. A lo mejor ha llegado el momento de que ese hombre desaparezca. El hombre que todos sabemos cómo se llama.

Tenía la mano en el rostro de Katie, acunándolo, abarcándolo, de oreja a oreja. En la cocina, la madre subía el tono de voz, hablando de un problema con la tarjeta de crédito.

—A lo mejor ya es el momento. ¿No pensáis que sea posible? A lo mejor ha dejado de interesaros. ¿Sí o no? A lo mejor sólo a lo mejor ya es hora de que dejéis de vigilar el cielo, de hablar del hombre a quien me refiero. ¿Qué os parece? ¿Sí o no?

La chica parecía menos feliz ahora. Trató de lanzarle una mirada a Justin, que estaba a su izquierda, como preguntándole qué pasa aquí, pero Lianne puso un poco más de fuerza y utilizó la mano derecha para taparle la vista, sonriéndole a la chica como si estuviera jugando.

El hermano trataba de hacerse invisible. Estaban confusos y un poco asustados pero ésa no fue la razón de que Lianne apartara las manos del rostro de Katie. Se disponía a marcharse, ésa fue la razón, se pasó los veintisiete pisos de bajada en el ascensor, hasta el portal, pensando en la mítica figura que anunciaba el regreso de los aviones, el hombre cuyo nombre todos sabían. Pero ella lo había olvidado.

Llovía menos y el viento había amainado. Caminaron sin decir una palabra. Lianne trataba de recordar el nombre sin conseguirlo. El chico se negaba a andar bajo el paraguas abierto, manteniéndose cuatro pasos atrás. Era un nombre fácil, hasta ahí llegaba, pero los nombres fáciles eran los que la mataban.

9

Aquel día, más que otros, le resultó difícil marcharse. Salió del centro comunitario y echó a andar hacia el oeste, pensando en otro día, que no tardaría en llegar, cuando las sesiones de expresión narrativa tendrían que terminar. El grupo estaba acercándose a ese momento y Lianne no creía que pudiera volver a hacerlo, volver a empezar, seis o siete personas, los bolígrafos y los blocs, la belleza que en ello hay, sí, el modo en que firman sus vidas, pero también la falta de cautela que aportan a lo que saben, la extraña y valiente inocencia que hay en ello, y su propia comprensión, por su padre.

Quería ir andando a casa y al llegar quería encontrarse un mensaje de Carol Shoup. Llámame lo antes posible. Era sólo una sensación pero tenía confianza y sabía lo que el mensaje significaría, que la editora había renunciado a cumplir con esa tarea. Entraría por la puerta, escucharía el mensaje de cuatro palabras y sabría que la editora no lograba manejar el libro, un texto tan entrelazado de detalle obsesivo que era imposible seguir adelante. Quería entrar por la puerta y ver los números iluminados en el aparato telefónico. Soy Carol, llámame en cuanto puedas. Un mensaje de seis palabras que dejaba entrever muchísimo más. Eso era lo que a Carol le gustaba decir en sus mensajes telefónicos. Llámame en cuanto puedas. Era algo prometido, la urgencia en las palabras, una indicación de circunstancias propicias.

Caminó sin plan, giró hacia el oeste por la calle 116, dejando atrás la peluquería y la tienda de discos, los mercados de fruta y la panadería. Viró al sur y mantuvo esta dirección durante cinco manzanas y luego miró a la derecha y vio el alto muro de granito desgastado que sostenía las vías elevadas, por donde pasan los trenes llevando viajeros desde o hacia la ciudad. Inmediatamente pensó en Rosellen S. pero no supo por qué. Caminó en esa dirección y llegó a un edificio llamado Greater Highway Deliverance Temple. Hizo una pausa, asimilando el nombre, templo mayor de la autopista de la liberación, y observando las recargadas pilastras del dintel y las cruces de piedra del techo. Fuera había un cartel en que se enumeraban las actividades del templo. Escuela dominical, gloria de domingo por la mañana, servicio de liberación de los viernes y estudio de la Biblia. Se quedó ahí parada pensando. Pensando en la conversación que tuvo con el doctor Apter el día en que Rosellen no logró recordar dónde vivía. Era una coyuntura que tenía obsesionada a Lianne, el momento desalentado en que las cosas se vienen abajo, las calles, los nombres, todo sentido de la orientación y de la situación, toda la rejilla de referencias fijas de la memoria. Ahora comprendió por qué Rosellen parecía estar presente en esa calle. Aquí estaba, este templo cuyo nombre era un grito de aleluya, donde Rosellen encontró refugio y ayuda.

Ahí parada seguía, y pensando. Pensando en el lenguaje que había utilizado Rosellen en las últimas sesiones a que pudo asistir, el modo en que desarrollaba versiones ampliadas de una sola palabra, todas las inflexiones y relaciones, quizá una especie de protección, una acumulación de recursos contra el último estadio de la desnudez, cuando hasta el más profundo gemido pudiera no ser lamento sino sólo gemido.

Decimos adiós, sí, voy, me voy, me estoy yendo, por última vez, me iré.

Eso era lo que recordaba de la deslavazada redacción de las últimas páginas de Rosellen.

Regresó cruzando el parque. Los corredores parecían eternos, trazando círculos en torno al embalse, y Keith trataba de no pensar en la última media hora, con Florence, hablándole a su silencio. Ése era otro tipo de eternidad, la quietud de su rostro y de su cuerpo, fuera del tiempo.

Recogió al chico del colegio y luego caminaron en dirección norte metiéndose en un viento que traía un ligero revuelo de lluvia. Era un alivio tener algo de qué hablar, cómo le iba a Justin en el colegio, sus amigos y profesores.

—¿Adónde vamos?

—Tu madre dijo que volvería a pie de su sesión en el Uptown. Vamos a salirle al paso.

—¿Por qué?

—Para darle una sorpresa. Acercarnos sigilosamente. Levantarle el ánimo.

—¿Cómo sabemos por dónde va a venir?

—Ahí está lo difícil. Vendrá en línea recta, vendrá dando un rodeo, irá de prisa, irá despacio.

Le hablaba al viento, no del todo a Justin. Seguía en otro sitio, con Florence, doble de sí mismo, yendo y viniendo, los paseos por el parque y vuelta atrás, el profundo yo compartido, bajando a través del humo, y en seguida aquí otra vez, sano y salvo y en familia, a las implicaciones de la propia conducta.

Dentro de cien días, más o menos, cumpliría cuarenta años. Ésa era la edad de su padre. Su padre tenía cuarenta años, sus tíos. Siempre tendrían cuarenta años, mirándolo de soslayo. ¿Cómo era posible que él estuviera a punto de convertirse en alguien de clara y diferenciable definición, marido y padre, finalmente, ocupando una habitación en tres dimensiones, al modo de sus padres?

Había permanecido junto a la ventana durante aquellos últimos minutos mirando la pared de enfrente, donde colgaba una fotografía, Florence de niña, vestida de blanco, con su madre y su padre.

El chico dijo:

—¿Por dónde vamos, por esta calle o por ésa?

Era una foto en la que apenas se había fijado antes y la visión de Florence en aquel entorno, sin tocar aún por las consecuencias de lo que había venido a decirle, le produjo tensión en el pecho. Lo que ella necesitaba de él era que pareciese tranquilo, aunque no comprendiera el caso. Keith sabía que Florence se lo agradecía, el hecho de que fuera capaz de leer los niveles de su dolor. Keith era la figura inmóvil, que observa, siempre atenta, diciendo poco. A esto era a lo que ella quería aferrarse. Pero en este momento era ella quien no hablaba, mirándolo ahí, junto a la ventana, oyendo la queda voz que le dice que todo ha terminado.

«Compréndelo», dijo él.

Porque, a fin de cuentas, ¿qué otra cosa cabía decir? Vio cómo se derrumbaba la luz en el rostro de ella. Era la vieja revocación que siempre estaba cerca, produciéndose de nuevo inevitablemente en la vida de Florence, una herida que no hacía menos daño por estar escrita.

Permaneció un momento más fuera del templo. Había voces en el patio del colegio de más arriba, en la acera de enfrente de las vías del ferrocarril elevado. En una esquina había un policía con los brazos cruzados, dada la escasez de tráfico en el estrecho tramo de una sola dirección que va de la acera al baluarte de edificios de piedra llenos de cicatrices.

Pasó un tren.

Lianne caminó hacia la esquina, sabiendo que no había en su casa ningún mensaje esperándola. Se le había pasado, ya, la sensación de que un mensaje la esperaba. Cuatro palabras. Llámame en cuanto puedas. Le había dicho a Carol que no la llamase si no era para decirle que le encargaba el libro. No había libro ninguno, no para ella.

Pasó un tren, esta vez en dirección sur, y oyó que alguien gritaba en español.

Había una fila de viviendas, el proyecto piloto, situadas a este lado de las vías, y Lianne, al llegar a la esquina, miró a la derecha, más allá del patio del colegio, y vio la prominente fachada lateral de un edificio, cabezas en las ventanas, media docena, quizá, en torno al noveno, décimo, undécimo piso, y volvió a oír la voz, alguien llamando, una mujer, y vio a los colegiales, unos cuantos, que hacían un alto en sus juegos, levantaban la cabeza, miraban en torno.

Un profesor se acercó lentamente a la valla, un hombre alto, con un silbato en la mano, colgando de un cordón.

Lianne esperó en la esquina. Ahora llegaban más voces procedentes del proyecto piloto y volvió a mirar en esa dirección, comprobando cuál era su línea de visión. Estaban mirando las vías, el carril norte, un punto situado casi directamente encima de ella. Luego vio a unos cuantos estudiantes retroceder por el patio hacia la pared del edificio del colegio, y comprendió que intentaban obtener un mejor ángulo de visión de este lado de las vías.

Pasó un coche, con la radio a tope.

Tardó un momento en hacerse visible, primero la parte de arriba del cuerpo, un hombre al otro lado de la valla protectora que bordeaba las vías. No era ferroviario, no iba vestido de color naranja chillón. Eso llegó a ver Lianne. Lo vio del torso para arriba y empezó a oír a los colegiales, llamándose unos a otros, todos los juegos en suspenso.

Parecía haber salido de la nada. No había parada de estación aquí, ninguna taquilla ni plataforma para pasajeros, y Lianne no veía cómo había podido llegar a la zona de las vías. Hombre de raza blanca, pensó. Camisa blanca, chaqueta oscura.

La calle adyacente estaba en calma. Los transeúntes miraban y seguían andando y algunos se detenían, un momento, y otros, más jóvenes, se entretenían un rato. Eran los chicos del patio los interesados, así como los rostros de más arriba, a la derecha de Lianne, que ya eran más numerosos, flotando en las ventanas del proyecto piloto.

Hombre de raza blanca con traje oscuro y corbata,

se veía ahora, mientras bajaba por la corta escalera que salía de una abertura de la valla.

Fue entonces cuando lo supo, claro. Lo vio bajar a la plataforma de mantenimiento que se proyectaba por encima de la calle, justo al sur de la intersección. Entonces fue cuando comprendió, aunque ya había presentido algo antes de atisbar por primera vez la figura. Fue por las caras en las ventanas altas, algo en las caras, una advertencia, el modo en que sabemos algo antes de percibirlo directamente. Esto es lo que él tenía que ser.

Se alzaba sobre la plataforma, unos tres pisos por encima de Lianne. Todo estaba pintado de color marrón herrumbroso, la grada superior de granito sin pulimentar, la barrera que acababa de atravesar y la propia plataforma, una estructura de planchas metálicas semejante a una salida de incendios, pero de mayor tamaño, cuatro metros de largo por dos de ancho, a la que normalmente podían acceder los trabajadores de las vías o los que a ras de calle acudían con un camión de mantenimiento equipado de brazo vertical y cofa portapersonas.

Pasó un tren, de nuevo en dirección sur. «Por qué estará haciendo esto», pensó ella.

Estaba pensando, no escuchando. Empezó a escuchar cuando caminaban ya por el Uptown, hablando en ráfagas cortas, y se dio cuenta de que el chico volvía a silabear.

Le dijo:

—Cor-ta el ro-llo.

—¿Qué?

—¿Qué tal se me dan las sílabas?

—¿Qué?

—Que cor-tes el ro-llo.

—¿Por qué? No di-ces que no ha-ble?

—Eso es tu madre, no yo.

—Aho-ra que ha-blo me di-ces que no ha-ble.

Le salía cada vez mejor, a Justin, con leves pausas entre sílaba y sílaba. Al principio era una modalidad de juego bastante instructiva, pero la práctica, ahora, implicaba algo más, una solemne obstinación, casi ritual.

—Mira, me da igual. Puedes hablar en la lengua de los inuit, si te apetece. Aprende inuit. Tienen alfabeto de sílabas, en vez de letras. Puedes hablar sílaba por sílaba. Si la palabra es larga, tardarás un minuto y medio en decirla. No tengo prisa. Tómate todo el tiempo que quieras. Largas pausas entre sílaba y sílaba. Comemos grosura de ballena y tú hablas inuit.

—No creo yo que me guste comer carne de ballena.

—No digo carne, digo grosura.

—Eso es lo mismo que grasa.

—Dilo, gro-su-ra.

—Eso es lo mismo que grasa. Es grasa. Grasa de ballena.

Listillo, el niño.

—La cuestión es que a tu madre no le gusta que hables así. Le molesta. Vamos a dejarla en paz un poco. Puedes comprenderlo. Y aunque no lo comprendes, deja ya de hacer eso.

El cielo entremezclado se había hecho más oscuro. Empezó a pensar que era una mala idea, tratar de encontrarse con ella en su camino de regreso a casa. Caminaron una manzana hacia el este, luego otra vez hacia el norte.

Había otra cosa que pensaba en lo tocante a Lianne. Pensaba contarle lo de Florence. Era lo correcto. Era una de esas verdades peligrosas que conducen a una comprensión de proporciones limpias y bien equilibradas, duradera, con un sentimiento de amor y confianza recíprocos. Así lo creía él. Era una forma de dejar la duplicidad interior, de llevar en pos la tensa sombra de las cosas no dichas.

Le contaría lo de Florence. Ella diría que se había dado cuenta de que algo pasaba pero que en vista de la naturaleza completamente insólita de la relación, cuyo punto de origen estaba en el humo y el fuego, no lo consideraría una ofensa imperdonable.

Le contaría lo de Florence. Ella diría que podía comprender la intensidad del compromiso, en vista de la naturaleza completamente insólita de su origen, en el humo y el fuego, y ello la haría sufrir enormemente.

Le contaría lo de Florence. Ella agarraría un cuchillo de cortar carne y lo mataría.

Le contaría lo de Florence. Ella entraría en un largo y torturado periodo de repliegue en sí misma.

Le contaría lo de Florence. Ella diría: «Cuando acabábamos de volver a empezar en nuestro matrimonio.» Ella diría: «Cuando el terrorífico día de los aviones había vuelto a unirnos. ¿Cómo ha podido el mismo terror?» Ella diría: «¿Cómo ha podido el mismo terror poner en peligro todo lo que sentimos el uno por el otro, todo lo que he sentido durante estas últimas semanas?»

Le contaría lo de Florence. Ella diría: «Quiero conocerla.»

Le contaría lo de Florence. Su insomnio periódico se haría total, obligándola a someterse a un tratamiento que incluiría dieta, medicación y asesoramiento psiquiátrico.

Le contaría lo de Florence. Ella pasaría más tiempo en casa de su madre, en compañía del niño, quedándose allí hasta última hora de la tarde y dejando a Keith pasearse entre las paredes vacías a su regreso de la oficina, como en las épocas más míseras de su exilio.

Le contaría lo de Florence. Ella querría convencerse de que la relación había terminado y él la convencería, porque le estaba diciendo la verdad, sencillamente y para siempre.

Le contaría lo de Florence. Ella lo mandaría al infierno con una mirada y llamaría a un abogado.

Oyó el sonido y miró a la derecha. Un chico, en el patio del colegio, botaba un balón. El sonido no se correspondía con este momento, pero era que el chico no jugaba, sólo andaba, llevando el balón con él, como pensando en otra cosa cuando lo botaba, mientras iba acercándose a la valla, con la cabeza levantada, los ojos puestos en la figura de lo alto.

Otros lo seguían. Con el hombre ya completamente a la vista, los colegiales avanzaban desde el extremo opuesto del patio hacia la valla. El hombre había fijado el arnés de seguridad a la plataforma. Los colegiales avanzaban desde todos los rincones del patio para ver mejor lo que estaba ocurriendo.

Ella retrocedió. Lianne se movió hacia el lado opuesto, hacia el edificio de la esquina. Luego paseó los ojos en torno sólo por cambiar una mirada con alguien. Buscó al policía de tráfico, pero no había nadie a la vista. Le habría gustado creer que todo aquello era una especie de payasada callejera, una función de teatro del absurdo de las que provocan a los espectadores a compartir una visión cómica de los aspectos irracionales del ser, o de la pequeña pisada siguiente.

Esto resultaba demasiado próximo y profundo, demasiado personal. Lo único que ella deseaba compartir era una mirada, verle los ojos a alguien, captar lo que estaba sintiendo. No se le ocurrió marcharse. El hombre estaba directamente encima de ella, pero ella no lo estaba mirando ni se iba. Miró al profesor de enfrente, con el silbato agarrado en una mano, el cordón colgando, con la otra mano aferrada a las mallas de la tela metálica. Lianne oyó a alguien por encima de su cabeza, en la vivienda que ocupaba la esquina, una mujer asomada a la ventana.

Dijo:

—¿Qué está usted haciendo?

La voz procedía de algún punto por encima del nivel de la plataforma de mantenimiento. Lianne no miró. A su izquierda la calle estaba desierta, con excepción de un hombre harapiento que salía del pasaje abovedado de debajo de las vías, llevando una rueda de bicicleta en la mano. Eso miraba Lianne. Luego, otra vez, la voz de la mujer.

—Voy a llamar al novecientos once.

Lianne trataba de comprender por qué él estaba aquí y no en cualquier otro sitio. Éstas eran circunstancias rigurosamente locales, gente en las ventanas, colegiales en un patio de recreo. El Hombre del Salto tenía fama de presentarse ante las multitudes o en sitios donde la gente podía congregarse con rapidez. Aquí había un anciano paria haciendo correr una rueda de bicicleta calle abajo. Aquí había una mujer en una ventana, que no lo conocía y tenía que preguntarle quién era.

Otras voces ahora, procedentes del proyecto piloto

y del patio del colegio, y Lianne volvió a levantar la vista. El hombre permanecía de pie en equilibrio sobre el raíl de la plataforma. La superficie del raíl era ancha y plana, y ahí se alzaba él, traje azul, camisa blanca, corbata azul, zapatos negros. Se asomaba a la acera, con las piernas ligeramente separadas, los brazos despegados del cuerpo y doblados por el codo, asimétricamente, hombre asustado, mirando desde lo más profundo de un estanque de concentración al espacio perdido, al espacio muerto.

Lianne se deslizó por la esquina del edificio. Era un movimiento de huida sin sentido, por el que sólo añadía un par de metros a la distancia entre ellos, pero tampoco era tan raro, no si el hombre se caía de verdad, si el arnés no alcanzaba a sujetarlo. Lianne siguió mirándolo, con el hombro incrustado en la pared de ladrillo del edificio. No se le pasó por la cabeza dar media vuelta y marcharse.

Todos esperaban. Pero no cayó. Permaneció en equilibrio sobre el raíl durante un minuto entero, luego otro. La voz de la mujer subió de tono esta vez.

Dijo:

—No se quede usted ahí.

Los chicos gritaban el inevitable «Que salte», pero sólo dos o tres de entre ellos y luego pararon y hubo voces procedentes del proyecto piloto, llamadas tristes en el aire húmedo.

Entonces empezó ella a comprender. Arte callejero, sí, pero ese hombre no estaba ahí actuando para quienes se hallaban a ras de calle, ni para los de las altas ventanas. Se hallaba donde se hallaba, muy lejos del personal de estación y de la policía ferroviaria, esperando que llegara un tren del norte, eso es lo que quería, un público en movimiento, pasando a unos palmos de su figura erguida.

Lianne pensó en los pasajeros. El tren surgiría a toda velocidad del túnel sur y luego iría reduciendo la marcha, al acercarse a la estación de la calle 125, a eso de un kilómetro. El tren pasaría y el hombre saltaría. Habría a bordo unos que lo verían quieto y otros que lo verían saltar, todos ellos arrancados de sus ensoñaciones diurnas o de sus periódicos o cuchicheando su asombro a los teléfonos móviles. Esas personas no lo habrían visto ponerse el arnés. Solamente lo verían saltar y desaparecer. Luego, pensó Lianne, los que ya hablaban por teléfono, los que se lanzaran al teléfono, todos tratarían de describir lo que habían visto ellos mismos o habían visto otros, cerca de ellos, y ahora les estaban contando.

Era una cosa la que tenían que contar, en esencia. Una persona que salta. El hombre del salto. Lianne se preguntó si ésa sería su intención, extender así la palabra, por teléfono móvil, íntimamente, como en las torres y en los aviones secuestrados.

O ella estaba soñando las intenciones de él. Estaba inventándoselo todo, ciñéndose tan apretadamente al momento que le resultaba imposible pensar sus propios pensamientos.

—Te diré lo que pretendo hacer —dijo.

Pasaron por delante de un escaparate de supermercado salpicado de cartelitos de oferta. El chico llevaba las manos escondidas en las mangas.

—Estoy tratando de leerle la mente. Bajará por una de las avenidas, la Primera, la Segunda, la Tercera, o vendrá dando rodeos por aquí y por allá.

—Eso ya lo has dicho.

Era algo que hacía últimamente, alargar las mangas del jersey para taparse las manos. Iba con los puños cerrados, lo cual le permitía utilizar la punta de los dedos para sujetar la manga a la mano. A veces asomaba la punta del pulgar o un atisbo de los nudillos.

—Ya lo he dicho. Muy bien. Pero no dije que fuera a leerle la mente. Léesela tú —dijo— y dime qué te parece.

—Puede haber cambiado de opinión. Lo mismo ha cogido un taxi.

Llevaba los libros y el material escolar en una mochila, lo cual le dejaba las manos libres para esconderlas. Era un gesto afectado que Keith asoció con otros chicos mayores, de los que intentan llamar la atención por sus rarezas.

—Dijo que volvería andando.

—Puede haber cogido el metro.

—Ya no coge el metro. Dijo que volvería andando.

—¿Qué tiene de malo el metro?

Tomó nota del talante de hosca oposición, el modo de andar, como si lo llevaran a rastras. Iban en dirección oeste, ahora, algo por debajo de la calle 100, parándose en cada bocacalle para mirar hacia el Uptown, tratando de localizarla entre los rostros y las formas. Justin hizo como que perdía interés, desviándose hacia el borde de la acera para estudiar el polvo y los escombros menores. No le gustaba verse despojado de sus poderes silábicos.

—El metro no tiene nada de malo —dijo Keith—. Quizá tengas razón. Lo mismo ha cogido el metro.

Le contaría lo de Florence. Se quedaría mirándolo, a la espera. Él le diría que no era, de hecho, la clase de relación a que la gente se refiere cuando dice que alguien está *liado* con alguien. No era un lío. Había sexo, sí, pero no amor. Había emoción, sí, pero generada por condiciones externas que Keith no podía controlar. Ella no diría nada, a la espera. Él diría que el tiempo que había pasado con Florence ya empezaba a parecerle una aberración… ésa era la palabra. Era la típica cosa, le diría, que uno mira en retrospectiva con la sensación de haber entrado en algo que, en verdad, era irreal, y él ya estaba teniendo esta sensación y sabiéndolo. Ella permanecería sentada, mirándolo. Él aduciría la brevedad de la cosa, que fue en contadas ocasiones. No era abogado en ejercicio pero sí que era abogado, técnicamente, aunque él mismo a duras penas llegara a creérselo, y reconocería su culpabilidad con toda franqueza, presentando los hechos relativos a tan corta relación e incluyendo unas circunstancias decisivas que suelen considerarse, con razón, atenuantes. Ella se sentaría en la silla que nunca utiliza nadie, la lateral, de caoba, con el respaldo contra la pared entre la mesa de despacho y la librería, y se quedaría mirándolo, a la espera.

—Seguro que ya está en casa —dijo el chico, caminando con un pie en la calzada y otro en el bordillo.

Pasaron por delante de una farmacia y de una agencia de viajes. Keith vio algo por delante de ellos. Se fijó en el modo de andar de una mujer que cambiaba de acera, insegura, cerca del cruce. Dio la impresión de que se paraba en la mitad. Un taxi le tapó la vista por un momento pero Keith se dio cuenta de que algo no iba bien. Se inclinó hacia delante y le dio un golpecito en el brazo al chico, con el envés de la mano, sin apartar los ojos de la figura de delante. Cuando Lianne alcanzó la esquina de este lado de la calle, ya ambos corrían hacia ella.

Oyó llegar el tren por la vía norte y lo vio tensar el cuerpo, preparándose. El sonido era un redoble bajo con repetición de émbolo, discontinuo, como de números palpitando, y Lianne casi llegaba a contar las décimas de segundo según se hacía más fuerte.

El hombre tenía los ojos puestos en los ladrillos del edificio de la esquina, pero no los veía. Había en su rostro una inexpresividad, sí, pero profunda, como de mirada perdida. Porque, a fin de cuentas, ¿qué era lo que estaba haciendo? Porque ¿acaso lo sabía? Lianne pensó que el espacio desnudo en que tenía fija la mirada debía de ser propio, no una visión siniestra de otras personas cayendo. Pero ¿por qué permanecía ella allí, mirando? Porque veía a su marido en algún sitio, cerca. Vio a su amigo, el que le había presentado, o el otro, quizá, o se lo inventó y lo vio, en una ventana alta de la que salía humo. Porque se sentía obligada, o sencillamente impotente, ahí, agarrada a la correa del bolso.

El tren llega con gran estruendo y él vuelve la cabeza y lo mira (mira su muerte por el fuego) y luego echa la cabeza hacia atrás y salta.

Salta o cae. Se desploma hacia delante, con el cuerpo rígido, y cae cuan largo es, de cabeza, provocando un murmullo de espanto en el patio del colegio, con gritos de alarma aislados, sólo parcialmente ahogados por el fragor del tren.

Lianne sintió que se le aflojaba el cuerpo. Pero la caída no fue lo peor. La sacudida final lo dejó cabeza abajo, sujeto por el arnés, a seis metros por encima del nivel de la calle. La sacudida, equivalente a un impacto en el aire, con rebote y retroceso, y ahora la inmovilidad, los brazos pegados al cuerpo, una rodilla doblada. Había algo espantoso en aquella postura estilizada, cuerpo y extremidades, su rúbrica. Pero lo peor de todo era la propia inmovilidad y lo cerca que ella estaba del hombre, su posición aquí, donde no había nadie más cerca de él que ella. Podría haberle dirigido la palabra pero eso era otro plano del ser, inalcanzable. El hombre permaneció inmóvil, con el tren aún pasando como un borrón por la mente de Lianne y el reverberante diluvio de sonido cayéndole encima a él, mientras la sangre se le agolpaba en la cabeza, a él, lejos de la cabeza de Lianne.

Miró directamente hacia lo alto y no vio ni rastro de la mujer de la ventana. Inició un desplazamiento, ahora, manteniéndose junto al costado del edificio, con la cabeza gacha, orientándose al palpo, siguiendo la áspera superficie del enladrillado. Tenía los ojos abiertos pero se guiaba al palpo y luego, una vez pasada la figura colgante, viró hacia el centro de la acera, desplazándose ya rápidamente.

Casi de inmediato tropezó con el paria, el anciano reducido al mínimo, que tenía la mirada puesta más allá de Lianne, en la figura suspendida cabeza abajo en el aire. El hombre parecía haber adoptado una posición propia, como si llevara media vida atado a este lugar, sujetando con una mano translúcida su rueda de bicicleta. Su rostro evidenciaba un intenso estrechamiento del juicio y la posibilidad. Estaba viendo algo elaboradamente distinto de lo que había conocido paso a paso en el transcurso ordinario de las horas. Tenía que aprender a verlo correctamente, encontrar una rendija en el mundo donde aquello encajara.

El hombre no la vio pasar por su lado. Lianne caminaba tan de prisa como le era posible, dejando atrás más proyectos piloto o ensanches del mismo, una calle detrás de otra. Seguía con la cabeza gacha, viendo las cosas como resplandores fugaces, una bobina de alambre de púas encima de una barrera baja o un coche patrulla dirigiéndose al norte, que era de donde venía ella, un destello blanquiazul con rostros. Esto último la hizo pensar en el hombre de ahí arriba, colgado, con el cuerpo colocado, y ya no pudo pensar en otra cosa.

De pronto se dio cuenta de que estaba corriendo, con el bolso dándole golpes en la cadera. Guardaba las cosas que escribían, los participantes, en las primeras fases, se llevaba las hojas dentro del bolso, en una carpeta, y luego, en casa, las perforaba y las metía en un cuaderno de hojas cambiables. La calle estaba casi vacía, un almacén a su izquierda. Pensó en el coche de policía parándose directamente debajo del hombre que caía. Corría bastante de prisa, las hojas de la carpeta y los nombres de los participantes le circulaban por la mente, el nombre y la primera letra del apellido, así era como los conocía y los veía, y el bolso llevando el compás, rebotándole en la cadera, proveyéndola de un tempo, de un ritmo que mantener. Ahora corría a la altura de los trenes y luego por encima, cuesta arriba, adentrándose en un cielo acanalado con manojos de grandes nubes desangrándose en las filas más bajas.

Pensó: «Muerto por su propia mano.»

Dejó de correr entonces y permaneció inclinada hacia delante, respirando pesadamente. Miró la acera. En sus ejercicios matinales corría largas distancias y nunca se sentía tan cansada, tan exhausta. Estaba doblada hacia delante, como si hubiera dos versiones de su mismo cuerpo, una que había corrido y la otra que no sabía por qué. Aguardó a que la respiración se le normalizara e irguió la postura. Dos chicas la miraban desde la escalinata de entrada de una vivienda cercana. Lianne terminó de subir la calle en cuesta, lentamente, y volvió a pararse, para permanecer durante algún tiempo con trenes saliendo de un agujero y metiéndose en otro, en algún lugar situado al sur de la calle 100.

Se llevaría las hojas a casa, las cosas que escribieron, y las colocaría con las anteriores, perforadas y ensartadas en las anillas del cuaderno, varios cientos de páginas ya. Pero primero comprobaría el contestador.

Cruzó en rojo y estaba parada en la muy concurrida esquina cuando los vio venir hacia ella, corriendo. Resplandecían, sin disfraz alguno, moviéndose entre gente agazapada tras la rutina anónima. El cielo parecía tan cercano. Resplandecían de vida urgente, por eso corrían, y ella levantó la mano para que pudieran verla entre la muchedumbre de rostros, treinta y seis días después de los aviones.

EN NOKOMIS

Llevaba su VISA, su número de usuario frecuente de aerolíneas. Podía utilizar el Mitsubishi. Había perdido veintidós kilos y los había convertido a libras multiplicando por 2,2046. El calor de la costa del golfo era tremendo a veces y a Hammad le gustaba. Alquilaron una casita estucada en West Laurel Road y Amir rechazó una oferta de televisión por cable gratuita. La casa era de color rosa. Se sentaron en torno a una mesa, el día uno, y prometieron cumplir con su deber, que era para cada uno de ellos, en hermandad de sangre, matar norteamericanos.

Hammad empujaba un carro por el supermercado. Era invisible para aquella gente y ellos estaban haciéndosele invisibles a él. A veces miraba a las mujeres, sí, a la cajera que se llamaba Meg o Peg. Él sabía cosas que ella no podría empezar a imaginarse ni aunque viviera diez vidas. En la luz que todo lo empapaba vio una ligera traza de vello sedoso en el antebrazo de la chica y una vez dijo algo que la hizo sonreír.

Sus entrenamientos de vuelo no iban bien. Metido en el simulador, intentaba reaccionar según las condiciones. Los otros, casi todos ellos, lo hacían mejor. Siempre estaba Amir, claro. Amir pilotaba aviones pequeños y marcaba horas extra en simuladores de Boeing 767. Pagaba al contado a veces, empleando para ello el dinero que le giraban de Dubai. Pensaron que el Estado leería sus mensajes electrónicos cifrados. Que el Estado comprobaría todas las bases de datos de las líneas aéreas y las transacciones a partir de cierta cantidad de dinero. Amir no tenía en cuenta esto último. Recibía ciertas sumas de dinero en la cuenta que tenía a su nombre en un banco de Florida, nombre y un apellido, Mohamed Atta, porque en lo esencial no era nadie ni procedía de ninguna parte.

Iban ahora pulcramente afeitados. Llevaban camisetas de manga corta y pantalones de algodón. Hammad empujó su carro pasillo adelante hasta llegar a la caja y cuando dijo algo ella sonrió pero no dio la impresión de fijarse en él. La idea es que nadie se fije.

Conocía su peso en libras pero no se lo anunció a los demás ni se vanaglorió de ello ante sí mismo. Convertía los metros en pies multiplicando por 3,28. Había dos o tres en la casa y otros iban y venían pero no con la frecuencia ni el abrasador espíritu de los días de la Marienstrasse. Eso ya lo habían dejado atrás, en los plenos y denodados preparativos. Amir era ya el único que se abrasaba. Amir era eléctrico, chorreaba fuego por los ojos.

La pérdida de peso se había producido en Afganistán, en un campo de instrucción, donde Hammad había empezado a comprender que la muerte es más fuerte que la vida. Allí es donde el paisaje lo consumía, cascadas de agua detenidas en el espacio, un cielo al que nunca se le veía el final. Todo era islam, los ríos y los riachuelos. Levanta una piedra del suelo y sostenla en la palma de la mano, es islam. El nombre de Dios en todas las lenguas del paisaje. No había una sensación parecida en ningún momento anterior de su existencia. Llevaba un chaleco con explosivos y sabía que ya era un hombre, por fin, dispuesto a cerrar la distancia con Dios.

Iba en el Mitsubishi por calles soñolientas. Un día, qué extraño, vio un coche con seis o siete personas amontonadas en su interior, riendo y fumando, y eran jóvenes, quizá universitarios, chicos y chicas. ¿Le resultaría fácil bajarse de su coche y subirse al de ellos? Abrir la puerta con el coche en marcha y llegar al otro vehículo cruzando la calzada, caminando por el aire, y abrir la puerta del otro coche y subirse.

Amir cambió del inglés al árabe para recordar una frase.

Nosotros nunca hemos destruido ningún país cuyo final no estuviera escrito de antemano.

Toda esta vida, este punto de césped que regar y herramientas almacenadas en interminables estanterías, era un espejismo total y para siempre. En el campo de instrucción, en la llanura batida por el viento, hacían de ellos auténticos hombres. Utilizaban armas de fuego y operaban con explosivos. Eran instruidos en la *yihad* más elevada, que consiste en que la sangre corra, la propia y la ajena. La gente riega el césped y consume comida rápida. Hammad encargaba platos preparados de vez en cuando, indudablemente. Todos los días, cinco veces, rezaba, unas veces menos, otras nada en absoluto. Veía la televisión en un bar de cerca de la escuela de vuelo y gustaba de imaginar su propia aparición en la pantalla, una figura grabada en vídeo que pasa por los detectores camino del avión.

No era que fuesen a llegar tan lejos nunca. El Estado tenía listas de observación y agentes secretos. El Estado sabía cómo leer las señales que parten de mi teléfono móvil y pasando por las torres de microondas y los satélites en órbita llegan hasta el móvil de otra persona que ocupa un automóvil en una carretera desierta de Yemen. Amir ya no mencionaba a los judíos ni a los cruzados. Todo era táctica ahora, horarios de vuelo y reponer carburante y trasladar hombres de una localidad a otra, a tiempo, al sitio exacto.

Esta gente correteando por el parque, dominación del mundo. Esos ancianos sentados en sillones playeros, cuerpos blanquecinos de venas muy marcadas y gorras de béisbol, controlan nuestro mundo. Le gustaría saber si ellos se plantean alguna vez la cuestión. Le gustaría saber si lo ven aquí, recién afeitado, en zapatillas de tenis.

Había llegado el momento de cortar todo contacto con su madre y su padre. Les escribió una carta comunicándoles que iba a pasarse una temporada viajando. Les dijo que trabajaba para una compañía de ingeniería y que pronto lo ascenderían. Les dijo que los echaba de menos y luego rompió la carta y dejó que se llevara el aire los pedazos en una resaca de recuerdos.

En el campo de instrucción le dieron un cuchillo largo que antes había pertenecido a un príncipe saudí. Un anciano hizo que un camello se arrodillase, a fustazos y luego agarró la brida y tiró de la cabeza hacia el cielo y Hammad le rebanó el cuello. Hicieron ruido ambos, él y el camello, que bramó, y Hammad experimentó una profunda alegría de guerrero, retrocediendo un paso para ver mejor la caída del animal. Ahí de pie, Hammad, con los brazos muy abiertos, besó el cuchillo ensangrentado y lo presentó a la vista de quienes le hacían corro, los hombres de la túnica y el turbante, mostrándoles su respeto y gratitud.

Un hombre que vino de visita no conocía el nombre de la ciudad en que se encontraban, en las afueras de otra ciudad llamada Venice. Había olvidado el nombre, o nunca lo había sabido. Hammad pensó que daba igual. Nokomis. ¿Qué más daba? Que todas estas cosas se conviertan en polvo. Coches, casas, personas. Dejemos todas estas cosas atrás, aunque aquí comamos y durmamos. Todo esto es una partícula de polvo en el fuego y en la luz de los días venideros.

Pasaban por allí, uno o dos, de vez en cuando, y a veces le contaban que habían pagado a una mujer para yacer con ella, de acuerdo, pero él no quería escuchar. Él quería hacer esta cosa concreta muy bien, entre todas las cosas que había hecho antes. Aquí se encontraban en pleno centro del reino de los infieles, en la corriente sanguínea del *kufr.* Percibían las cosas todos juntos, sus hermanos y él. Percibían la enunciación del peligro y el aislamiento. Percibían los efectos magnéticos de la conjura. La conjura los unía más estrechamente que nunca. La conjura reducía el mundo a la más delgada línea de visión, donde todo converge en un punto. Había la enunciación del destino, de que todos ellos habían nacido para eso. Había la enunciación de ser los elegidos, ahí afuera, en el viento y bajo el cielo del islam. Había la afirmación que la muerte hacía, la más poderosa de todas las enunciaciones, la más elevada *yihad.*

Pero ¿tiene un hombre que darse muerte para llevar algo a término en este mundo?

Tenían *software* de simulador. Jugaban con simuladores de vuelo en su ordenador. El piloto automático detecta las desviaciones de la ruta. El parabrisas es a prueba de pájaros. Tenía un croquis de cartón, a gran tamaño, de la cabina de mando de un Boeing 767. Se lo estudiaba en su cuarto, aprendiéndose de memoria la colocación de las palancas y relojes. Los otros le decían que era como si estuviese casado con ese cartel. Convertía litros en galones, gramos en onzas. Sentado en el sillón de una peluquería, se miró en el espejo. Él no estaba, no era él.

Dejó prácticamente de cambiarse de ropa. Llevaba la misma camisa y los mismos pantalones todos los días semana tras semana y la ropa interior también. Se afeitaba, pero prácticamente no se vestía ni se desvestía, incluso dormía con la ropa puesta. Los otros hacían comentarios muy rotundos. En cierta ocasión se vistió con la ropa de otro para llevar sus cosas a la lavandería. Llevó esa ropa durante una semana y quiso que el otro se pusiera la suya, ahora que estaba limpia, aunque limpio o sucio diera igual.

Hombres de mirada torva y mujeres riéndose en la televisión, sus soldados profanan la Tierra de los Dos Lugares Santos.

Amir había hecho la peregrinación a La Meca. Era *hachch*, había cumplido con sus deberes, había dicho la oración fúnebre, *salat al-yanaza,* proclamando su hermandad con los que perdían la vida en el viaje. Hammad no se sentía menesteroso. Pronto habrían de cumplir con otro deber, no escrito, todos ellos, mártires juntos.

Pero ¿tiene un hombre que darse muerte para alcanzar algún peso, para ser alguien, para hallar el camino?

Hammad pensó en esto. Recordó lo que le había dicho Amir. Amir pensaba con claridad, en líneas rectas, de modo directo y sistemático.

Amir le hablaba en la cara.

El fin de nuestra vida está predeterminado. Se nos lleva hacia ese día desde el momento mismo en que nacemos. No hay ninguna ley santa contra lo que vamos a hacer. No es suicidio en ninguna de las acepciones o interpretaciones de la palabra. Es sólo algo que lleva mucho tiempo escrito. Nosotros sólo estamos descubriendo el camino que nos eligieron.

Miras a Amir y ves una vida demasiado intensa para durar un minuto más, quizá porque nunca se haya follado a una mujer.

«Pero y qué», pensó Hammad. «Olvidémonos del hombre que se quita la vida en esta situación. Pero ¿qué pasa con las vidas que se lleva consigo?»

No ardía en deseos de tratar la cuestión con Amir pero al final lo hizo, ambos solos en la casa.

¿Qué pasa con los otros, los que morirán?

Amir se impacientó. Dijo que ya habían tratado ese asunto en principio cuando estaban en Hamburgo, en la mezquita y en el piso.

¿Qué pasa con los otros?

Amir dijo que sencillamente no hay otros. Los otros sólo existen en la medida en que desempeñen el papel que se les ha asignado. Ésa es su función en cuanto otros. Los que morirán no tienen ningún derecho sobre sus vidas fuera del hecho útil de sus muertes.

Hammad quedó impresionado. Sonaba a filosofía.

Dos mujeres hablando en voz baja en un parque, a última hora de la tarde, con falda larga, una de ellas descalza. Hammad ocupaba un banco, solo, mirando, luego se levantó y las siguió. Esto fue algo que ocurrió, sin más, igual que un hombre puede llevarse una enorme sorpresa y luego el cuerpo se adapta. Las siguió solamente hasta la calle en que terminaba el parque y se quedó mirándolas mientras desaparecían, fugaces como páginas que uno pasa de prisa.

El parabrisas es a prueba de pájaros. El alerón es una solapa móvil.

Reza y duerme, reza y come. Son comidas basura que suelen hacerse en silencio. La conjura da forma a cada bocanada de aire que respira. Ésta es la verdad que siempre ha buscado sin saber cómo llamarla ni dónde buscar. Están juntos. No hay palabra que puedan pronunciar, los demás y él, que no se remita a esto.

Uno de ellos pela una naranja y procede a partirla en gajos.

—Piensas demasiado, Hammad.

—Hay hombres que han dedicado años a organizar en secreto esta operación.

—Sí, vale.

—Los vi con mis propios ojos, a esos hombres, en el campamento, cuando estábamos allí.

—Vale. Pero se acabó pensar.

—Y hablar.

—Vale. Ahora lo hacemos.

Le tiende un gajo de naranja a Hammad, que es quien conduce.

—Mi padre —dice el otro hombre— daría trescientas veces su vida por saber lo que estamos haciendo.

—Se muere una vez.

Se muere una vez, gran diversión.

Hammad piensa en el arrobo de los explosivos conectados y presionándole el pecho y la cintura.

—Pero no te olvides de que la CIA va a detenernos en cualquier momento —dice el otro hombre.

Lo dice y a continuación se ríe. Puede que ya haya dejado de ser cierto. Puede que sea un cuento que se han contado ellos mismos tantas veces que ya no se lo creen. O puede que no lo creyeran entonces y sólo empezaran a creerlo ahora, con el momento aproximándose. Hammad no ve nada divertido en ello, de uno u otro modo.

Las personas a quienes miraba tendrían que avergonzarse de su apego a la vida, ahí, paseando sus perros. Piénsalo, perros escarbando la tierra, regadores siseando. Cuando veía una tormenta acercándose por el golfo le venían ganas de abrir los brazos y abalanzarse de cabeza contra ella. Lo que esta gente considera tan precioso, a nosotros nos parece espacio vacío. No pensaba en el objetivo de su misión. Lo único que veía era conmoción y muerte. No hay objetivo alguno, ése es el objetivo.

Mientras va caminando por el pasillo resplandeciente piensa mil veces en un segundo sobre lo que va a ocurrir. Afeitado, en una cinta de vídeo, pasando por los detectores de metales. La cajera hace rodar la lata de sopa delante del escáner y él trata de que se le ocurra algo divertido que decir, aunque lo dirá primero internamente para poner las palabras en el orden correcto.

Miraba más allá de las chozas de adobe hacia las montañas. Chaleco para bombas y capucha negra. Nosotros estamos dispuestos a morir, ellos no. Ésta es nuestra fuerza, amar la muerte, atender el reclamo del martirio armado. Estaba con los demás en la vieja mina rusa de cobre, campo de instrucción afgano, ahora de ellos, y escuchaban la voz amplificada que les llegaba atravesando la llanura.

El chaleco era de nailon azul con correas cruzadas. Había latas de explosivos potentes cosidas con alambre al cinturón. Había placas de plástico situadas encima de su pecho. No era éste el método que sus hermanos y él emplearían llegado el momento pero sí era la misma visión del cielo y del infierno, la venganza y la devastación.

Estaban ahí de pie, escuchando la grabación que los llamaba a la plegaria.

Ahora está sentado en el sillón de la peluquería, con un abrigo a rayas. El peluquero es un hombre pequeño con pocas cosas que decir. La radio da noticias, el tiempo, los deportes, el tráfico. Hammad no escucha. Está otra vez pensando, mirando más allá de la cara en el espejo, que no es suya, esperando que llegue el día, los cielos despejados, los vientos ligeros, cuando ya no quede nada en que pensar.

Tercera parte

DAVID JANIAK

10

Hicieron el recorrido completo, veinte manzanas en dirección norte y luego atravesaron la ciudad y por último bajaron hacia Union Square, tres kilómetros de calor asfixiante, entre policías con cascos antidisturbios y chalecos antibalas, niños pequeños a hombros de sus padres. Caminaban con otros quinientos mil, un brillante enjambre de gente de acera a acera, pancartas y carteles, camisetas impresas, ataúdes envueltos en tela negra, una marcha contra la guerra, el presidente, la política.

Se sentía muy alejada del acontecimiento, a pesar de toda la presión que ejercía sobre ella. Helicópteros de la policía tableteaban en lo alto y había una hilera de manifestantes que cantaban y gritaban. Justin le cogió un panfleto a una mujer con pañuelo negro en la cabeza. Tenía manchas de pigmentación en las manos y la mirada puesta en una distancia intermedia, evitando mirar a los ojos. La gente se detuvo a mirar una llamarada flotante, de papel maché, y la multitud se hizo más densa, acumulándose en sí misma. Lianne trató de cogerle la mano al chico pero eso ya se había acabado. Tenía diez años y mucha sed y se escabulló corriendo hacia el lado opuesto de la calle, donde se veía a un vendedor de refrescos con un montón de cajas. Había una docena de policías cerca, situados delante de una red roja que colgaba bajo un andamio. Allí era donde detendrían a los más comprometidos y menos controlables.

Se le acercó un hombre, caído de hombros, saliendo de la multitud, negro, con la mano en el corazón, y le dijo:

—Hoy es el cumpleaños de Charlie Parker.

Estaba casi mirándola pero no del todo y luego siguió desplazándose y le dijo lo mismo a un hombre que llevaba una camiseta con un signo de la paz y de su tono de reproche sacó Lianne la consecuencia de que toda esta gente, este medio millón de personas con zapatillas de deporte y sombreros para el sol y diversos objetos portadores de símbolos, eran unos comemierdas que se juntaban aquí con el calor que hacía y la humedad, para lo que fuese que se hubieran juntado, cuando podrían llenar las calles con mejor motivo, exactamente en las mismas cantidades, para manifestar su respeto a Charlie Parker en el día de su cumpleaños.

Si su padre estuviera aquí, Jack, seguro que estaría de acuerdo. Y sí, percibía una separación, una distancia. Esta muchedumbre no le devolvía la sensación de encontrarse entre los suyos. Estaba aquí por el chico, para permitirle que caminara en medio del desacuerdo, para que viera y percibiera el alegato contra la guerra y el mal gobierno. Ella, por su parte, lo que quería era estar lejos de todo esto. En los tres años transcurridos desde aquel día de septiembre, la vida entera se había hecho pública. La comunidad herida derrama voces y la mente de la noche solitaria se adapta al modelo del griterío. Lianne estaba feliz dentro del pequeño esquema acorazado que se había construido últimamente, organizando los días, trabajando los detalles, quedándose en su sitio, manteniéndose aparte. Liberada de la furia y del presagio. Liberada de noches que se repantigan en interminables concatenaciones insomnes de infierno personal. Marchaba aparte de los eslóganes hechos cartel y de los ataúdes de cartón, la policía a caballo, los anarquistas lanzando botellas. Todo era coreografía, que se haría trizas en unos segundos.

El chico se dio la vuelta para mirar al hombre entremeterse en la multitud, haciendo un alto de vez en cuando para expresar su comunicado.

—Un músico de jazz —le dijo ella—. Charlie Parker. Murió hace cuarenta o cincuenta años. Cuando volvamos a casa a ver si logro encontrar algo suyo entre los discos viejos. Un LP. Charlie Parker. Lo llamaban Bird, pájaro. No me preguntes por qué. Antes de que me lo preguntes ya te lo digo, no me lo preguntes porque no lo sé. Encontraré los discos y escucharemos algo. Pero recuérdamelo. Porque me olvido de las cosas.

El chico cogió más panfletos. La gente se alineaba a los bordes de la manifestación entregando materiales en nombre de la paz, la justicia, el registro de votantes, algún movimiento paranoico pro verdad. El chico miraba los panfletos sin dejar de andar, subiendo y bajando la cabeza para ver a los manifestantes que le precedían y leer al mismo tiempo las palabras impresas que llevaba en la mano.

Lloremos a los muertos. Curemos a los heridos. Terminemos con la guerra.

—Tómatelo con calma. Ahora anda, y luego lees.

Él dijo:

—Sí, vale.

—Si lo que pretendes es hacer encajar lo que lees con lo que ves, no necesariamente encajan.

Él dijo:

—Sí, vale.

Esto era nuevo, dos cansinas palabras de despreocupada renuncia. Lianne lo empujó a la acera y él se bebió su refresco a la sombra con la espalda apoyada contra la pared de un edificio. Ella se mantuvo a su lado, consciente de que el chico iba dejándose caer lentamente por la pared abajo, comentario gestual al calor y a la larga marcha, más teatro que queja.

Al final quedó en postura de pequeño luchador de sumo en cuclillas. Revisó sus papeles, demorándose varios minutos en uno de los folletos. Lianne vio la palabra *islam* en la cabecera de la página central, seguida por un número ochocientos y pico. Era seguramente el folleto que le había dado la mujer del pañuelo negro. Vio palabras en negrita, con explicaciones.

Pasó una tropa de señoras mayores cantando una vieja canción de protesta.

Él dijo:

—El *hachch.*

—Sí.

Él dijo:

—El *shahadah.*

—Sí.

—No hay más Dios que Alá y Mahoma es Su profeta.

—Sí.

Volvió a recitar el texto, lentamente, de manera más concentrada, atrayéndoselo en cierto modo, tratando de verlo por dentro. Había personas a su alrededor, unas paradas, otras pasando junto a ellos sin orden ni concierto, los manifestantes se perdían por las aceras.

El chico recitó el texto en árabe ahora. Él recitó el texto, ella le dijo que era árabe, transliterado. Pero hasta eso era demasiado, un momento aislado, a la sombra con su hijo, un momento que la hacía sentirse a disgusto. El chico leyó la definición de otra palabra relativa a la obligación anual de ayunar durante el mes de Ramadán. Esto la hizo pensar una cosa. Él siguió leyendo, casi todo en silencio pero a veces en voz alta, pegando el papel al aire en espera de que ella lo recogiese cuando necesitara ayuda para pronunciar una palabra. Ello ocurrió dos o tres veces y cuando no ocurría Lianne se descubrió pensando en El Cairo, unos veinte años atrás, formas muy difusas en su memoria, bajándose de un autobús de turistas para incorporarse a una vasta multitud.

El viaje era un regalo, graduación, y en el autobús iban ella y una antigua compañera de clase y luego bajaron del autobús y se hallaron en medio de una especie de festival. Era una multitud tan grande, que todas sus partes parecían el centro. Era una multitud densa y movediza, tras la puesta de sol, que los llevaba por entre los tabancos y los tenderetes de comida, y ambas amigas perdieron contacto en cuestión de medio minuto. Lo que ella empezó a sentir entonces, además de desamparo, fue un elevado sentido de quién era en relación a los otros, miles, ordenados pero rodeándola por todas partes. Los que tenía cerca la veían, sonreían, algunos, y le hablaban, uno o dos, y ella se vio obligada a verse a sí misma en la superficie reflectante de la multitud. Se convirtió en lo que fuera que ésta le devolviese. Se convirtió en su propio rostro y sus propios rasgos, su color de piel, una persona blanca, lo blanco era su condición básica, su estado. Esto es lo que era, no verdaderamente pero al mismo tiempo sí, exactamente, por qué no. Era una persona privilegiada, distante, pendiente de sí misma, blanca. Estaba ahí en su rostro, educado, inconsciente, asustado. Percibió toda la amarga verdad que los estereotipos llevan dentro. La multitud poseía el talento de ser multitud. Ésa era su verdad. Pensó que esas personas estaban en su casa, en la oleada de cuerpos, en la masa comprimida. Ser una multitud era una religión *per se,* con independencia de la ocasión que se estuviera celebrando. Pensó en multitudes presa del pánico, emergiendo de las márgenes del río. Eran ideas de persona blanca, un procesamiento de datos de pánico blanco. Los otros no tenían estas ideas. Debra sí las tenía, su amiga, su doble extraviada, que andaba por ahí ocupada en ser blanca. Trató de localizarla en su entorno pero era difícil hacerlo, era difícil liberar los hombros y darse la vuelta. Estaban ambas en medio de la multitud, cada una de ellas era el centro, para sí misma. La gente le dirigía la palabra. Un anciano le ofreció un dulce y le dijo el nombre del festival, que señalaba el fin del Ramadán. El recuerdo terminaba ahí.

El chico recitó el texto en árabe, sílaba por sílaba, lentamente, y ella le cogió el papel y dio su versión, no menos insegura, pero más rápida. Hubo otras palabras que el chico le fue pasando y ella las pronunció, bien o mal, sintiéndose incómoda, a pesar de la pequeñez del asunto, recitando un texto, explicando un rito. Era parte del discurso público, lo que se despachaba, el islam con un ochocientos y pico. Incluso la cara del anciano, en el recuerdo, el de El Cairo, la volvía a poner en situación. Lianne estaba en ese recuerdo y en esta acera al mismo tiempo, el fantasma de una ciudad, el trueno frontal de la otra, y necesitaba escapar de ambas multitudes.

Se reincorporaron a la marcha en su fase del Downtown y oyeron hablar a alguien de una plataforma provisional en Union Square. Luego entraron en la cercana librería y deambularon por los largos pasillos, al fresco y tranquilamente. Miles de libros, relucientes, en mesas y estanterías, casi vacío el local, domingo de verano, y al chico le dio por imitar a un perro de caza, mirando los libros y olfateándolos pero sin tocarlos, tirándose de los carrillos hacia abajo con los dedos. Lianne no sabía qué significaba aquello pero empezó a comprender que el chico no trataba de hacerle gracia ni de molestarla. Este comportamiento se hallaba fuera de su campo de influencia, era entre él y los libros.

Subieron al segundo piso por la escalera mecánica y estuvieron un rato viendo libros científicos, sobre la naturaleza, de viajes por el extranjero, *ficción.**

—¿Qué es lo mejor que has aprendido hasta ahora en el colegio? Desde el principio, desde los primeros días.

—Lo mejor.

—Lo más gordo. A ver qué me dices, listillo.

—Pareces papá hablando.

—Estoy sustituyéndolo. Doble trabajo para mí.

—¿Cuándo va a venir a casa?

—Dentro de ocho o nueve días. ¿Qué es lo mejor?

—Que el sol es una estrella.

—Lo mejor que has aprendido.

—Que el sol es una estrella —dijo él.

—Pero ¿no fui yo quien te enseñó eso?

* En español en el original.

—No creo.

—Eso no lo aprendiste en el colegio. Eso te lo enseñé yo.

—No lo creo.

—Tenemos un planisferio celeste en la pared.

—El sol no está en nuestra pared. Está ahí fuera. No está ahí arriba. No hay arriba ni abajo. El sol está ahí fuera, sin más.

—O a lo mejor somos nosotros los que estamos *aquí* fuera —dijo ella—. Eso debe de aproximarse más a la verdad. Somos nosotros quienes estamos fuera, en algún sitio.

Lo estaban disfrutando ambos, este poco de broma y de choteo, y permanecieron ante el ventanal alto viendo el final de la manifestación, pancartas bajadas y plegadas, la multitud fragmentándose, esparciéndose, la gente yendo en dirección al parque o metiéndose en el metro o perdiéndose en las calles laterales. Era sorprendente, en cierto modo, lo que el chico había dicho, una frase, cinco palabras, que decía muchísimo sobre todo lo que existe. El sol es una estrella. ¿Cuándo lo aprendió ella y por qué no recordaba cuándo? El sol es una estrella. Parecía una revelación, un nuevo modo de plantearse el hecho de ser quienes somos, el más puro camino, y que sólo al final se despliega, una especie de repeluzno místico, un despertar.

Podía ser que sólo estuviera cansada. Era ya hora de volver a casa, comer algo, beber algo. Ocho o nueve días o más. Comprarle un libro al chico y volverse a casa.

Esa noche hurgó en la colección de discos de jazz de su padre y le puso un par de fragmentos a Justin. Cuando el chico se fue a la cama le vino otra cosa a la cabeza y bajó una polvorienta enciclopedia de las estanterías de arriba y ahí estaba, en cuerpo seis, no sólo el año sino también el mes y el día. Era el cumpleaños de Charlie Parker.

Contaba al revés de siete en siete, empezando en cien. La confortaba hacerlo. Había contratiempos de vez en cuando. Los números impares eran espinosos, como ir dando tumbos violentos por el espacio, resistiéndose a la fácil marcha de lo divisible por dos. Por eso era por lo que querían que fuera restando de siete en siete, para hacérselo menos fácil. Podía bajar hasta los números de una cifra sin un solo tropezón, normalmente. La transición más inquietante era de veintitrés a dieciséis. Lo primero que le venía era diecisiete. Siempre estaba a punto de ir de treinta y siete a treinta, a veintitrés, a diecisiete. El número impar, autoafirmándose. En el centro de salud el médico sonreía ante el error, o no se daba cuenta, o estaba mirando una copia impresa de los resultados del test. La inquietaban los fallos de memoria, muy arraigados en el historial de la familia. Se encontraba bien, por lo demás. Cerebro normal para su edad. Tenía cuarenta y un años y estaba dentro de los protocolos limitados del proceso imaginativo, no había gran cosa que llamara la atención. Los ventrículos no llamaban la atención, tampoco el tronco cerebral ni el cerebelo, ni la base del cráneo, ni las regiones sinusoidales cavernosas, ni la glándula pituitaria. Nada llamaba la atención.

Se sometió a las pruebas y exámenes, al escáner de resonancia magnética, a la psicometría, emparejó palabras, hizo tests de memoria, de concentración, caminó por una línea recta de pared a pared, contó hacia atrás de siete en siete.

La confortaba, contar al revés, y lo hacía a veces en pleno ajetreo familiar, recorriendo una calle, dentro de un taxi. Era su forma de poesía lírica, subjetiva y sin rima, algo cantarina pero con rigor, una tradición de orden establecido, sólo que al contrario, para descartar la presencia de otro tipo de inversión, que uno de los médicos amablemente denominaba retrogénesis.

En el Race & Sports Book, en el centro, en el viejo casino, había cinco hileras de mesas largas dispuestas en escalones. Él ocupaba el extremo de la última mesa, en lo más alto, mirando al frente, con cinco monitores en la parte alta de la pared de delante, dando carreras de caballos de diversos lugares y husos horarios del planeta. Un hombre leía un libro de bolsillo sentado a la mesa directamente por debajo de la suya, con un cigarrillo quemándosele entre los dedos. Al otro lado de la habitación, en el nivel más bajo, una mujer grande, con sudadera de capucha, estaba instalada ante un despliegue de periódicos. Sabía que era una mujer porque no tenía puesta la capucha y lo habría sabido de todas formas, por algo, por el gesto o la postura, por el modo en que se colocaba los periódicos delante, utilizando ambas manos para alisar las páginas y apartando otras fuera de la zona de lectura, todo ello con luz pálida y humo enganchado al aire.

El casino se extendía a su espalda y a ambos lados, acres y más acres de tubos de neón, casi vacíos ahora de todo impulso humano. Aun así, se sentía cercado, prisionero de la penumbra y los techos bajos y del espeso residuo de humo que se adhería a su piel y acarreaba decenios de multitudes y actividad.

Eran las ocho de la mañana y él era la única persona que lo sabía. Echó una mirada hacia el extremo más alejado de la mesa adyacente, donde un anciano de pelo blanco sujeto en cola de caballo apoyaba todo el cuerpo en un brazo del asiento, observando la fase intermedia de una carrera de caballos y mostrando la ansiosa inclinación de que se sirve el inglés córporal para indicar que hay dinero en juego. Por lo demás, permanecía inmóvil. La inclinación era todo lo que había y luego la voz del locutor de las carreras, a ráfagas rápidas, la única moderada agitación: *«Yankee Gal» remonta por dentro.*

No había nadie más en las mesas aquí. Carreras terminaban, carreras empezaban, o eran las mismas carreras que pasaban de nuevo en uno o más de los monitores. No les prestaba mucha atención. Había aleteos de actividad en otro juego de monitores, empotrado en un nivel inferior, sobre el tabuco del cajero. Miró quemarse el cigarrillo entre los dedos del hombre que leía un libro, justo por debajo de él. Volvió a mirar el reloj. Conocía la hora y el día y se preguntó cuándo estas migajas de datos empezarían a ser desechables.

El de la cola de caballo se levantó y se marchó en el tramo final de una carrera en marcha, doblando el periódico en apretados pliegues para luego golpearse el muslo con él, como con una fusta. Aquel sitio, todo él, apestaba a abandono. En su momento, Keith se puso en pie y se trasladó a la sala de póquer, donde completó su aprovisionamiento de fichas y procedió a ocupar su asiento, listo para empezar el torneo, por llamarlo de alguna manera.

Sólo había tres mesas ocupadas. Alrededor de la septuagésimo séptima partida de *hold 'em,* empezó a percibir vida en todo ello, no para él sino para los demás, una pequeña alborada de significado metida en un túnel. Observó a la mujer que parpadeaba al otro lado de la mesa. Era flaca, estaba llena de arrugas, difícil de ver, allí, a metro y medio, el pelo poniéndosele gris. No se preguntó quién sería ni adónde iría cuando esto terminara, a qué clase de habitación ni dónde, a pensar qué pensamientos. Esto era el cuento de nunca acabar. Ahí estaba la cosa. No había nada fuera de la partida sino espacio desvaído. La mujer parpadeaba e iba, pestañeaba y no iba.

En la distancia del casino, la voz ahumada del locutor, en repetición. *Yankee Gal* remontaba por dentro.

Echaba de menos esas noches con amigos en que se habla de todo. No había mantenido el contacto y no se sentía culpable ni experimentaba la necesidad. Hubo horas de charlas y de risas, de descorchar botellas. Echaba de menos los cómicos monólogos de la crisis de los cuarenta años en los egoístas patológicos. Se acababa la comida, el vino no, y quién era el hombrecito de la chalina roja que imitaba los efectos sonoros de las antiguas películas de submarinos. Ahora salía muy de vez en cuando, sola, no se retiraba tarde. Echaba de menos los fines de semana otoñales en la casa de campo de alguien, caída de hojas y *touch football,* los niños bajando a volteretas las laderas herbosas, líderes y seguidores, todos bajo la vigilancia de una pareja de perros esbeltos y altos, posados sobre sus cuartos traseros como efigies de un mito.

No sentía la vieja atracción, la expectativa. También era cosa de pensar en Keith. A él no le apetecería. Nunca se había sentido a gusto en esos ambientes y ahora le resultaría imposible cambiar. La gente tenía problemas para acercarse a él incluso en el más simple nivel social. Todos pensaban que saldrían rebotados. Que chocarían con una pared y saldrían rebotados.

Su madre, eso era lo que echaba de menos. Nina la rodeaba por todas partes, ahora, pero sólo en el aire meditativo, su rostro y su aliento, una presencia atenta, en algún lugar cercano.

Después de la ceremonia, cuatro meses atrás, un pequeño grupo fue a última hora a comer. Martin acababa de llegar por avión de algún lugar, como de costumbre, de Europa, y había un par de antiguos colegas de su madre.

Fue una hora y media muy tranquila, con anécdotas de Nina y otros asuntos, el trabajo que estaban haciendo, los sitios que habían visitado últimamente. La mujer, biógrafa, comió poco, habló largo y tendido. El hombre apenas dijo nada. Era director de una biblioteca de arte y arquitectura.

La tarde iba pasando, con los cafés. Entonces dijo Martin:

—Estamos todos hartos de Estados Unidos y de los estadounidenses. El tema nos da náuseas.

Nina y él se habían visto poco en los últimos dos años y medio de la vida de ella. Ambos estaban al corriente de lo que hacía el otro, por amigos comunes o por Lianne, que seguía en contacto con Martin, esporádicamente, por correo electrónico o por teléfono.

—Pero os diré una cosa —dijo él.

Ella lo miró. Llevaba la misma barba de trece días, los párpados caídos del desajuste horario. Llevaba el consabido traje sin planchar, su uniforme, camisa como si hubiera dormido con ella puesta, sin corbata. Alguien muy desplazado o muy profundamente distraído, perdido en el tiempo. Pero estaba más fondón ahora, la cara se le iba al este y al oeste, había señales de hinchazón y descolgamiento que la barba no alcanzaba a ocultar. Tenía el aspecto presionado de todo hombre a quien los ojos se le han empequeñecido en la cabeza.

—A pesar de todo su negligente poder, permitidme decirlo, a pesar de todo el peligro que representa en el mundo, este país, Estados Unidos, pronto será irrelevante. ¿No estáis de acuerdo?

Lianne no sabía muy bien por qué había mantenido el contacto con él. Los desincentivos eran considerables. Estaba lo que ella sabía de él, aunque incompleto, y estaba, algo más revelador, lo que su madre había llegado a pensar de él. Era culpa por asociación, lo de Martin, cuando las torres cayeron.

—En alemán hay una palabra. *Gedankenübertragung*. La transmisión del pensamiento. Todos estamos empezando a pensar lo mismo, que Estados Unidos es irrelevante. Funciona un poco como la telepatía. Pronto llegará el día en que nadie tendrá que pensar en Estados Unidos, si no es por el peligro que supone este país. Está perdiendo el centro. Se está convirtiendo en el centro de su propia mierda. Ése es el único centro que ocupa.

Lianne no sabía muy bien quién había sacado el tema, podía ser que alguien hubiera dicho alto, de pasada, en un momento anterior. Podía ser que Martin mantuviera una discusión de difuntos, con Nina. Estaban arrepintiéndose de no haberse marchado a casa, los colegas de su madre, antes del café con pastas. La mujer dijo que no era el momento adecuado para ponerse a hablar de política global. Nina se habría defendido mejor que cualquiera de nosotros, pero no está aquí y esta conversación deshonra su memoria.

Martin hizo un gesto de alejamiento con la mano, rechazando los estrechos términos del discurso. Lianne se dijo que era un vínculo con su madre. Por eso había permanecido en contacto con él. Todavía cuando su madre estaba viva y marchitándose, Martin había contribuido a que Lianne tuviera una más clara idea de ella. Diez o quince minutos al teléfono con él, un hombre estampado de arrepentimiento pero también de amor y recuerdos de antaño, o conversaciones más largas que se iban hasta la hora, y al final Lianne se sentía, al mismo tiempo, más triste y mejor, viendo a Nina en una especie de imagen detenida, llena de vida y alerta. Cuando le contaba estas llamadas a su madre, vigilaba atentamente su expresión, esforzándose en encontrar algún signo de luz.

Ahora ella lo miraba a él.

Los colegas de Nina se empeñaron en pagar la comida. Martin no opuso resistencia. Había terminado con ellos. Ambos representaban una forma de tacto cautelar que más valía dejar para los funerales de Estado en países dictatoriales. Antes de marcharse, el director de la biblioteca tomó un pequeño girasol del florero y se lo puso en el bolsillo pectoral de la chaqueta a Martin. Lo hizo con una sonrisa, posiblemente hostil, quizá no. Al final dijo, de pie junto a la mesa, mientras enfundaba su largo cuerpo en un impermeable:

—Si ocupamos el centro, es porque vosotros nos ponéis ahí. Ése es vuestro verdadero dilema —dijo—. A pesar de todo, nosotros seguimos siendo América, vosotros Europa. Vais a ver nuestras películas, leéis nuestros libros, escucháis nuestra música, habláis nuestro idioma. ¿Cómo vais a dejar de pensar en nosotros? Nos estáis viendo y nos estáis oyendo todo el tiempo. Pregúntate una cosa. ¿Qué viene después de Estados Unidos de América?

Martin contestó en voz baja, casi distraídamente, para sí mismo.

—A Estados Unidos ya no lo conozco. No lo reconozco —dijo—. Hay un vacío donde antes se hallaba Estados Unidos.

Se quedaron ambos, ella y Martin, únicos clientes que permanecían en el alargado comedor, por debajo del nivel de calle, y hablaron un rato. Lianne le contó los últimos y duros meses de la vida de su madre, rotura de vasos sanguíneos, pérdida del control muscular, habla confusa y mirada vacía. Él permanecía muy inclinado sobre la mesa, respirando de modo audible. Lianne quería oírlo hablar de Nina y él lo hizo. Era como si todo lo que ella hubiera sabido de su madre durante un largo periodo de tiempo fuera Nina en un sillón, Nina en la cama. Él la había subido a *lofts* de artistas, a ruinas bizantinas, a salas donde había dado conferencias, de Barcelona a Tokio.

—De pequeña me imaginaba que era ella. A veces me plantaba en mitad de una habitación y le hablaba a una silla o al sofá. Decía cosas la mar de ocurrentes sobre los pintores. Sabía pronunciar todos los nombres, todos los difíciles, conocía los cuadros por los libros y por las visitas a los museos.

—Estabas sola con mucha frecuencia.

—No me entraba en la cabeza que mis padres se hubieran separado. Mi madre nunca cocinaba. Mi padre no parecía comer nunca. ¿Qué pudo fallar?

—Siempre serás hija, me parece. Por encima de cualquier otra cosa, siempre, eso es lo que eres.

—Y tú ¿qué es lo que eres siempre?

—Yo soy siempre el amante de tu madre. Mucho antes de conocerla. Siempre eso. Tenía que ocurrir.

—Casi consigues que me lo crea.

Lo otro que quería creer es que en su aspecto físico no había pruebas de enfermedad ni de ningún apuro financiero que le estuviera afectando la moral. Era el final de una larga historia, Nina y él, lo que lo había llevado a este punto de desánimo. Ni más ni menos que eso. Esto es lo que Lianne creía y esto es lo que despertaba su simpatía.

—Hay gente que tiene suerte. Acaban siendo lo que se supone que son —dijo él—. Eso a mí no me ocurrió hasta que conocí a tu madre. Un día nos pusimos a hablar y ya nunca paramos aquella conversación.

—Ni siquiera al final de las cosas.

—Ni siquiera cuando ya no encontrábamos nada agradable que decir o ya no encontrábamos nada que decir. La conversación nunca concluyó.

—Te creo.

—Desde el primer día.

—En Italia —dijo ella.

—Sí, eso es verdad.

—Y el segundo día. Delante de una iglesia —dijo ella—. Los dos. Y alguien os hizo una foto.

Él levantó la mirada y dio la impresión de estar estudiando a Lianne, preguntándose qué más sabría. Nunca le contaría lo que sabía o que no había hecho ningún esfuerzo por averiguar nada más. No había acudido a las bibliotecas para escudriñar las historias de los movimientos *underground* de aquellos años y no había buscado en internet las huellas de un hombre llamado Ernst Hechinger. No lo había hecho su madre, no lo había hecho ella.

—Tengo que coger un avión.

—Qué harías tú sin tus aviones.

—Siempre hay un avión que coger.

—¿Dónde te instalarías? —dijo ella—. ¿En una ciudad? ¿En cuál?

Había venido por un día, sin maleta ni bolsa. Había vendido su piso de Nueva York y había reducido el número de sus compromisos aquí.

—No me encuentro preparado para contestar a esa pregunta. Una ciudad —dijo—, y quedo atrapado.

Lo conocían aquí y el camarero trajo brandy por cuenta de la casa. Se demoraron un poco más, casi hasta el crepúsculo. Lianne comprendió que nunca volvería a verlo.

Había respetado su secreto, claudicado ante su misterio. Fuera lo que fuera que hubiese hecho, ahora ya estaba más allá de las líneas de respuesta. Lianne podía imaginarse su vida, la de él, entonces y ahora, detectar el pulso mal articulado de una consciencia anterior. Quizá hubiera sido un terrorista, «pero era uno de los nuestros», pensó, y la idea la dejó helada, la avergonzó: uno de los nuestros, es decir sin dios, occidental, blanco.

Martin se puso en pie y se quitó la flor del bolsillo pectoral. Luego la olió y la arrojó sobre la mesa, sonriendo a Lianne. Se tocaron la mano por un instante y salieron a la calle, donde ella lo siguió con la vista mientras caminaba hasta la esquina, con el brazo levantado ante la ola de taxis pasajeros.

11

El repartidor tocó el botón verde, una baraja nueva apareció encima de la mesa.

Durante estos meses que dedicó a adquirir un pleno dominio del juego pasó la mayor parte del tiempo en el Strip, ahora, sentado en poltronas de cuero en los salones de apuestas diversas, encorvado bajo doseles en las salas de póquer. Por fin estaba haciendo dinero, cantidades discretas que comenzaban a dar muestras de consistencia. También pasaba periódicamente por su casa, tres o cuatro días, amor, sexo, paternidad, cocina casera, pero a veces le resultaba casi imposible decir algo. No había idioma, al parecer, en que contarles a qué dedicaba sus días y sus noches.

Pronto sentía la necesidad de reincorporarse. Cuando su avión sobrevolaba el desierto, al aterrizar, le resultaba fácil creer que conocía este lugar desde siempre. Había métodos y procedimientos de rutina. Taxi al casino, taxi de vuelta al hotel. Se las apañaba con dos comidas al día, no necesitaba más. El calor ejercía presión sobre el metal y el cristal, confiriendo un tenue resplandor aparente a las calles. En la mesa no estudiaba a los contrincantes en busca de gestos que los denunciaran, no le interesaba por qué tosían o parecían aburrirse o se rascaban el antebrazo. Estudiaba las cartas y conocía las tendencias. Había eso y la mujer del parpadeo. La recordaba del casino del centro, invisible en todo menos los ojos enojadizos. El parpadeo no indicaba nada. Era sólo lo que era ella, la madre de algún hombre hecho y derecho, arrojando fichas al bote, parpadeando por disposición de la naturaleza, como una luciérnaga campestre. Sólo de vez en cuando tomaba bebidas fuertes, casi nunca, y se permitía cinco horas de sueño, apenas consciente de estar poniendo límites y restricciones. Nunca se le pasaba por la cabeza prender un cigarro puro, como en los viejos tiempos, en las partidas de antes. Caminaba por vestíbulos de hotel atestados de gente bajo capillas sixtinas pintadas a mano y adentrándose en el alto resplandor de tal o cual casino, sin mirar a nadie, sin ver prácticamente a nadie, pero cada vez que subía a un avión echaba un vistazo a los rostros de ambos lados del pasillo, tratando de localizar al hombre o los hombres que podían constituirse en un peligro para todos.

Cuando ocurrió le pareció raro no haberlo sabido de antemano. Ocurrió en uno de los casinos de casta superior, quinientos jugadores reunidos en un torneo de *hold 'em* sin límite, con una cuota de inscripción muy elevada. Allí, al otro lado de la sala, por encima de las cabezas de quienes ocupaban las arracimadas mesas, había un hombre puesto en pie, haciendo flexiones, relajando el cuello y los músculos de la espalda, haciendo circular la sangre. Había un elemento de puro ritual en sus movimientos, algo más allá de lo funcional. Practicaba la respiración abdominal, profundamente, luego zambullía una mano hacia la mesa y al parecer lanzaba fichas al bote sin mirar siquiera la acción que incitaba la apuesta. El hombre le resultaba extrañamente familiar. Lo raro era esto: que transcurridos varios años alguien pueda parecer tan diferente sin dejar por ello de ser inequívocamente él. Tenía que ser Terry Cheng, que ya volvía a arrellanarse en su asiento, quedando fuera del campo de visión de Keith, y por supuesto que era él porque cómo podía estar ocurriendo todo esto, el circuito de póquer, la estruendosa estampida de dinero, el alojamiento cortesía de la casa y la alta competición, sin la presencia de Terry Cheng.

No fue hasta el día siguiente, mientras la mujer del estrado anunciaba los puestos disponibles en ciertas mesas, cuando se encontraron codo a codo delante de la barandilla.

Terry Cheng mostró una desvaída sonrisa. Llevaba gafas tintadas y una chaqueta verde oliva con las solapas muy anchas y botones relucientes. La chaqueta le quedaba grande, le colgaba por los hombros. Llevaba unos pantalones amplios y unas zapatillas del hotel, de terciopelo, y una camisa de seda deslucida por el uso.

Keith no se habría sorprendido mucho si hubiera roto a hablar en chino mandarín del siglo V.

—Me preguntaba cuánto tardarías en localizarme.

—Entiendo que tú sí me habías localizado a mí.

—Hará una semana —dijo Terry.

—Y no dijiste nada.

—Estabas inmerso en la partida. ¿Qué iba a decirte? Cuando volví a mirar, ya no estabas.

—Voy al salón de apuestas diversas a relajarme. Me como un sándwich y me tomo una cerveza. Me gusta lo que ocurre a mi alrededor, todos esos monitores, todos los deportes. Me tomo una cerveza y no me entero de casi nada.

—A mí me gusta sentarme junto a la cascada. Pido algo suave de beber. Diez mil personas a mi alrededor. En los pasillos, en el acuario, en el jardín, en las tragaperras. Me tomo algo suave, sorbito a sorbito.

Terry parecía escorado a la izquierda, como quien está a punto de dirigirse a una salida. Había perdido peso y se le veía más viejo y hablaba con una voz algo rasposa, distinta de la habitual.

—Te alojas aquí.

—Cuando estoy en la ciudad. Las habitaciones son grandes y tienen los techos altos —dijo Terry—. Una pared es toda ventana.

—Te sale gratis.

—Sólo gastos imprevistos.

—Un jugador muy serio.

—Estoy en sus ordenadores. Todo está en sus ordenadores. Todo se mete. Si sacas una cosa del minibar y no la vuelves a poner en su sitio, al cabo de sesenta segundos te la cargan directa e instantáneamente a tu cuenta.

A él eso le gustaba. Keith no estaba tan seguro.

—Cuando te registras, te dan un plano. Yo sigo necesitándolo, a pesar del tiempo que llevo. Nunca sé dónde estoy. El servicio de habitaciones trae bolsitas de té en forma de pirámide. Todo es muy dimensional. Les digo que no me traigan el periódico. Si no lees el periódico, nunca llevas un solo día de retraso.

Estuvieron charlando un minuto más, luego se dirigieron a sus respectivas mesas sin hacer planes de verse más tarde. La idea de más tarde resultaba esquiva.

El chico permanecía de pie al otro lado de la mesa, untándose mostaza en el pan. Lianne no vio huella de ninguna otra forma de comida.

Dijo:

—Yo tenía una pluma bastante decente. Como plateada. ¿La has visto tú por algún sitio?

Él hizo un alto en su tarea y pensó, con los ojos entrecerrados, con la cara poniéndosele vidriosa. Eso quería decir que había visto la pluma, la había utilizado, la había perdido, la había regalado o la había cambiado por cualquier estupidez.

—En esta casa no tenemos nada que sirva para escribir y valga la pena.

Lianne se dio cuenta de cómo sonaba eso.

—Tienes cien lápices y tenemos una docena de bolígrafos malos.

Sonaba a decadencia y caída de la comunicación mediante la escritura en una superficie como el papel. Vio que volvía a introducir el cuchillo en el frasco y luego untaba la mostaza cuidadosamente en los bordes de la rebanada de pan.

—¿Qué les pasa a los bolígrafos? —dijo él.

—Son malos.

—¿Qué puede haber de malo en un lápiz?

—Vale, los lápices. Madera y plomo. Los lápices son una cosa seria. Madera y grafito. Materiales de la tierra. Esto es lo que respetamos en los lápices.

—¿Adónde va esta vez?

—A París. Un torneo muy importante. Puede que yo lo siga dentro de unos días.

Él se detuvo y volvió a pensar.

—Y ¿qué pasa conmigo?

—Vives tu vida. Lo único que tienes que hacer es

cerrar bien la puerta al volver a casa, tras una noche de alcohol y francachela.

—Sí, claro.

—¿Sabes qué quiere decir francachela?

—Más o menos.

—Lo mismo me pasa a mí. Más o menos —dijo ella—. Y no voy a ir a ninguna parte.

—¿Te crees que no lo sabía?

Permaneció junto a la ventana viéndolo doblar el pan y darle el primer bocado. Era pan integral, nueve cereales, diez cereales, sin ácidos grasos transaturados, buena fuente de fibra. No tenía ni idea de qué sería la mostaza.

—¿Qué has hecho con la pluma? La de plata. Sabes muy bien de qué te estoy hablando.

—Creo que la cogió él.

—¿Crees qué? No, no la cogió él. No necesita para nada una pluma.

—Tiene que escribir cosas. Como todo el mundo.

—No la cogió él.

—No lo estoy acusando de nada. Solamente lo digo.

—No esta pluma. No ha cogido esta pluma. Así que ¿dónde está?

El chico puso los ojos en el tablero de la mesa.

—Creo que sí la cogió. A lo mejor ni se enteró de que la cogía. No lo estoy acusando.

Seguía ahí de pie, con el pan en la mano, y no la miraba.

Dijo:

—Francamente, de verdad, creo que la cogió él.

Personas por todas partes, muchas con cámaras.

—Has pulido tu modo de jugar —dijo Terry.

—Algo parecido, sí.

—La situación va a cambiar. Todo este seguimiento, la cobertura televisiva, los ejércitos de participantes, todo va a desmoronarse pronto.

—Eso es bueno.

—Eso es bueno —dijo Terry.

—Y nosotros aquí estaremos.

—Somos jugadores de póquer —dijo él.

Estaban en el salón de al lado de la cascada con refrescos y algo de comer. Terry Cheng llevaba las zapatillas del hotel, sin calcetines, y no hacía caso del cigarrillo que se consumía en el cenicero.

—Hay un garito clandestino, partidas privadas, apuestas muy altas, en ciudades escogidas. Es como una religión prohibida que resurge. *Five-card stud and draw.*

—Lo que jugábamos nosotros.

—Hoy dos modalidades. Phoenix y Dallas. ¿Cómo se llama el sitio ese de Dallas? Muy rico.

—Highland Park.

—Gente rica, mayor, líderes de la comunidad. Conocen el juego y lo respetan.

—*Five-card stud.*

—*Stud and draw.*

—Te va bien. Ganas un montón —dijo Keith.

—Conozco sus almas —dijo Terry.

La muchedumbre se desplazaba en torno al salón, que en cierto modo parecía un carrusel, huéspedes del hotel, jugadores, turistas, gente camino de los restaurantes, las tiendas lujuriantes, la galería de arte.

—¿Fumabas en aquellos tiempos, cuando nuestras partidas?

—No lo sé. Dímelo tú —dijo Terry.

—Creo que tú eras el único que no fumaba. Teníamos varios de puro y uno de cigarrillos. Pero no creo que fueras tú.

Hubo momentos sueltos, de vez en cuando, aquí sentados, en que Terry Cheng volvió a parecerse al hombre que ocupaba un sitio en la mesa de póquer del piso de Keith, repartiendo las fichas con rapidez y con arte, tras las partidas de *high-low*. Era uno más, aunque se le dieran mejor las cartas, y no era uno más, en realidad.

—¿Viste al tipo de mi mesa?

—¿El de la mascarilla quirúrgica?

—Un ganador de raza —dijo Terry.

—Podría extenderse la cosa.

—La mascarilla, sí.

—Cualquier día se presentan tres o cuatro, cada uno con su mascarilla.

—Nadie sabe por qué.

—Y luego otros diez, y otros diez, y luego más. Como los ciclistas chinos.

—Vaya usted a saber —dijo Terry—. Exactamente.

Cada uno seguía las ocurrencias del otro sin apenas desviarse. En torno a ellos un alboroto sin palabras tan profundamente asentado en el ambiente y en las paredes y en el mobiliario, en los cuerpos de los hombres y las mujeres en movimiento, un alboroto no fácilmente separable de la ausencia total de sonido.

—Es una pausa dentro del circuito. Beben bourbon añejo y tienen a las mujeres en otra habitación, no sé dónde.

—Dallas, dices.

—Sí.

—No sé.

—Hay una sesión que va a empezar en Los Ángeles. Lo mismo, *stud and draw.* Gente más joven. Igual que los primeros cristianos en las catacumbas. Piénsatelo.

—No sé. No estoy seguro de poder aguantar dos noches semejante tinglado social.

—Creo que era Rumsey. El único —dijo Terry— que fumaba cigarrillos.

Keith se quedó mirando la cascada, que se hallaba a unos cuarenta metros. Se dio cuenta entonces de que no sabía si era auténtica o simulada. Fluía de un modo imperturbable y el sonido del agua al caer bien podía ser un efecto digital, tanto como la propia cascada.

Dijo:

—Rumsey era de puro.

—Rumsey era de puro. Tendrás razón, seguramente.

A pesar de sus maneras desenvueltas, la ropa que no combinaba bien, la tendencia a perderse por los más profundos recovecos y los más periféricos paseos del hotel, Terry se hallaba inflexiblemente encajado en su vida. No había norma de correspondencia en este punto. No había esto que compensara lo otro. No había ningún elemento que pudiera contemplarse a la luz de otro elemento. Era todo lo mismo, fuesen cuales fuesen la reunión, la ciudad, el premio en metálico. Keith lo comprendía. Prefería esto a las partidas privadas con intercambio de bromas y con las esposas disponiendo las flores, un formato que tentaba la vanidad de Terry, pensó, pero que en modo alguno podía compararse al decisivo anonimato de estos días y semanas, la mezcolanza de incontables vidas que carecían de historia adjunta.

—¿Has mirado alguna vez la cascada? ¿Eres capaz

de convencerte de que estás viendo agua, verdadera agua, y no algún efecto especial?

—No pienso en ello. No se supone que tengamos que pensar en cosas así —dijo Terry.

Su cigarrillo se había consumido hasta el filtro.

—Yo trabajaba en el Midtown. No experimenté el impacto como otros lo experimentaron, abajo, donde estabais vosotros —dijo—. Me han dicho, alguien me dijo que la madre de Rumsey. ¿Qué era lo que me contaron? Que llevó un zapato de Rumsey. Llevó un zapato y una hoja de afeitar. Fue a casa de su hijo y cogió esas cosas, lo que pudo encontrar que contuviera material genético, como vestigios de pelo o de piel. Lo llevó todo a un depósito, para que hicieran una búsqueda por ADN.

Keith miró la cascada.

—Volvió un par de días después. ¿Quién me lo contó? Llevó otra cosa, no sé, un cepillo de dientes. Luego volvió otra vez. Llevó otra cosa más. Y otra vez volvió. Luego cambiaron el depósito de sitio. Hasta entonces no dejó de ir.

Terry Cheng, el antiguo Terry, nunca había sido tan hablador. Contar una breve anécdota era ya algo que rebasaba los límites de lo que a él se le antojaba un autocontrol de índole superior.

—Se lo decía a la gente. La gente te contaba dónde se encontraban, en qué trabajaban. Yo decía en el Midtown. Sonaba a muy poco. Sonaba neutral, como a no estar en ninguna parte. Me dijeron que Rumsey se tiró por una ventana.

Keith siguió mirando la cascada. Era mejor que cerrar los ojos. Si cerraba los ojos, veía cosas.

—Tú te reincorporaste al bufete durante una temporada. Recuerdo que lo hablamos.

—Era otra compañía y no un bufete.

—Qué más da —dijo Terry.

—Eso es lo que era, qué más da.

—Pero aquí estamos y aquí seguiremos cuando toda esta locura se desvanezca.

—Sigues jugando en línea.

—Juego en línea, sí, pero no puedo renunciar a esto. Aquí seguiremos.

—Nosotros, y el de la mascarilla quirúrgica.

—Sí, él también seguirá.

—Y la mujer del parpadeo.

—A ésa no la he visto —dijo Terry.

—Algún día hablaré con ella.

—Has visto al enano.

—Sólo una vez. Luego se marchó.

—Un enano llamado Carlo. Un perdedor de raza. Es el único jugador cuyo nombre conozco, quitándote a ti. Sé el nombre porque pertenece a un enano. No hay ninguna otra razón para saberlo.

Los tragaperras amontonados bullían a sus espaldas.

Cuando oyó la noticia en la radio, el Colegio Número Uno, muchos niños, comprendió que tenía que llamarla. Terroristas tomando rehenes, el asedio, las explosiones, había sido en Rusia, a saber dónde, cientos de muertos, muchos de ellos niños.

Ella habló quedamente.

—Tenían que saberlo. Habían creado una situación que desembocaba en esto, con niños. Indiscutiblemente tenían que saberlo. Fueron allí a morir. Crearon una situación, con niños, a propósito, y sabían cómo terminaría. Tenían que saberlo.

Hubo silencio a ambos lados del hilo telefónico. Pasado un tiempo, Lianne dijo que hacía calor, unos treinta grados, y añadió que el chico estaba muy bien, que el chico estaba perfectamente. Hubo algo cortante en su voz, seguido de otro silencio. Keith trató de escucharlo, de descubrir el vínculo en sus observaciones. En la profunda pausa empezó a verse a sí mismo exactamente donde estaba, de pie en una habitación cualquiera de un hotel cualquiera, con un teléfono en la mano.

Lianne le dijo que no habían encontrado nada que llamara la atención. No había signos de deterioro. Utilizó varias veces *nada que llamara la atención.* Le encantaba ese modo de decirlo. Le proporcionaba un enorme alivio. No había lesiones, ni hemorragias, ni infartos. Le leyó los resultados a Keith y él seguía allí de pie, en su habitación, escuchando. Era una larga relación de cosas que no llamaban la atención. A Lianne le encantaba la palabra *infarto.* Luego dijo que no sabía si creerse el informe. Vale, por ahora sí, pero ¿y más adelante? Keith le dijo y se lo dijo muchas veces que estaba maquinando modos de asustarse. Ella dijo que no era miedo, sino sólo escepticismo. Estaba bien. Dijo que la morfología era normal, refiriéndose al informe. También ese término le encantaba, normal, pero no lograba creérselo, aplicado a ella. Dijo que era cuestión de escepticismo, del griego *skeptikós.* Luego habló de su padre. Estaba algo borracha, no medio trompa, quizá sólo una cuarta parte, que era lo más trompa que había estado nunca. Habló de su padre y le preguntó a Keith sobre el suyo. Luego se rió y dijo: «Escucha», y se puso a recitar una serie de números, haciendo una pausa entre uno y otro, empleando una modalidad feliz de canturreo.

Cien, noventa y tres, ochenta y seis, setenta y nueve.

Echaba de menos al chico. A ninguno de los dos le gustaba hablar por teléfono. ¿Cómo se habla con un niño por teléfono? Hablaba con ella. A veces hablaban en plena noche de ella, o en plena noche de él. Ella describía su posición en la cama, con las rodillas dobladas, con la mano entre las piernas, el cuerpo tan abierto como le era posible, encima de las sábanas, el teléfono en la almohada, y él la oía murmullar en la doble distancia, la mano en el pecho, la mano en el coño, viéndola con tanta claridad que pensaba que la cabeza podía estallarle.

12

Había una exposición de cuadros de Morandi en una galería de Chelsea, naturalezas muertas, seis, y un par de dibujos, naturalezas muertas, y Lianne por supuesto acudió. No estaba muy convencida de que le apeteciera pero acudió. Porque incluso esto, botellas y jarras, un florero, un vaso, formas simples en óleo sobre lienzo, lápiz sobre papel, la devolvía al momento crucial de todo aquello, el intercambio de argumentos, percepciones, tácticas mortíferas, su madre y el amante de su madre, como estocadas.

Nina se había empeñado en devolver los dos cuadros de su salón. Regresaron a manos de Martin durante los prolegómenos de su distanciamiento, y lo mismo las viejas fotos de pasaporte. Estas obras databan de medio siglo antes, los cuadros, y las fotos eran mucho más antiguas, casi todas ellas, y eran un trabajo que a ambas mujeres les encantaba. Pero respetó los deseos de su madre, dispuso el envío, calculó el valor en dólares de los cuadros, respetó la integridad de su madre, pensó que los cuadros, una vez en Berlín, serían negociados y vendidos en una transacción por teléfono móvil. El salón era una tumba sin ellos.

La galería estaba en un viejo edificio industrial con ascensor de jaula que requería un ser humano vivo, a tiempo completo, que moviera la palanca del control giratorio, haciendo que los visitantes subieran y bajaran por el eje a fuerza de sacudidas.

Recorrió un largo pasillo oscuro y encontró la galería. No había nadie. Se detuvo ante el primer lienzo, mirando. La exposición era pequeña, los cuadros eran pequeños. Dio un paso atrás, luego se acercó. Le gustaba esto de estar sola en una habitación, mirando.

Se estuvo un buen rato mirando el tercer cuadro. Era una variación de uno de los cuadros que su madre había tenido en casa. Observó la naturaleza y forma de cada objeto, la disposición de los objetos, los rectángulos altos y oscuros, la botella blanca. No podía dejar de mirar. Había algo oculto en el cuadro. El salón de Nina estaba allí, recuerdo y movimiento. Los objetos del cuadro casi desaparecían en las figuras que había detrás, la mujer sentada fumando, el hombre de pie. Al cabo de un rato pasó al cuadro siguiente y luego al siguiente, fijándolos en su mente, y luego venían los dibujos. Aún no se había acercado a los dibujos.

Entró un hombre. Puso más interés en mirarla a ella que a los cuadros. Quizá diera por supuesta la vigencia de determinadas libertades porque eran personas con mentalidades parecidas, aquí, en un edificio ruinoso, mirando arte.

Lianne se metió por la puerta abierta en la zona de oficinas, donde colgaban los dibujos. En la mesa de despacho, un hombre joven permanecía inclinado sobre un ordenador portátil. Lianne examinó los dibujos. No sabía muy bien por qué los miraba con tanta intensidad. Estaba pasando del placer a una especie de asimilación. Estaba tratando de absorber lo que veía, llevárselo a casa, envolverse en ello, dormir con ello puesto. Había tanto que ver. Convertirlo en tejido viviente, en quien eres.

Volvió a la sala principal pero no pudo mirar los cuadros del mismo modo estando allí aquel hombre, la observara o no la observara a ella. No la estaba observando pero estaba allí, cincuentón y coriáceo, monocromo de foto policial, pintor seguramente, y Lianne salió de la sala y volvió a recorrer el pasillo y luego pulsó el botón del ascensor.

Se dio cuenta de que no había recogido el catálogo pero no volvió. No le hacía falta el catálogo. Llegó el ascensor traqueteando en su eje. Nada distanciado en esta obra, nada libre de resonancias personales. Todos los cuadros y dibujos llevaban el mismo título. *Natura morta.* Incluso eso, el equivalente de naturaleza muerta, traía consigo los últimos días de su madre.

Había veces, en los salones de apuestas diversas, en que echaba un vistazo a uno de los monitores y le costaba averiguar si estaba viendo un fragmento de actividad en directo o una repetición a cámara lenta. Era un lapso que no debería haberle inquietado, cosa de las funciones cerebrales básicas, una realidad contra otra, pero todo parecía cuestión de diferenciaciones falsas, rápido, lento, ahora, luego, y se bebió la cerveza y escuchó la mezcolanza de sonidos.

Nunca apostaba en las diversas. Lo traía aquí el efecto de los sentidos. Todo ocurría remotamente, incluso el ruido más cercano. El recinto era de techo alto y estaba escasamente iluminado, los hombres estaban ahí sentados con la cabeza levantada, o de pie, o yendo de un lado a otro, y de la furtiva tensión del ambiente procedían los gritos, un caballo que rompía el pelotón, un corredor que terminaba su ronda en segundo lugar, y la acción se traslada al primer plano, de allí a aquí, vida o muerte. Le gustaba escuchar el exabrupto visceral, hombres poniéndose en pie, gritando, una áspera salva de voces que aportaban calor y emoción franca al blando tedio de la sala. Luego se terminaba, en unos segundos, y también eso le gustaba.

Enseñó el dinero en la sala de póquer. Las cartas entraban al azar, sin causa atribuible, pero él seguía siendo agente de la libre elección. La suerte, la probabilidad, nadie sabía en qué podían consistir tales cosas. Sólo se daba por supuesto que afectaban el curso de los acontecimientos. Él poseía memoria, juicio, la capacidad de decidir qué es verdad y qué es suposición, cuándo atacar, cuándo desdibujarse. Poseía una medida de calma, de aislamiento calculado, y había cierta lógica de que podía valerse. Terry Cheng decía que la única auténtica lógica del juego era la lógica de la personalidad. Pero el juego poseía estructura, principios orientadores, dulces y placenteros interludios de lógica onírica en que el jugador sabe que la carta que necesita es con toda seguridad la carta que va a entrarle. Luego está el momento crucial siempre repetido mano tras mano, la elección entre sí o no. Ver o subir, ver o no ir, el pequeño pulso binario que se localiza detrás de los ojos, la elección que te recuerda quién eres. Le pertenecía, ese sí o no, a él, no a ningún caballo corriendo por el barro en algún lugar de Nueva Jersey.

Lianne vivía en el espíritu de lo siempre inminente.

Se abrazaron sin decir nada. Luego hablaron en tonos bajos que llevaban dentro un matiz de tacto. Compartieron casi cuatro días enteros de rodeos antes de ponerse a hablar de las cosas que les importaban. Era tiempo perdido, destinado desde la primera hora a no ser recordado. Lianne recordaría esta canción. Pasaron noches en la cama con las ventanas abiertas, ruido de tráfico, voces pasando, cinco o seis chicas calle abajo a las dos de la madrugada cantando una vieja balada de rock que Lianne cantó con ellas, con suavidad, con cariño, palabra por palabra, equiparando acentos, pausas y cesuras, disgustándose ante el hecho de que las voces se fueran perdiendo en la distancia. Las palabras, las suyas propias, no eran mucho más que sonidos, corrientes de aire de aliento sin forma, cuerpos hablando. Había algo de viento si tenían suerte pero incluso en el calor húmedo del piso de arriba bajo el techo alquitranado Lianne mantenía apagado el acondicionador de aire. Según ella, Keith necesitaba sentir el auténtico aire, en una auténtica habitación, con el trueno retumbando justo encima.

Durante aquellas noches a Lianne le parecía que ambos caían fuera del mundo. No era una forma de espejismo erótico. Ella seguía manteniéndose aparte, pero tranquilamente, controlando. Él estaba cautivo de sí mismo, como siempre, pero con medida espacial ahora, hecha de kilómetros y ciudades, una dimensión de distancia literal entre los demás y él.

Llevaron al chico a un par de museos y luego ella se sentó en un banco del parque a verlos lanzar pelotas. Justin le pegaba fuerte. No perdía el tiempo. Agarraba la pelota en el aire, la recogía con la mano desnuda, la traspasaba al guante, se echaba hacia atrás y lanzaba con fuerza y luego, la vez siguiente, quizá con algo más de fuerza. Era como una máquina de lanzar con pelo y dientes, con la velocidad ajustada al máximo. Keith al principio se extrañó, luego se impresionó, luego pasó al desconcierto. Le dijo al chico que se tranquilizara, que se lo tomara con calma. Le dijo que siguiera el lanzamiento. Había preparación, disparo, seguimiento. Le dijo que estaba haciéndole un agujero en la mano a su pobre viejo.

Lianne tropezó con un torneo de póquer en la televisión. Keith estaba en la habitación de al lado repasando un basural de correo acumulado. Lianne vio tres o cuatro mesas, en plano largo, con espectadores sentados entre ellas, arracimados, en una fantasmagórica luz azul. Las mesas estaban ligeramente elevadas, los jugadores inmersos en un resplandor fosforescente e inclinados hacia delante en una tensión mortal. Lianne no sabía dónde estaba celebrándose esto, ni cuándo, ni sabía por qué no estaba en aplicación el protocolo normal, primeros planos de dedos pulgares, nudillos, cartas y rostros. Pero siguió observando. Quitó el sonido y miró a los jugadores sentados en torno a las mesas mientras la cámara barría lentamente la sala y se dio cuenta de que estaba esperando que saliera Keith. Los espectadores permanecían sentados en aquella helada luz violeta, con poca o nula visibilidad. Ella quería ver a su marido. La cámara iba captando los rostros de los jugadores antes oscurecidos y ella los miraba atentamente, uno por uno. Se imaginó a sí misma en formato de dibujos animados, tonta integral, corriendo hacia la habitación de Justin, con el pelo flotándole en pos, y sacándolo a rastras de la cama y situándolo delante del televisor para que pudiese ver a su padre, *Mira,* en Río o Londres o Las Vegas. Su padre estaba cinco metros más allá, sentado a la mesa del cuarto contiguo, leyendo papeles del banco y haciendo talones. Lianne siguió un rato más mirando, buscando a Keith, y luego lo dejó.

Hablaron al cuarto día, sentados en el salón, tarde, con un tábano fijo en el techo.

—Hay cosas que comprendo.

—Muy bien.

—Comprendo que hay hombres que sólo están aquí a medias. No digamos hombres. Digamos gente. Gente que resulta más o menos oscura en ciertos momentos.

—Eso lo entiendes.

—Así se protegen, a sí mismos y a los demás. Eso lo comprendo. Pero luego está lo otro y es la familia. Es ahí donde voy, que tenemos que permanecer juntos, mantener la familia en funcionamiento. Sólo nosotros, los tres, a largo plazo, bajo el mismo techo, no todos los días del año ni todos los meses pero en la idea de que somos permanentes. En los tiempos que corren, la familia es necesaria. ¿No te parece? ¿Ser una unidad, permanecer juntos? Así es como logramos sobrevivir a las cosas que casi nos matan de miedo.

—Bien.

—Nos necesitamos el uno al otro. Sólo personas que comparten el aire, ya está.

—Bien —dijo él.

—Pero sé lo que está pasando. Vas a largarte. Estoy preparada para eso. Te quedarás fuera más tiempo, te largarás a algún sitio. Sé lo que quieres. No es exactamente un deseo de desaparecer. Es lo que conduce a ese deseo. Desaparecer es la consecuencia. O quizá el castigo.

—Sabes lo que quiero. Yo no lo sé. Tú lo sabes.

—Quieres matar a alguien —dijo ella.

No lo miró mientras decía esto.

—Eso fue lo que querías durante un tiempo —dijo ella—. No sé cómo funciona ni qué sentimientos trae consigo. Pero es algo que llevas dentro.

Ahora que lo había dicho, no estaba segura de creerlo. Pero sí estaba segura de que él nunca había debatido la idea en su mente. Lo llevaba en la piel, quizá sólo una pulsación en la sien, una levísima cadencia en una pequeña vena azul. Lianne sabía que había algo y que ese algo tenía que hallar satisfacción, que el asunto tenía que descargarse por completo, y pensaba que ello ocupaba el centro de la inquietud de Keith.

—Lástima que no pueda alistarme en el ejército. Demasiado viejo —dijo él—. Así podría matar sin castigo y volver luego a casa con mi familia.

Bebía whisky, a sorbitos, seco, y sonreía levemente por lo que acababa de decir.

—No puedes volver al trabajo anterior. Eso lo comprendo.

—El trabajo. El trabajo no era muy diferente del que tenía antes de que todo esto ocurriera. Pero eso fue antes, ahora es después.

—Ya sé que casi ninguna vida tiene sentido. Quiero decir ¿hay algo que tenga sentido en este país? No puedo estar aquí sentada y decirte vámonos un mes por ahí. No voy a reducirme a decir una cosa así. Porque eso es otro mundo, el que tiene sentido. Pero escúchame. Tú eras más fuerte que yo. Tú me ayudaste a llegar hasta aquí. No sé qué puede haber ocurrido.

—No sé nada de fuerza. ¿Qué fuerza?

—Eso es lo que vi y sentí. Tú eras el que estaba en la torre pero fui yo quien enloquecí. Ahora, maldita sea, no lo sé.

Tras un silencio, él dijo:

—Yo tampoco lo sé —y ambos rieron.

—Te miraba dormir. Sé que suena muy raro. Pero no era raro. Sólo porque eras quien eras, estabas vivo y habías vuelto con nosotros. Te observaba. Tenía la sensación de conocerte, en cierto modo. Nunca te había conocido antes. Éramos una familia. Eso era. Así lo hicimos.

—Oye, ten confianza en mí.

—Bien.

—No tengo intención de hacer nada permanente —dijo él—. Estoy fuera una temporada, vuelvo. No estoy a punto de desaparecer. No estoy a punto de hacer nada drástico. Estoy aquí ahora y volveré a estar. Tú quieres que vuelva. ¿Es cierto eso?

—Sí.

—Me voy, vuelvo. Así de sencillo.

—Hay dinero a la vista —dijo ella—. La venta está casi cerrada.

—Dinero a la vista.

—Sí —dijo ella.

Keith había intervenido en la puesta a punto de la transacción relativa al piso de la madre de Lianne. Había leído los contratos, ajustado algún punto y enviado las instrucciones por correo electrónico desde un casino de una reserva india donde se estaba celebrando un torneo.

—Dinero a la vista —repitió Keith—. La educación del chico. Desde ahora hasta la universidad, once o doce años, unas sumas de dinero verdaderamente asesinas. Pero eso no es lo que estás diciendo. Lo que estás diciendo es que podemos permitirnos cualquier gran pérdida que yo sufra en la mesa de juego. No ocurrirá.

—Si tú lo crees así, yo también lo creo.

—No ha ocurrido nunca y no va a ocurrir ahora —dijo él.

—Y ¿qué pasa con París? ¿Sí ocurrirá?

—Se ha quedado en Atlantic City. Dentro de un mes.

—¿Qué le parecería al alcaide una visita conyugal?

—No puede apetecerte estar ahí.

—No me apetece. Tienes razón —dijo ella—. Porque pensar en ello es una cosa. Verlo me produciría depresión. Gente sentada en torno a una mesa venga repartir cartas. Una semana detrás de otra. Mira que coger un avión para ir a jugar a las cartas. Quiero decir, aparte de lo absurdo, el completo desatino psicótico, ¿no hay algo tristísimo en todo eso?

—Tú lo has dicho. Casi ninguna vida tiene sentido.

—Pero ¿no es desmoralizador? ¿No te hartas? Te tiene que devorar el espíritu. Quiero decir que anoche lo vi por la tele. Una reunión en el infierno. Tic toc tic toc. ¿Qué pasa cuando llevas meses metido en el asunto? O años. ¿En quién te conviertes?

Él se quedó mirándola y asintió con la cabeza como diciéndole que estaba de acuerdo y luego siguió asintiendo, trasladando el gesto a otro nivel, una especie de sueño profundo, de narcolepsia, con los ojos abiertos, con la mente cerrada.

Había una última cosa, demasiado evidente en sí misma para que hiciera falta decirla. Ella quería sentirse a salvo en el mundo y él no.

13

Cuando la convocaron para formar parte de un jurado unos meses antes y se presentó al Tribunal Federal de Distrito de Estados Unidos con otros quinientos jurados en potencia y se enteró de que el juicio para el que los citaban concernía a una letrada a quien se acusaba de contribuir a la causa del terrorismo, llenó las cuarenta y cinco páginas del cuestionario de verdades, de verdades a medias y de muy sinceras mentiras.

Cuando esto sucedió llevaban cierto tiempo ofreciéndole trabajar en la edición de libros sobre terrorismo y otros temas relacionados. Todos los temas parecían relacionados. No acababa de entender por qué había sentido un ansia tan desaforada de trabajar en libros así durante las semanas y meses en que no podía dormir y en la escalera de su edificio había canciones de mística del desierto.

El juicio estaba ya en marcha pero ella no lo seguía por los periódicos. Le dieron el número 121 en la lista de posibles miembros del jurado y la eximieron de la prestación por culpa de sus respuestas escritas. Ignoraba si había sido así por las respuestas verdaderas o por las mentiras.

Sí sabía que la abogada, norteamericana, estaba relacionada con un religioso radical musulmán que cumplía cadena perpetua por terrorismo. Sí sabía que el hombre era ciego. Eso lo sabía todo el mundo. Era el Jeque Ciego. Pero Lianne no sabía con detalle de qué se acusaba a la abogada, porque no seguía las crónicas de los periódicos.

Trabajaba en un libro sobre las primeras exploraciones polares y otro sobre el arte renacentista tardío y contaba al revés de siete en siete a partir de cien.

Muerto por su propia mano.

Después de que su padre se pegara el tiro que lo mató, Lianne se pasó diecinueve años diciéndose estas palabras, periódicamente, *in memoriam*, bellas palabras de regusto arcaico, inglés medio, escandinavo antiguo. Las imaginaba grabadas en una lápida medio caída, en el camposanto de alguna iglesia desatendida de Nueva Inglaterra.

Los abuelos desempeñan un oficio sagrado. Son ellos quienes poseen la memoria más profunda. Pero los abuelos faltan casi todos ellos. A Justin ya sólo le quedaba uno, el padre de su padre, reacio a viajar, hombre cuyos recuerdos se habían instalado en el estrecho circuito de sus días, más allá del fácil alcance del chico. El chico aún ha de crecer para adentrarse en la sombra profunda de sus propios recuerdos. Lianne, madre-hija, se halla en un punto intermedio de la serie, consciente de que un recuerdo al menos es ineludiblemente seguro, el día que señaló su propia consciencia de quién es ella y cómo vive.

Su padre no estaba enterrado en un camposanto expuesto al viento bajo árboles desnudos. Jack estaba en un nicho de mármol en lo alto de un muro en un mausoleo de las afueras de Boston con otros varios cientos, todos puestos en hileras, del suelo al techo.

Lianne se encontró con la nota necrológica una noche, hojeando un periódico de seis días atrás.

«Todos los días hay muertos», dijo Keith en una ocasión. «No es noticia.»

Ahora ya había vuelto a Las Vegas y ella estaba en la cama, pasando las páginas, leyendo las esquelas. La fuerza de esta necrológica le pasó inadvertida al principio. Un hombre llamado David Janiak, 39 años. El relato de su vida y muerte era breve y esquemático, escrito a toda prisa para entregarlo en fecha, pensó. Pensó que habría una crónica más completa en el periódico del día siguiente. No había foto, ni del hombre ni de los actos que durante cierto tiempo hicieron de él una figura tristemente célebre. Estos actos se recogían en una sola frase, donde se mencionaba que en vida había sido el artista callejero llamado el Hombre del Salto.

Dejó caer el periódico al suelo y apagó la luz. Quedó tendida en la cama, con dos almohadas bajo la nuca. Una alarma de coche empezó a sonar al final de la calle. Lianne apartó la almohada más alta y la soltó encima del periódico y luego volvió a tenderse, respirando regularmente, con los ojos todavía abiertos. Al cabo de un rato cerró los ojos. El sueño estaba allí, en algún sitio, sobre la curvatura de la tierra.

Esperó a que dejara de sonar la alarma. Cuando así fue encendió la luz y se levantó de la cama y fue al salón. Había una pila de periódicos viejos en la cesta de mimbre. Buscó el de cinco días atrás, que era el del día siguiente, pero no logró encontrarlo, ni en todo ni en parte, leído o sin leer. Se sentó en el sillón de al lado de la cesta esperando que algo ocurriera o dejara de ocurrir, un ruido, un ronroneo, un electrodoméstico, antes de trasladarse al cuarto contiguo en busca del ordenador.

La búsqueda avanzada quedó hecha en un instante. Ahí estaba, David Janiak, en imagen y por escrito.

Colgando del balcón de una vivienda de Central Park West.

Colgando del tejado de un edificio de *lofts* en la zona Williamsburg de Brooklyn.

Colgando del telar en Carnegie Hall durante un concierto, con la sección de cuerda dispersada.

Colgando sobre el East River del puente de Queensboro.

En el asiento trasero de un coche patrulla.

De pie en el pretil de una terraza.

Colgando del campanario de una iglesia del Bronx.

Muerto a los 39 años, al parecer por causas naturales.

Lo habían detenido en varias ocasiones por allanamiento de morada, imprudencia temeraria y alboroto. Le pegó una paliza un grupo de individuos frente a un bar de Queens.

Pinchó en el enlace a la transcripción de una mesa redonda celebrada en la New School. «El Hombre del Salto como exhibicionista empedernido o nuevo y valeroso cronista de la Era del Terror.»

Leyó unos cuantos comentarios y luego dejó de leer. Pinchó enlaces a páginas en ruso y otras lenguas eslavas. Se quedó un rato mirando el teclado.

Fotografiado con el arnés de seguridad, mientras un colega trata de protegerlo de la cámara.

Fotografiado con la cara ensangrentada en el vestíbulo de un hotel.

Colgando del antepecho de una casa de pisos de Chinatown.

Siempre se lanzaba de cabeza, nunca había comunicado previo. Los números no estaban pensados para que los recogiera un fotógrafo. Las fotos que hay fueron tomadas por personas que estaban allí por casualidad o por algún profesional al que hubiera avisado un transeúnte.

Estudió teatro e interpretación en el Institute for Advanced Theatre Training de Cambridge, Massachusetts. Durante su periodo de formación pasó tres meses en la Escuela de Teatro de Moscú.

Muerto a los 39 años. Nada que indicara juego sucio. Tenía una dolencia cardíaca y la tensión alta.

Trabajaba sin poleas, ni cables ni alambres. El arnés de seguridad solamente. Sin cable *bungee* que absorbiera el choque en las caídas largas. Sólo un entramado de correas bajo la camisa de vestir y el traje con un cabo que le asomaba por la pernera del pantalón y desde allí llegaba a la sujeción de lo alto.

Casi todos los cargos se le retiraron. Fue objeto de multas y amonestaciones.

Tropezó con otra ampliación en lenguas extranjeras, muchas palabras decoradas con acentos agudos, circunflejos y otras marcas cuyos nombres desconocía por completo.

Miraba la pantalla esperando que hubiera algún ruido en la calle, un coche frenando, una alarma, que la sacara de esa habitación y la devolviera a la cama.

Su hermano, Roman Janiak, ingeniero de *software*, lo ayudaba en casi todos los saltos, dejándose ver por los espectadores sólo cuando era inevitable. Según él, estaba prevista una última caída en la que no habría arnés.

Lianne pensó que así podría llamarse un naipe del tarot, el Hombre del Salto, el nombre en letra gótica, la figura recortándose en su caída, contorsionada, contra un proceloso cielo nocturno.

Hay cierto debate sobre el significado de la postura que adoptaba durante la caída, la postura que mantenía en suspensión. ¿Pretendía reflejar esta postura la de una persona concreta a la que fotografiaron cayendo de la torre norte del World Trade Center, en vertical, con la cabeza por delante, ambos brazos pegados al cuerpo, una rodilla doblada, un hombre puesto para siempre en caída libre contra el fondo amenazador del panel de columnas de la torre?

Caída libre es la caída de un hombre dentro de la atmósfera sin ningún dispositivo que lo retenga como por ejemplo un paracaídas. Es el movimiento ideal de caída de un cuerpo sujeto solamente al campo gravitatorio de la tierra.

No siguió leyendo pero en seguida supo a qué foto se refería la crónica. Había quedado muy impresionada al verla por primera vez, al día siguiente, en el periódico. El hombre cabeza abajo, las torres al fondo. La masa de las torres llenaba el encuadre de la foto. «El hombre cayendo, las torres al lado», pensó, «detrás de él». Los enormes trazados ascendentes, los paneles verticales de las columnas. «El hombre con sangre en la camisa», pensó, «o quemaduras, y el efecto de las columnas del fondo, la composición», pensó, «las tiras oscuras de la torre más cercana, la norte, las claras de la otra, y qué inmensidad, y el hombre colocado casi exactamente entre las filas verticales más oscuras y las más claras». «De cabeza, en caída libre», pensó, y esa foto le abrió un agujero en la mente y en el corazón, Dios del Cielo, era un ángel caído y su belleza era horrífica.

Un pinchazo más y ahí tenía la foto. Apartó los ojos, miró el teclado. Es el movimiento ideal de caída de un cuerpo.

Las conclusiones preliminares indican muerte por causas naturales, pero faltan la autopsia y el informe toxicológico. Padecía depresión crónica por culpa de una lesión de vértebras.

Si esta foto era un elemento de sus actuaciones en público fue algo que no dijo cuando le preguntaron los periodistas una de las veces en que lo detuvieron. Nada dijo cuando le preguntaron si había perdido a alguien cercano en los ataques. No tenía nada que comentar a los medios en ningún respecto.

Suspendido del pretil de un jardín de terraza en Tribeca.

Colgado de un puente peatonal sobre la FDR Drive.

EL ALCALDE AFIRMA QUE EL HOMBRE DEL SALTO
ES UN IDIOTA.

Rechazó la invitación de dejarse caer desde lo más alto del Museo Guggenheim a intervalos establecidos durante un periodo de tres semanas. Rechazó invitaciones a hablar en la Japan Society, la Biblioteca Pública de Nueva York y varias organizaciones culturales europeas.

Se afirmaba que sus caídas eran dolorosas y que implicaban un riesgo tremendo debido a lo rudimentario del equipo que utilizaba.

Su cuerpo fue hallado por su hermano, Roman Janiak, ingeniero de *software.* El informe de la oficina del forense del condado de Saginaw habla de un aparente fallo coronario, que deberá verificarse en pruebas posteriores.

Durante su periodo de formación asistió a clase seis días a la semana tanto en Cambridge como en Moscú. Los estudiantes de arte dramático montaron en Nueva York una función para directores de castin, directores artísticos, agentes, etcétera. David Janiak, en el papel de un enano brechtiano, atacó a otro actor con la aparente intención de arrancarle la lengua a tirones durante una supuesta improvisación estructurada.

Siguió pinchando enlaces. Trataba de hallar la relación entre este hombre y el momento que ella vivió bajo el puente del tren elevado, hacía ya casi tres años, observando a una persona que se disponía a lanzarse desde una plataforma de mantenimiento mientras pasaba el tren. No había fotos de ese salto. Era ella la foto, la superficie fotosensible. Ese cuerpo sin nombre, cayendo, era a ella a quien le tocaba recordarlo y asimilarlo.

A principios de 2003 fue reduciendo el número de actuaciones y tendía a mostrarse sólo en partes remotas de la ciudad. Luego cesaron las actuaciones.

En uno de los saltos se produjo una lesión de espalda tan grave que tuvieron que hospitalizarlo. La policía fue a detenerlo al hospital por obstrucción del tráfico de vehículos y por crear situaciones de riesgo potencial que implicaban delito.

Los planes del último salto en fecha indeterminada no preveían el empleo del arnés, según su hermano Roman Janiak, de 44 años, que habló con un periodista poco después de haber identificado el cadáver.

Los alumnos del instituto crean su propio vocabulario de movimientos y su propio programa de formación permanente que seguirán durante toda su carrera profesional. El ejercicio psicofísico forma parte de sus estudios, como la biomecánica de Meyerhold, el sistema Grotowski, el sistema de plasticidad de Vakhtangov, la acrobacia individual y acompañada, la danza clásica e histórica, las investigaciones en el campo de los estilos y los géneros, la eurítmica de Dalcroze, el trabajo por impulso, el movimiento lento, la esgrima, el combate en escena con armas y sin armas.

No se sabe ahora mismo qué llevó a David Janiak a un motel de las afueras de una pequeña localidad situada a más de ochocientos kilómetros de donde se alzaba el World Trade Center.

Lianne miraba el teclado. Aquel hombre se le escapaba. Lo único que sabía era lo que había visto y sentido aquel día junto al patio del colegio, un chico botando una pelota de baloncesto y un profesor con un silbato colgando de un cordón. Podía creer que conocía a esas personas, y a todas las demás que había visto y oído aquella tarde, pero no al hombre que se alzaba por encima de su cabeza, minucioso y amenazador.

Al final se fue a la cama y se quedó dormida en el lado de su marido.

14

Había raros momentos entre mano y mano en que permanecía sentado y escuchaba los sonidos de su entorno. Nunca dejaba de sorprenderlo el esfuerzo que requiere oír lo que siempre está ahí. Las fichas estaban ahí. Detrás del ruido ambiental y de las voces no localizadas, estaba el sonido de las fichas lanzadas, rastrilladas, cuarenta o cincuenta mesas de gente amontonando fichas, de dedos leyendo y contando, equilibrando las pirlas, fichas de arcilla con los bordes suaves, frotándolas, deslizándolas, entrechocándolas, días y noches de siseo distante, como una fricción de insectos.

Estaba encajando en algo que había sido hecho a su medida. Nunca era más él mismo que en aquellos salones, con el repartidor anunciando una vacante en la mesa diecisiete. Miraba los *pocket tens*, esperando la última. Éstos eran los momentos en que no había nada fuera, ningún destello de historia ni de memoria que él pudiera invocar sin querer en el desarrollo normal de las cartas.

Recorrió el ancho pasillo oyendo el murmullo de los *stickmen* en las mesas de dados, de vez en cuando un grito procedente de la sala de apuestas diversas. A veces un huésped del hotel arrastrando su maleta de ruedas pasaba por allí, más perdido que en Swazilandia. En las horas libres hablaba con las repartidoras ante las mesas de *blackjack* vacías, siempre mujeres, esperando en alguna zona de sensación expurgada. Podía darse el caso de que jugara un poco, se sentaba, hablaba, poniendo especial cuidado en no interesarse en la mujer como tal, sólo en la conversación, fragmentos de vida exterior, problemas con el coche, las clases de equitación de su hija Nadia. En cierto modo, formaba parte del personal del casino, estaba pasando un rato agradable de charla antes de reincorporarse a la acción.

Todos quedarán planchados al final de la noche, ganen o pierdan, pero eso era parte del proceso, la cuarta carta común, la *turn card,* la última carta, la *river card,* la mujer del parpadeo. Los días se desdibujan, la noche se arrastra, verla y subir, despertarse y dormir. La mujer del parpadeo desapareció un día y nunca más se supo. Era aire rancio. Keith no era capaz de situarla en ningún otro lugar, en una parada de autobús, en un centro comercial, y no veía motivo para intentarlo.

Se preguntaba si no estaría convirtiéndose en una especie de mecanismo autorregulado, igual que un robot humanoide que comprende doscientas órdenes de voz, que ve a larga distancia, que es sensible al tacto, pero total y rígidamente controlable.

Está calculando un *medium-ace* al otro lado de la mesa, el tipo de las gafas reflectantes.

O un perro robot con sensores infrarrojos y botón de pausa, sometido a setenta y cinco órdenes de voz.

Levantarse antes del fracaso. Pegar pronto y duro.

No había centro de *fitness* en el hotel. Localizó un

gimnasio a no mucha distancia y entrenaba cuando tenía tiempo. Nadie utilizaba la máquina de remar. A él no le gustaba un pelo, lo ponía de mal humor, pero notó la intensidad del ejercicio, la necesidad de halar y tensar, de disponer el cuerpo contra un mecanismo de castigo hecho de acero y cables tan estúpida como lustrosa.

Alquiló un coche y dio una vuelta por el desierto, inició el regreso cuando ya se había puesto el sol y luego subió a una elevación que en seguida se allanaba. Le llevó un momento comprender qué estaba viendo, a muchos kilómetros, la ciudad flotando en la noche, una febril extensión de luz tan rápida e inexplicable que parecía una especie de delirio. Se preguntó que cómo era que nunca se había imaginado a sí mismo en medio de semejante cosa, viviendo allí más o menos. Vivía en habitaciones, por eso era. Vivía y trabajaba en esta o aquella habitación. Sólo se movía marginalmente, de habitación en habitación. Utilizaba taxis para ir y volver a la calle del centro en que estaba situado su hotel, un lugar sin mosaico en el suelo y con toalleros calefactados, y hasta ahora no se había dado cuenta, mirando esa vasta franja de desierto de neón tembloroso, de la vida tan extraña que llevaba. Pero sólo desde aquí, a buena distancia. Dentro de la cosa misma, de cerca, en los ojos fijados alrededor de la mesa, no había nada que no fuera normal.

Estaba evitando a Terry Cheng. No quería decirle nada, ni escucharle nada, ni quedarse mirando como ardía su cigarrillo en el cenicero.

No le entró la jota de la suerte.

Keith no prestaba atención a lo que se decía a su alrededor, el brote incidental de diálogo entre jugador y jugador. Una baraja nueva subió a la mesa. A veces lo destripaba la fatiga, reduciéndolo a un estado casi ferino, barriendo la mesa con los ojos antes de que las cartas estuvieran repartidas.

Pensaba en Florence Givens casi a diario. Seguía haciéndolo, casi todos los días, como hoy, en el taxi, mientras miraba un cartel publicitario. Nunca la había llamado. Nunca se le pasó por la cabeza volver a cruzar el parque para verla, charlar un rato, preguntarle cómo le iba. Pensaba en ello de un modo remoto, como en un paisaje, como cuando pensamos en volver a la casa donde nos criamos y pasear por los senderos del paisaje y cruzar la alta pradera, la típica cosa que no haremos nunca y lo sabemos.

Contaba en última instancia lo que él era, no la suerte ni la pura habilidad. Era fortaleza mental, inteligencia afilada, pero no sólo eso. Había algo más difícil de nombrar, una estrechez de necesidad o de deseo, o cómo el carácter de un hombre determina su línea de visión. Estas cosas lo harían ganar pero no demasiado, no ganancias de tales proporciones que lo llevaran a enfundarse en la piel de otro.

Ha vuelto el enano, Carlo, y Keith se alegra de ver esto, de ver cómo ese hombre ocupa su asiento a dos o tres mesas de él. Pero no recorre con la vista el recinto para localizar a Terry Cheng y así permitirse un intercambio de sonrisas torvas.

Hombres con bostezos estilizados y los brazos en alto, hombres mirando fijamente el espacio muerto.

Terry podía estar en Santa Fe o Sydney o Dallas. Terry podía estar muerto en su habitación. A Terry le llevó dos semanas comprender que el accesorio que había en un extremo de la pared de la alargada habitación, con las indicaciones LIGERA y GRUESA, servía para abrir y cerrar independientemente las cortinas del otro extremo de la habitación, una interior, fina, y otra exterior, más gruesa. Terry intentó en una ocasión abrirlas a mano y en ese momento comprendió que daba igual cerradas que abiertas. Nada había ahí fuera que él necesitara saber.

Nunca llegó a hablarle a Lianne de las travesías del parque. Su experiencia con Florence fue breve, quizá cuatro o cinco encuentros en un periodo de quince días. ¿Es posible? ¿Sólo eso? Trató de contar las veces, metido en un taxi ante un semáforo, mirando un cartel publicitario. Todo discurría al mismo tiempo ahora, con sólo un leve toque de sentimiento y permanencia. La vio en la torre como ella lo había descrito, a marchas forzadas por las escaleras, y Keith a veces creía verse a sí mismo, en momentos sueltos, sin forma, falso recuerdo o demasiado distorsionado y pasajero para ser falso.

El dinero importaba pero no mucho. El juego importaba, el tacto del tapete bajo las manos, el modo en que el repartidor quema la primera carta, sirve la siguiente. No jugaba por dinero. No jugaba por las fichas. El valor de cada ficha sólo tenía un significado nebuloso. Era el propio disco lo que contaba, el propio color. Estaba el hombre que se reía en la otra punta de la sala. Estaba el hecho de que todos morirían algún día. Le gustaba recoger las fichas y apilarlas. El juego importaba, ir apilando fichas, el ojo importaba, el juego y la danza de la mano y el ojo. Él era idéntico a estas cosas.

Puso el nivel de resistencia muy alto. Aplicaba mucha fuerza, con los brazos y con las piernas pero sobre todo con las piernas, tratando de no dejar caer los hombros, detestando cada golpe de remo. A veces no había nadie más, en todo caso alguien en la cinta rodante mirando la tele. Siempre utilizaba el aparato de remos. Remaba y se duchaba y las duchas olían a moho. Dejó de ir al cabo de un tiempo pero luego volvió, puso el nivel de resistencia todavía más alto, y sólo una vez se preguntó por qué era ésta una cosa que tenía que hacer.

Iba buscando un *five-deuce off-suit.* Por un momento pensó que podía levantarse y marcharse. Pensó que podía salir de allí y subirse al primer avión, hacer el equipaje y adelante, coger ventanilla y bajar la cortina y quedarse dormido. Dejó las cartas y se recostó en el asiento. Para cuando subió una nueva baraja él ya estaba otra vez dispuesto a jugar.

Cuarenta mesas, nueve jugadores por mesa, otros esperando detrás de la barandilla, pantallas en la parte de arriba de tres paredes con fútbol y béisbol, estrictamente ambiental.

LIGERA y GRUESA.

No quería escuchar a Terry Cheng ejerciendo su facilidad de palabra, en su nueva caracterización, parloteando junto a la cascada azul, tres años después de los aviones.

Viejos con la cara resquebrajada, los párpados echados. ¿Los reconocería si los viese en algún restaurante, desayunando en la mesa de al lado? Dilatadas vidas de emociones de repuesto, palabras todavía más de repuesto, igualar la puesta, ver la subida, dos o tres caras así todos los días, hombres casi imperceptibles. Pero le daban al juego su nicho en el tiempo, dentro de la sabiduría popular de cara de póquer y mano de la muerte, y una ráfaga de autoestima.

La cascada era azul ahora, o quizá siempre lo fuese, o era otra cascada de otro hotel.

Tienes que romper la estructura de mampostería del propio hábito sólo para hacerte escuchar. Aquí está, el tintineo de las fichas, lanzarlas y desperdigarlas, jugadores y repartidores, amontonarlas o apilarlas, un ligero sonido repicante tan nativo de la ocasión que queda fuera del entorno auditivo, en su propia corriente de aire, y nadie lo oye más que tú.

Ahí está Terry arrastrándose por un pasillo lateral a las tres de la madrugada y apenas se miran y Terry Cheng dice:

—Tengo que volver al ataúd antes de que salga el sol.

La mujer de dondequiera que sea, con su gorra negra de cuero, Bangkok o Singapur o Los Ángeles. Lleva la gorra ligeramente ladeada y Keith sabe que están todos tan neutralizados por la sostenida pulsión de verlo o no ir que hay muy poca actividad, en todas las mesas, en lo tocante al arte popular del polvo de fantasía.

Una noche estaba en su habitación haciendo los antiguos ejercicios, el antiguo programa de rehabilitación, vuelta de muñeca hacia el suelo, vuelta de muñeca hacia el techo. El servicio de habitaciones terminaba a las doce. A esa hora, el televisor ofrecía películas de porno blando con mujeres desnudas y hombres sin pene. Keith no estaba ni perdido ni aburrido ni loco. El torneo del jueves empezaba a las tres, inscripciones a mediodía. El torneo del viernes empezaba a mediodía, inscripciones a las nueve.

Estaba convirtiéndose en el aire que respiraba. Se movía dentro de una ola de ruido y palabras amoldada a su forma. Mirar el as-reina debajo del pulgar. A lo largo de los pasillos, el claqué de las ruletas. Se sentó en la sala de apuestas diversas sin fijarse en los tanteos ni en las probabilidades ni en los cuadros de puntuación.

Miró a las mujeres con minifalda que servían las copas. Fuera en el Strip un calor muerto y pesado. Estuvo ocho o nueve manos pasando. Se quedó un rato delante de la tienda de ropa deportiva preguntándose qué podía comprarle al chico. No había ni días ni horas excepto los horarios de los torneos. No estaba ganando el dinero suficiente como para justificar esta vida desde el punto de vista práctico. Pero no existía tal necesidad. Debería haber existido pero no existía y ésa era la cuestión. La cuestión estribaba en la invalidación. Ninguna otra cosa era aplicable. Sólo esto tenía fuerza vinculante. Pasó otras seis manos, luego echó el resto. Hacerlos sangrar. Hacerlos derramar su preciosa sangre de perdedores.

Éstos eran los días de después, y ahora los años, mil sueños levantándose, el hombre atrapado, las extremidades fijas, el sueño de la parálisis, el hombre con la boca abierta, el sueño de la asfixia, el sueño del desamparo.

Una nueva baraja apareció encima de la mesa.

La fortuna ayuda a los valientes. No conocía el original latino de este viejo adagio y qué vergüenza. Esto es lo que siempre le había faltado, el toque de erudición inesperada.

Era una niña, siempre hija, y su padre se estaba tomando un martini de Tanqueray. Le había pedido que añadiera un toque de limón, instruyéndola de un modo tan detallado que resultaba cómico. La existencia humana, ése era su tema esta noche, en el porche de una destartalada casa propiedad de alguien de Nantucket. Cinco adultos, la niña en los márgenes. La existencia humana tenía que poseer una fuente más profunda que nuestros propios fluidos malsanos. Malsanos o rancios. Tenía que haber una fuerza detrás, un ser principal que ha sido y es y siempre será. A Lianne le gustaba el sonido de esas palabras, como una salmodia, y pensó en ello ahora, sola, con su café y su tostada, y en algo más también, la existencia que canturreaba en las propias palabras, ha sido y es, y en cómo el viento helado moría al caer la noche.

La gente se había puesto a leer el Corán. Sabía de tres personas que estaban haciéndolo. Con dos de ellas había hablado y conocía de oídas a la tercera. Se habían comprado traducciones al inglés del Corán y estaban intentando muy en serio aprender algo, descubrir algo que pudiera ayudarlos a pensar más profundamente en la cuestión del islam. A Lianne no le constaba que aún persistieran en el esfuerzo. Se podía imaginar a sí misma haciendo eso, la decidida acción que flota hasta trocarse en gesto vacío. Pero tal vez sí que persistieran. Eran personas serias quizá. Conocía a dos de ellas, pero no muy bien. Uno era médico y recitó la primera aleya del Corán en su consulta:

*Este libro no da lugar a ninguna duda.**

Ella ponía las cosas en duda, tenía sus dudas. Dio un largo paseo cierto día, por el Uptown, hasta East Harlem. Echaba de menos el grupo, la risa y las charlas quitándose la palabra unos a otros, pero sabiendo en todo momento que aquello no era un simple paseo, cosa de viejos tiempos y lugares. Recordó el resuelto

* Todas las azoras del Corán empiezan con «En el nombre de Dios clemente y misericordioso». El autor se refiere a la aleya segunda de la primera azora, que literalmente dice: «Esta escritura divina —sin lugar a duda— es una guía para todos los que conocen a Al-lah.»

chist que caía sobre la habitación cuando los participantes empuñaban la pluma y se ponían a escribir, ajenos al clamor que los rodeaba, raperos en el vestíbulo, apenas en edad de ir al instituto, puliendo las letras, u obreros con taladradoras y martillos en el piso de arriba. Estaba aquí buscando algo, una iglesia, cerca del centro comunitario, católica, creía, y bien podía ser la iglesia que frecuentaba Rosellen S. No estaba segura, pero pensó que podía ser, la hizo ser, dijo que era. Echaba de menos las caras. «Tu cara es tu vida», le dijo su madre. Echaba de menos esas voces francas que empezaban a distorsionarse y perder color, esas vidas que decrecían hasta el susurro.

Su morfología era normal. Le encantaba la palabra. Pero ¿qué hay dentro de la forma y la estructura? Esta mente y esta alma, suyas y de todos, siguen soñando hacia algo inalcanzable. ¿Quiere ello decir que hay algo ahí fuera, en los límites de la materia y la energía, una fuerza en cierto modo responsable de la propia naturaleza, de la vibración de nuestras vidas desde la mente hacia el exterior, la mente en pequeños parpadeos de paloma que extienden el plano del ser, mucho más allá de toda lógica y de toda intuición?

Quería no creer. Era una infiel, por expresarlo en la jerga geopolítica vigente. Recordó que a su padre se le ponía la cara brillante y roja, como vibrando por acción de la corriente eléctrica, tras un día al sol. «Mira en derredor, lejos, a lo alto, el océano, el cielo, la noche», y Lianne pensaba en ello, delante de su café y su tostada, en que su padre creía que Dios inculcaba tiempo y espacio en el ser puro, hacía que las estrellas dieran luz. Jack era arquitecto, artista, un hombre triste, pensó, durante gran parte de su vida, y era el tipo de tristeza que añora algo intangible y vasto, el único solaz que habría podido disolver su mísero infortunio.

Pero qué majadería, verdad, los cielos de la noche y las estrellas inspiradas por Dios. Las estrellas generan su propia luz. El sol es una estrella. Pensó en Justin anteanoche, cantando sus deberes. Ello significaba que se aburría, solo, en su habitación, componiendo monótonas canciones de sumar y restar, de presidentes y vicepresidentes.

Otros leían el Corán, ella iba a la iglesia. Se trasladaba en taxi al Uptown, entre semana, dos o tres veces a la semana, y se sentaba en la iglesia casi vacía, la iglesia de Rosellen. Seguía a los demás cuando se levantaban y se arrodillaban y observaba al cura celebrar la misa, pan y vino, y cuerpo y sangre. No creía en eso, en la transubstanciación, pero creía en algo, temerosa en parte de que ese algo la ocupara.

Corría a lo largo del río, con la luz tempranera, antes de que el chico se despertara. Pensó en entrenarse para la maratón, no la de este año, la del siguiente, el dolor y la dureza de la prueba, la larga distancia considerada como esfuerzo espiritual.

Pensó en Keith con una prostituta en la habitación, practicando el sexo de cajero automático.

Después de misa trató de atrapar un taxi. Los taxis escaseaban por aquí y el autobús tardaba una eternidad y para el metro aún no estaba preparada.

Este libro no da lugar a ninguna duda.

Ella estaba atrapada en sus dudas pero le gustaba sentarse en la iglesia. Iba temprano, antes de misa, para estar sola un rato, para sentir la calma que caracteriza una presencia ajena a los *riffs* incesantes de la mente en estado de vigilia. No era nada divino lo que percibía, sino la sensación de los demás. Los demás nos acercan. La iglesia nos acerca. ¿Qué sentía aquí? Sentía a los muertos, los suyos y los desconocidos. Esto era lo que siempre había sentido en las iglesias, en las infladas catedrales europeas, en las pequeñas parroquias como ésta. Sentía a los muertos en las paredes, por los decenios y los siglos. No había en ello ningún escalofrío de desánimo. Era una confortación, sentir su presencia, la de los muertos a quienes había querido y las de todos los demás sin rostro con los que podrían llenarse mil iglesias. Aportaban intimidad y alivio, las ruinas humanas que yacen en las criptas y cámaras o enterradas en los camposantos que rodean las iglesias. Tomó asiento y esperó. Pronto vendría alguien y pasaría junto a ella hacia el fondo de la nave. Lianne siempre llegaba la primera, siempre se sentaba al fondo, respirando a los muertos en las velas y el incienso.

Pensó en Keith y él a continuación la llamó por teléfono. Le dijo que se lo había montado para pasar unos días en casa a partir de la semana que viene, más o menos, y ella dijo vale, bien.

Vio el gris que empezaba a trasminar su pelo cerca de las raíces. No pensaba teñírselo. Dios, pensó. ¿Qué significado tiene decir esa palabra? ¿Nacemos con Dios? Si nunca oímos la palabra ni observamos el ceremonial, ¿sentimos el aliento vivo en nuestro interior, en las ondas cerebrales o en los latidos del corazón?

Su madre tenía una guedeja de canas al final, el cuerpo roto poco a poco, perseguido por los ataques, sangre en los ojos. Estaba derivando hacia la vida del espíritu. Era ya una mujer espiritual, a duras penas capaz de emitir un sonido que pudiera pasar por palabra. Permanecía tendida en la cama, encogida, todo lo que quedaba de ella enmarcado en el largo pelo liso, escarchado de blanco cuando le daba la luz, bello y etéreo.

Permanecía en la iglesia vacía esperando la llegada de la embarazada o tal vez del anciano que siempre la saludaba con una inclinación de cabeza. Una mujer, luego la otra, o una mujer y luego el hombre. Tenían una pauta establecida, los tres, o casi, y luego llegaban los demás y empezaba la misa.

Pero ¿no es el propio mundo lo que te conduce a Dios? La belleza, el desconsuelo, el terror, el desierto vacío, las cantatas de Bach. Los demás te acercan, la iglesia te acerca, las vidrieras de la iglesia, los pigmentos inherentes al vidrio, los óxidos metálicos fundidos con el cristal, Dios de barro y piedra, o ¿hablaba por hablar, consigo misma, para pasar el rato?

Regresaba a casa a pie desde la iglesia cuando había tiempo pero en caso contrario intentaba coger un taxi, intentaba hablar con el taxista, que estaba en la duodécima hora de su turno y lo único que quería era terminar sin morirse.

Se mantenía apartada del metro, aún, y nunca dejaba de fijarse en los muros de cemento del exterior de las estaciones y otros objetivos posibles.

Corría por la mañana temprano y volvía a casa y se desnudaba y se duchaba. Dios iba a consumirla. Dios iba a descrearla y ella era demasiado pequeña y mansa como para ofrecer resistencia. Por eso estaba resistiéndose ahora. Porque piénsalo. Porque una vez que te crees una cosa así, una cosa como Dios, ¿cómo podemos escapar, como podemos sobrevivir a su poder, que es y ha sido y será?

Estaba sentado a la mesa, frente a la polvorienta ventana. Apoyó el antebrazo izquierdo a lo largo del borde, hasta quedar con la mano colgando por fuera. Era el décimo día de estiramientos de muñeca dos veces al día, de desviaciones cubitales. Contaba los días, las veces por día.

No había problemas con la muñeca. La muñeca estaba bien. Pero estaba ahí sentado, en la habitación del hotel, de cara a la ventana, con la mano hecha un puño blando, con el pulgar hacia arriba en ciertos movimientos. Recordaba frases del pliego de instrucciones y las recitaba quedamente, trabajando las formas de la mano, la inclinación de la muñeca hacia el suelo, la inclinación de la muñeca hacia el techo. Utilizaba la mano no afectada para aplicar presión en la mano afectada.

Estaba profundamente concentrado. Recordaba los pasos, uno por uno, y el número de segundos que correspondía a cada cual, y el número de repeticiones. Con la palma hacia abajo, tuerza la muñeca hacia el suelo. Apoyando lateralmente el antebrazo, tuerza la muñeca hacia el suelo. Hizo las flexiones de muñeca, las desviaciones cubitales.

Sin falta por la mañana, por la noche cuando volvía. Miraba el cristal polvoriento, recitando fragmentos del pliego de instrucciones. Mantenga la posición hasta contar cinco. Repítalo diez veces. Hacía el programa entero cada vez, la mano levantada, el antebrazo plano, la mano hacia abajo, el antebrazo en posición lateral, reduciendo el ritmo ligeramente, del día a la noche y luego otra vez al día siguiente, alargándolo, haciéndolo durar. Contaba los segundos, contaba las repeticiones.

Había nueve personas en misa hoy. Los veía sentarse y arrodillarse y hacía ella lo mismo pero no le salían las respuestas que los feligreses daban a las palabras litúrgicas que el sacerdote iba diciendo.

Pensó que la posible presencia de Dios en lo alto era lo que creaba la soledad y la duda en el alma y también pensó que Dios era la cosa, la entidad existente fuera del espacio y del tiempo que resolvía esta duda en el poder tonal de una palabra, una voz.

Dios es la voz que dice: «No estoy aquí.»

Discutía consigo misma pero no era una discusión, sólo ruidos que el cerebro produce.

Su morfología era normal. Luego una noche ya tarde, desnudándose, se sacó una camiseta verde y limpia por la cabeza y no fue sudor lo que olió o quizá sólo un atisbo pero no el mal olor agrio de después de las carreras matinales. Era sencillamente ella, el cuerpo entero y verdadero. Era el cuerpo y todo lo que acarreaba, por dentro y por fuera, la identidad y la memoria y el calor humano. Ni siquiera llegaba a ser tanto un olor como algo que ya sabía. Era algo que siempre había sabido. La niña estaba ahí dentro, la chica que quería ser otras personas, y cosas oscuras que no podía nombrar. Fue un pequeño momento, que ya estaba quedando atrás, el típico momento que siempre está a pocos segundos del olvido.

Estaba lista para quedarse sola, en calma confiable, ella y el chico, igual que estaban antes de que los aviones aparecieran aquel día, plata surcando el azul.

EN EL CORREDOR DEL HUDSON

El avión estaba ya bajo control y él ocupó el asiento plegable de enfrente de la galería delantera, vigilando. Tenía un doble cometido: vigilar desde esta posición, junto a la cabina, o patrullar por el pasillo con el cúter en la mano. No estaba confundido, sólo estaba recuperando el aliento, tomándose un momento. Entonces fue cuando notó una sensación en la parte de arriba del brazo, el fino dolor, como un respingo, de la piel hendida.

Tenía una mampara delante y el WC a su espalda, sólo primera clase.

El aire estaba impregnado de Mace* que él mismo había vaporizado y había sangre de alguien, su sangre, corriendo por el puño de su camisa de manga larga. Era su sangre. No buscó el origen de la herida pero vio que había más sangre empezando a calarle la camisa cerca del hombro. Pensó que quizá el dolor estuviera allí des-

* El Mace es un gas lacrimógeno. Según los informes oficiales, los terroristas del Vuelo 11 de American Airlines lo utilizaron para impedir que los pasajeros entrasen en la zona de primera clase.

de antes pero que sólo ahora se acordaba de sentirlo. No sabía dónde estaba el cúter.

Si lo demás iba normalmente, según él había entendido el plan, la aeronave tenía puesto rumbo al corredor del Hudson. Ésta era la frase que le había oído decir a Amir varias veces. No había ventana por la que pudiese mirar sin levantarse del asiento y no vio necesidad de hacerlo.

Tenía puesto el teléfono móvil en vibración.

Todo estaba quieto. No había sensación de vuelo. Oía ruido pero no percibía movimiento y el ruido era de los que todo lo ocupan y parecen completamente naturales, todos los motores y sistemas pasando a formar parte del propio ambiente.

Olvídate del mundo. No tengas en consideración esa cosa llamada el mundo.

Todo el tiempo perdido de la vida se ha terminado ya.

Esto es lo que tanto tiempo llevabas anhelando, morir con tus hermanos.

La respiración le venía en estallidos breves. Le quemaban los ojos. Cuando miró a la izquierda, sólo a medias, vio un asiento vacío en la cabina de primera clase, en el pasillo. Justo delante de él, la mampara. Pero había una visión, había una escena claramente imaginable que procedía de su nuca.

No sabía cómo se había cortado. Tenía que haber sido uno de sus hermanos, quién si no, accidentalmente, en la lucha, y dio la bienvenida a la sangre pero no al dolor, que se estaba haciendo difícil de soportar. A continuación recordó algo que tenía olvidado desde hacía tiempo. Recordó a los muchachos shiíes que combatieron en el Shatt al-Arab. Los vio salir de las trincheras y reductos y echar a correr por la marisma en dirección a las posiciones enemigas, con las bocas abiertas en un grito mortal. Tomó fuerzas de ello, viéndolos segados en oleadas por las ametralladoras, centenares de muchachos, luego miles, brigadas suicidas, con pañuelos rojos al cuello y llaves de plástico para abrir las puertas del paraíso.

Recita las palabras sagradas.

Cíñete las vestiduras.

Mantén la vista fija.

Lleva el alma en la mano.

Tenía el convencimiento de que podía ver las torres a pesar de que estaba de espaldas a ellas. No conocía la localización de la aeronave pero creía firmemente que podía ver en línea recta por la nuca y atravesar el acero y el aluminio de la aeronave y percibir cómo se iban acercando esas alargadas siluetas, esas formas, esas figuras, las cosas materiales.

Los antepasados piadosos siempre se habían ceñido las vestiduras antes de entrar en combate. Ellos fueron quienes pusieron nombre al camino. ¿Acaso cabría muerte mejor?

Todos los pecados de la vida te son perdonados en los próximos segundos.

No hay nada entre la vida eterna y tú en los próximos segundos.

Deseas la muerte y aquí está en los próximos segundos.

Se puso a vibrar. No sabía si era el movimiento del aparato o el suyo propio. Se meció en el asiento, por el dolor. Oyó sonidos procedentes de algún lugar de la cabina. El dolor era más fuerte ahora. Oyó voces, gritos excitados procedentes quizá de la cabina, no estaba seguro. Algo cayó de una repisa en la galería.

Se abrochó el cinturón de seguridad.

Una botella cayó de la repisa en la galería, al otro lado del pasillo, y se quedó mirando cómo rodaba de aquí para allá, una botella de agua, vacía, trazando un arco en una dirección y luego volviendo en la dirección opuesta, y vio que rodaba con más rapidez y que luego brincaba en el suelo una fracción de segundo antes de que la aeronave chocara con la torre, calor, luego carburante, luego fuego y atravesó la estructura una ola de choque que tiró a Keith Neudecker de su sillón y lo lanzó contra la pared. Se encontró golpeándose contra una pared. No soltó el teléfono hasta que chocó con la pared. El suelo empezó a deslizársele debajo y perdió el equilibrio y resbaló por la pared hasta caer al suelo.

Vio una silla rebotar pasillo abajo, a cámara lenta. Creyó ver que el techo se ondulaba, se ondulaba y se empandaba hacia arriba. Se cubrió la cabeza con las manos y se sentó con las rodillas levantadas y la cara metida entre ellas como una cuña. Era consciente de los desplazamientos amplios y de otras cosas más pequeñas, no vistas, objetos que iban a la deriva y patinaban, y sonidos que no eran ni una cosa ni otra sino sólo sonidos, un cambio en la disposición básica de las partes y los elementos.

El movimiento estaba debajo de él y luego en su alrededor, masivo, algo jamás soñado. Era la torre que se tambaleaba. Lo comprendía ahora. La torre inició una larga oscilación hacia la izquierda y Keith levantó la cabeza. Sacó la cabeza de entre las rodillas para escuchar. Trató de permanecer absolutamente inmóvil e intentó respirar e intentó escuchar. A la puerta del despacho, por fuera, creyó ver a un hombre arrodillado en la primera oleada pálida de humo y polvo, una figura profundamente concentrada, con la cabeza levantada, la chaqueta a medio quitar, colgándole de un hombro.

Al cabo de un instante notó que la torre dejaba de inclinarse. La inclinación le pareció eterna e imposible y permaneció sentado y escuchando y al cabo de un rato la torre inició el lento regreso a su posición original. No sabía dónde estaba el teléfono, pero oía una voz al otro lado del hilo, todavía allí, en alguna parte. Vio que el techo empezaba a ondularse. El olor a algo conocido estaba por todas partes pero no supo qué podía ser.

Cuando la torre al fin recuperó su posición vertical Keith se levantó del suelo y se dirigió a la puerta. El techo del final del pasillo se abrió con un quejido. La tensión fue audible y luego se abrió, cayeron objetos, paneles y tableros de separación. El polvo de yeso llenó la zona y se oían voces por el pasillo. Keith iba perdiendo las cosas según ocurrían. Sintió que las cosas llegaban y se iban.

El hombre seguía allí, de rodillas ante la puerta del despacho de enfrente, ensimismado en alguna reflexión, con sangre en la camisa. Era un cliente, o un asesor legal y Keith lo conocía de algo y cruzaron una mirada. Qué podía significar, esa mirada. Había gente gritando por el pasillo. Cogió su chaqueta de la puerta. Introdujo la mano detrás de la puerta y descolgó su chaqueta del gancho, sin saber muy bien por qué lo hacía pero sin sentirse estúpido por ello, olvidando sentirse estúpido.

Echó a andar por el recibidor, poniéndose la chaqueta. Había personas desplazándose hacia las salidas, en la otra dirección, desplazándose, tosiendo, ayudando a otros. Iban pisando escombros, en sus rostros se leía la urgencia más extremada. Esto era lo que todos los rostros sabían bien, la distancia que tendrían que cubrir hasta llegar a ras de calle. Le hablaron, un par de ellos, y él les dijo que sí con la cabeza, o no. Le hablaban y lo miraban. Keith era el tipo que había creído obligatorio llevar chaqueta, el tipo que iba en dirección contraria.

Era a combustible a lo que olía y ahora lo identificó, rezumando desde los pisos superiores. Llegó al despacho de Rumsey al final del vestíbulo. Tuvo que trepar para meterse. Trepó por encima de sillas y libros desparramados y un archivador volcado. Vio bastidores desnudos, armaduras de sujeción, donde antes estaba el techo. El tazón de café de Rumsey seguía en sus manos, roto. Rumsey aún sostenía un fragmento por el asa.

Sólo que no se parecía a Rumsey. Estaba en su sillón, con la cabeza ladeada. Lo había golpeado algo muy grande y duro al desplomarse el techo o incluso antes, en el primer espasmo. Tenía la cara apretada contra el hombro, algo de sangre, no mucha.

Keith le habló.

Se acuclilló a un lado y le cogió la mano y lo miró, hablándole. Algo salió babeando de la comisura de la boca de Rumsey, como bilis. ¿A qué se parece la bilis? Vio la marca en su cabeza, una mella, una marca de gubia, profunda, que dejaba al descubierto la carne y el nervio.

El despacho era pequeño y provisional, un cubículo encajado en un rincón, con una limitada vista del cielo mañanero. Keith percibió la proximidad de los muertos. Sintió esto, dentro del polvo en suspensión.

Observó que el hombre respiraba. Estaba respirando. Tenía el aspecto de alguien que estuviera paralítico para siempre, nacido así, la cabeza torcida contra el hombro, atado a una silla día y noche.

Había fuego arriba en alguna parte, carburante en

llamas, humo saliendo por el conducto de ventilación, luego humo delante de la ventana, arrastrándose hacia abajo por la superficie del edificio.

Enderezó el dedo índice de Rumsey y retiró el tazón roto.

Se puso en pie y miró al otro. Le habló. Le explicó que no podía trasladarlo en el sillón, aunque éste tuviera pequeñas ruedas, porque había escombros por todas partes, hablaba de prisa, escombros bloqueando la puerta y el pasillo, hablando de prisa para lograr que el otro pensara del mismo modo.

Las cosas comenzaron a caerse, una cosa y luego otra, una por una al principio, cayendo por la apertura del techo, y trató de levantar a Rumsey de la silla. Luego algo por fuera, algo que pasó por delante de la ventana. Algo pasó por delante de la ventana, luego lo vio él. Primero fue un visto y no visto, y luego lo percibió y tuvo que quedarse un momento mirando la nada, sujetando a Rumsey por las axilas.

No podía dejar de verlo, a seis o siete metros, un instante, algo pasando de refilón por delante de la ventana, camisa blanca, la mano levantada, cayendo antes de que él lo viera. Ahora llegaban racimos de cascotes. Había ecos que resonaban por los pisos inferiores y cables que le azotaban la cara y polvareda blanca por todas partes. Lo aguantó en pie, sujetando a Rumsey. La partición de cristal se hizo añicos. Algo cayó y hubo un ruido y antes de partirse tembló el cristal y tras él cedió la pared.

Le llevó cierto tiempo recuperarse y salir. Notaba en la cara cien puntazos ardientes y era difícil respirar. Localizó a Rumsey en el humo y el polvo, bocabajo sobre los cascotes y sangrando malamente. Trató de levantarlo para darle la vuelta y se encontró con que no podía utilizar la mano izquierda pero así y todo logró volverlo parcialmente.

Quería subírselo al hombro, utilizando el antebrazo izquierdo para guiar la parte superior del cuerpo mientras con la mano derecha agarraba a Rumsey por el cinturón y trataba de sujetarlo y subirlo.

Empezó a tirar, sintiendo en el rostro el calor de la sangre de Rumsey, la sangre y el polvo. El hombre dio un respingo sin llegar a soltarse. Hubo un ruido en su garganta, abrupto, medio segundo, la mitad de una boqueada, y luego sangre de algún sitio, saliendo a flote, y Keith se apartó, sin soltar el cinturón que tenía agarrado. Aguardó, tratando de respirar. Miró a Rumsey, que se había desmoronado, el tronco fláccido, el rostro apenas suyo. El hecho de ser Rumsey se había reducido a escombros. Keith lo sostenía con fuerza por la hebilla del cinturón. Estaba ahí parado, mirándolo, y el hombre abrió los ojos y murió.

Entonces fue cuando se preguntó qué estaba pasando aquí.

El papel volaba por el pasillo, tableteando en un viento que parecía proceder de arriba.

Había muertos, entrevistos, en los despachos de ambos lados.

Trepó por encima de una pared derrumbada y fue acercándose lentamente a las voces.

En el hueco de la escalera, casi a oscuras, una mujer llevaba un pequeño triciclo sujeto contra el pecho, una cosa para un niño de tres años, el manillar le abrazaba las costillas.

Fueron bajando, a miles, y él estaba allí con ellos.

Caminaba en un largo sueño, un peldaño detrás de otro.

Había agua corriendo en alguna parte y voces a una extraña distancia, procedentes de otra escalera o de alguna fila de ascensores, en algún punto de la oscuridad.

Hacía calor y había mucha gente y el dolor de su rostro parecía encogerle la cabeza. Pensó que los ojos y la boca se le estaban hundiendo en la piel.

Las cosas le volvían en visiones nebulosas, como si las viera con los ojos entrecerrados. Eran momentos que se había perdido mientras ocurrían y tuvo que dejar de andar para dejar de verlos, tuvo que quedarse quieto mirando la nada. La mujer del triciclo le dijo algo mientras pasaba por su lado.

Percibió un olor funesto y comprendió que era él, que las cosas se le pegaban a la piel, partículas de polvo, humo, una especie de asperón pegajoso en el rostro y en las manos mezclándose con los desperdicios del cuerpo, como pasta, con la sangre y la saliva y el sudor frío, y era a él a lo que olía, y a Rumsey.

La magnitud, las meras dimensiones físicas del caso, y dentro él, la masa y la escala, y el modo en que las cosas se tambaleaban, la lenta y espectral inclinación.

Alguien lo agarró del brazo y lo hizo bajar unos cuantos peldaños y luego siguió adelante él solo, en su sueño, y por un instante volvió a ver al hombre pasando por delante de la ventana, y esta vez pensó que era Rumsey. Lo confundió con Rumsey, al que caía de lado, con el brazo extendido y hacia arriba, como señalando a lo alto, por qué estoy aquí en vez de estar allí.

Tenían que esperar a veces, largos momentos de atasco, y Keith miraba al frente. Cuando la fila volvía a moverse él bajaba un peldaño y luego otro. Le hablaron varias veces, personas distintas, y cuando esto ocurría él cerraba los ojos, quizá porque así indicaba que no tenía que responder.

Había un hombre en el rellano siguiente, un anciano, pequeño, sentado en la sombra, con las rodillas dobladas, descansando. Varias personas hablaron y él dijo de acuerdo con la cabeza, saludando al asentir.

Había por ahí un zapato de mujer, bocabajo. Había un maletín acostado y el hombre tuvo que inclinarse para alcanzarlo. Alargó una mano y lo empujó con cierto esfuerzo hacia delante, dentro de la fila.

Dijo:

—No sé qué hacer con esto. Una señora se cayó y lo dejó aquí.

Los demás no lo oyeron o no lo retuvieron o no quisieron oírlo y siguieron adelante, Keith también, la fila empezaba a desovillarse hacia una zona donde había algo de luz.

No se le hizo eterno, el descenso. No tenía sentido de la marcha ni del paso. Había en las escaleras una franja de luz que no había visto antes y alguien de detrás de la fila rezaba en español.

Llegó un hombre, moviéndose de prisa, con casco, y la gente le abrió paso, y luego hubo bomberos, en grandes cantidades, y despejaron el paso.

Rumsey era el del sillón. Lo comprendió ahora. Keith lo había vuelto a poner en el sillón y allí lo encontrarían y lo bajarían, y a otros.

Había voces más arriba, a su espalda, en las escaleras, una y luego otra casi en eco, una fuga de voces, voces de cántico con los ritmos del habla natural.

Esto va abajo.

Esto va abajo.

Páselo.

Se detuvo de nuevo, por segunda o tercera vez, la gente se afanaba a su alrededor y lo miraba y le decía que se moviera. Una mujer lo cogió del brazo para ayudarle y él no se movió y ella siguió adelante.

Páselo.

Esto va abajo.

Esto va abajo.

El maletín fue abajo y en torno al hueco de la escalera, de mano en mano, alguien se ha dejado esto, alguien ha perdido esto, esto va abajo, y él siguió mirando hacia delante y cuando le llegó el maletín, adelantó la mano derecha para recogerlo, con la mirada vacía, y luego reanudó su marcha escaleras abajo.

Hubo esperas muy largas y otras no tan largas y a su tiempo los condujeron hasta el nivel del vestíbulo, bajo la plaza, y pasaron por delante de tiendas vacías, con el cerrojo echado, y ahora corrían, algunos, con agua cayendo de algún sitio. Salieron a la calle, mirando hacia atrás, ambas torres en llamas, y no tardaron en oír un fuerte estruendo de derrumbe y vieron humo salir de lo alto de una torre, hinchándose y deshinchándose, metódicamente, de piso en piso, y la torre cayendo, la torre sur hundiéndose en el humo, y de nuevo corrieron.

La ráfaga de aire tiró a la gente al suelo. Una nube de humo negro y ceniza se desplazaba hacia ellos. La luz se secó de pronto, el día desapareció. Corrían y se caían y trataban de levantarse, hombres con la cabeza envuelta en toallas, una mujer cegada por los despojos, una mujer llamando a alguien. Sólo quedaban vestigios de luz ahora, la luz de lo que viene después, acarreada en los residuos de la materia pulverizada, en las ruinas de ceniza de algo que fue diverso y fue humano, cerniéndose en el aire arriba.

Dio un paso y luego otro, con el humo soplándole por encima. Notó escombros bajo la suela de los zapatos y había movimiento por todas partes, gente corriendo, cosas volando junto a él. Dejó atrás la señal de Aparcamiento Fácil, el Desayuno Especial y Tres Trajes a Precio de Ganga y la gente lo adelantaba a toda carrera, perdiendo zapatos y dinero. Vio a una mujer con el brazo levantado, como persiguiendo un autobús.

Pasó junto a una hilera de coches de bombero y ahora estaban vacíos, con las luces destellando. No se hallaba a sí mismo en las cosas que veía y oía. Dos hombres pasaron corriendo con una camilla en la que iba alguien bocabajo, con el pelo y las ropas humeándole. Se quedó mirándolos mientras se perdían en la conmocionada distancia. Allí era donde todo estaba, a su alrededor, desprendiéndose, las señales de las calles, las personas, cosas que no lograba nombrar.

Luego vio una camisa cayendo del cielo. Andaba y la veía caer, agitando los brazos como nada en esta vida.